RÉCLAMÉES PAR LA TEMPÊTE

UNE COLLECTION DE CONTES DE FÉES REVISITÉS

RENEE ROSE   KATHERINE DEANE   CASEY MCKAY

RENEE ROSE ROMANCE

LIVRE GRATUIT DE RENEE ROSE

Abonnez-vous à la newsletter de Renee

Abonnez-vous à la newsletter de Renee pour recevoir livre gratuit, des scènes bonus gratuites et pour être averti·e de ses nouvelles parutions !

https://BookHip.com/QQAPBW

LIVRE GRATUIT DE KATHERINE DEANE

Abonnez-vous à la newsletter de Katherine
Abonnez-vous à la newsletter de Katherine pour recevoir livre gratuit, des scènes bonus gratuites et pour être averti·e de ses nouvelles parutions !

https://BookHip.com/TVJMKKK

LISTE DES PERSONNAGES

Bertram B. Wolfe - Propriétaire du spa « NK » chalet fétichiste, métamorphe
Auteure : Katherine Deane

Jillian Hill - Sœur de Jake Hill
Auteure : Katherine Deane

Jake Hill - Frère de Jillian Hill
Auteures : Katherine Deane et Casey McKay

Coral - Sirène
Auteure : Casey McKay

Cade Lupus - Cousin de B. B. Wolfe, métamorphe
Auteure : Renee Rose

Faye Godmeyer - Demi-fée
Auteure : Renee Rose

Redd - Tueuse, « petite » de B. B. Wolfe

Auteure : Katherine Deane

Cindy - Soumise le jour
Auteure : Katherine Deane

La Belle-mère - Domme la nuit, partage le même corps
que Cindy
Auteure : Katherine Deane

Bienvenue à New Kristiandom, un monde rempli de fantasy et de paranormal, un monde où l'ancien rencontre le contemporain, où les contes de fées et la vie réelle s'entrechoquent, où la vérité est parfois plus étrange que la fiction, où la romance et le fétichisme sont la norme, et où tout le monde a droit à son « Happy End ». Ceci est la première histoire des personnages qui façonnent ce monde.

CHAPITRE UN

JILLIAN

Jillian fit la moue et donna un coup de pied dans un bloc de glace pour l'envoyer dans la congère la plus proche. Elle et son frère avaient chevauché toute la journée et n'avaient toujours pas atteint la ville suivante de New Kristiandom.

— Pourquoi est-ce qu'on doit aller voir une stupide entremetteuse, de toute façon ?

— Parce que, chère sœur, dit Jake en lui lançant un regard ferme tout en retirant son sac de bât de leur cheval, tu as vingt-deux ans, une vieille fille selon les normes du village.

Il sourit avec suffisance.

— Et puis, on n'a presque plus d'argent.

Leur village adhérait encore aux anciennes coutumes – mariages arrangés, femmes qui se mariaient jeunes pour faire des enfants, technologie rudimentaire, bien qu'elle ait entendu parler des nouvelles technologies et des tenues que certains portaient et utilisaient dans d'autres villages. Elle se sentait tellement à l'étroit. Et les hommes ne lui faisaient aucun effet. Si seulement elle avait pu naître dans un village différent qui lui aurait permis de vivre sa vie comme elle l'entendait. Ou mieux encore, si seulement elle était née homme. Elle soupira et dégagea un autre bloc de glace d'un coup de pied.

Jake s'adoucit en voyant sa lèvre inférieure trembler.

— Je suis désolé, Jillybean, mais c'est comme ça. Il ne reste pas grand-chose de l'héritage de Mère, et nous en avons besoin pour aller en ville, payer l'entremetteuse et payer ta dot.

— Je ne vois pas pourquoi on n'aurait pas pu économiser notre argent et trouver des partenaires dans notre propre village.

Elle posa son sac dans la neige.

Jake rit et lui lança une boule de neige, l'atteignant en plein dans le dos.

— Tu as menacé de brûler la maison du dernier type, sale gosse.

Elle s'agenouilla pour ramasser la neige bien compacte dans ses mains et cracha dedans, puis la regarda durcir.

— Je ne l'aurais pas épousé pour tout l'or du royaume.

— C'était le seigneur le plus riche de toute la région, grommela Jake en se retournant vers sa tâche d'allumer un feu de camp.

— C'était un porc !

Elle lança la boule de glace dans un arc satisfaisant, et la regarda fendre l'air pour passer à un mètre de sa tête.

Jake gloussa.

— Tu n'as jamais été très douée pour lancer. Mais je te l'accorde, tu te rapproches.

Argh, cet homme était exaspérant ! Pourquoi était-ce à lui de décider où elle vivrait et qui elle épouserait ? Juste parce qu'il avait un an de plus et qu'il était un homme. Elle tapa du pied dans une grande congère en prétendant que c'était sa tête.

— Eh bien, ce n'est pas comme si tu avais eu plus de chance avec les femmes, cher frère, grommela-t-elle. Au moins, je n'ai pas menacé la fille du maire… comment tu as appelé ça, déjà ? Ah, oui, ricana-t-elle, d'une « bonne correction ».

— Ce n'était pas une menace.

Les yeux de Jake s'assombrirent.

— C'était une peste. Tout comme quelqu'un d'autre que je connais.

— N'importe quoi.

Elle leva les yeux au ciel en donnant à leur cheval fatigué le reste du foin. Banbury s'ébroua et lui caressa la main de son museau, comme pour la remercier. Au moins, elle pouvait trouver du réconfort auprès du magnifique étalon blanc.

— Bon, la gosse. Il est temps de se mettre au travail. Il faut qu'on allume un feu et qu'on aille chercher de l'eau pour le dîner.

Il lui ébouriffa les cheveux par-derrière.

— Il y a un puits tout en haut de cette colline.

Il montra du doigt la grande colline enneigée derrière eux.

Mon Dieu, ce truc devait bien faire trente mètres de haut ! Sérieusement, qui avait mis un puits aussi loin du sol ? Elle marmonna pour elle-même et fit semblant de ne pas l'entendre.

Il la tira facilement pour la mettre sur ses pieds, ignorant son regard noir.

— Je ne veux pas grimper ce truc ! Je vais être toute mouillée. Et si je tombe ? Le seau sera lourd.

Elle énuméra toutes les excuses auxquelles elle pouvait penser.

— Banbury est épuisé et a besoin de se reposer. Je dois allumer ce feu et monter notre abri. Quelqu'un doit aller chercher de l'eau pour qu'on puisse faire notre dîner. La nuit va bientôt tomber, et je ne veux pas qu'on soit coincés ici sans feu, sans eau, ou sans abri. Alors, qu'est-ce que ce sera ?

— Fais-le toi-même, dit-elle, agacée. J'ai été debout toute la journée pour ce stupide voyage auquel je n'ai pas accepté de participer, avec une compagnie minable. Pas toi, Banbury.

Elle caressa le cheval et sourit. Elle se tourna vers son frère, les mains posées avec défi sur ses hanches.

— Tu ne peux pas m'obliger.

Il soupira et souffla pour écarter les cheveux de son front, un signe certain de sa frustration.

— Un de ces jours, Jilly, je vais…

— Tu vas quoi ?

Elle soutint fermement son regard.

— Laisse tomber !

Il se retourna et se dirigea d'un pas décidé vers la colline, seau à la main.

— Finis d'allumer le feu, d'accord ?

— Et Banbury ? cria-t-elle à son frère en colère.

— Laisse-le se reposer ! Il a eu une longue journée, lui aussi, et on a besoin de lui en pleine forme pour la prochaine étape du voyage, hurla-t-il par-dessus son épaule.

Elle s'assit, ne ressentant aucune victoire après son petit caprice. Elle n'avait aucune idée de pourquoi elle continuait à le pousser à bout. Mais plus il cédait, plus cela la mettait en colère.

Elle déversa sa frustration dans l'allumage du feu. Malheureusement, les allumettes étaient humides et le petit bois ne voulait pas prendre. Elle détestait faire le feu. Ça lui faisait mal aux doigts et les écorchait. Elle jeta tout par terre de colère.

— Allez, Jillian. N'abandonne pas ! cria Jake du haut de la colline. On a besoin du feu. Continue d'essayer !

— C'est ce que je fais ! hurla-t-elle en retour.

Il était impossible qu'il la voie d'aussi loin. Comment semblait-il toujours savoir ce qu'elle faisait ou pensait ? Cet homme semblait avoir un sixième sens en ce qui la concernait. Bien qu'ils aient onze mois d'écart, la plupart des gens pensaient qu'ils étaient jumeaux.

Elle le vis redescendre la pente glissante, le seau à la main, et elle se dépêcha de finir sa tâche. Elle n'était pas d'humeur à subir un autre sermon.

Après une autre minute d'efforts, elle réussit enfin à obtenir une flamme. Elle souffla dessus avec enthousiasme et la flamme s'éleva plus haut, lui brûlant les doigts. Elle poussa un cri, laissa tomber la branche enflammée dans la neige et plongea la main dans une poignée de neige pour apaiser le bout de ses pauvres doigts.

Elle entendit Jake hurler de rire en continuant de descendre la colline.

— La ! Ferme !

Elle attrapa une autre boule de neige et la lança vers lui de toutes ses forces.

— Loin du compte, gloussa-t-il lorsque le projectile heurta la base de la colline plus de sept mètres en contrebas.

Son air amusé se transforma rapidement en peur quand le chemin de neige et de glace sous ses pieds céda soudain, le projetant cul par-dessus tête en bas de la colline.

— Jake ! hurla-t-elle en le regardant rouler, culbuter et rebondir, puis atterrir avec un bruit sourd et désagréable au pied de la colline.

BERTRAM

Bertram entendit les cris et éperonna son cheval pour le faire accélérer. Quand il contourna le dernier virage enneigé, il vit les trois loups se rapprocher en tournant autour de leur proie.

Une jeune femme se tenait là, pleine de défi, à essayer de protéger la forme inerte au sol des loups qui avançaient. Ses yeux d'émeraude brillaient de peur alors qu'elle luttait pour manœuvrer la lourde épée. Il sauta de son cheval et courut vers eux en se forçant à rester calme.

Les loups le virent et tournèrent le dos à la jeune femme effrayée et en colère, découvrant leurs dents acérées alors qu'il avançait.

— Partez ! ordonna-t-il. Ce n'est pas un repas pour vous.

Le chef de meute grogna et s'approcha lentement. Bertram se tendit, lança au chef de meute un regard de ses yeux ambre doré, et grogna. C'était un combat qu'il avait l'intention de gagner. Le chef stoppa son mouvement et pencha la tête en reniflant l'air. Il dut réaliser que son adversaire était plus dangereux qu'il n'en avait l'air. Il hurla vers le reste de la meute et, avec un dernier grondement, se rua dans les bois à la recherche d'une autre proie, plus facile.

La jeune femme l'observait avec méfiance, ses yeux verts écarquillés alors qu'il marchait vers elle.

— Ne vous approchez pas plus !

Elle tint l'épée plus haut, tout en essayant de ne pas vaciller sous son poids.

Il essaya de ne pas rire.

— Tu sais seulement t'en servir ? Elle pèse plus lourd que toi.

— Le côté pointu va dans le cœur ! Maintenant, allez-vous-en !

Elle utilisa ses deux mains pour pointer son torse qui avançait.

Il baissa les yeux vers le jeune homme étendu en un tas informe dans la neige, son sac à côté de lui. Une mare de sang tachait la neige blanche autour de sa tête.

— Il a besoin d'aide. S'il reste ici, il va mourir d'hypothermie ou de sa blessure à la tête.

Il s'agenouilla et évalua les blessures du jeune homme. Pas d'os cassés. Il souleva soigneusement sa tête et enroula son écharpe autour de la blessure.

— Comment ton mari s'est-il blessé ?

— Euh, mon frère, pas mon mari. Il est en quelque sorte tombé accidentellement de la colline.

Elle hésita, puis laissa tomber l'épée.

Des années passées à avoir des soumises insolentes ligotées et à genoux lui apprirent que la belle jeune femme mentait.

— En quelque sorte. Accidentellement ?

Il haussa un sourcil et croisa pleinement son regard.

La brune aux allures de lutin rougit.

— J'ai, euh, je lui ai lancé une boule de neige, et il est tombé.

— Quoi ?

— Je ne voulais pas le blesser. C'était un accident.

Il pouvait dire à l'anxiété dans sa voix qu'elle était sincère. Remarquant le foin et la bride par terre, il demanda :

— Où est ton cheval ?

— Il s'est enfui quand les loups sont arrivés. Je vais continuer à le chercher.

Elle commença à marcher dans la direction qu'elle venait de pointer.

— Attends.

Son ordre stoppa ses mouvements, et elle se retourna pour le foudroyer du regard.

— Je ne sais pas comment vous pensez—

Il leva un doigt et la fit taire d'un regard sévère.

— On n'a pas le temps pour ça. Ton frère a besoin de soins médicaux. On doit le ramener chez moi.

Il se leva et appela son cheval.

Elle se jeta sur l'épée et la brandit vers lui, ses yeux verts étincelant de défi.

— On n'ira nulle part avec vous ! Je ne vous fais pas confiance, vous pourriez voler toutes nos affaires et nous tuer.

Il grogna. Ils n'avaient pas le temps pour ça. Et cette petite crevette de femme, aussi adorable soit-elle, mettait sa patience à rude épreuve.

— La ville la plus proche est à plus de trente kilomètres, et une énorme tempête se prépare.

Il leva les yeux vers le ciel qui s'assombrissait rapidement.

— Je n'habite qu'à quelques kilomètres sur cette route. D'ailleurs, si je voulais ta mort, je t'aurais laissée aux loups.

Elle fronça les sourcils.

— Eh bien, peut-être que vous voulez abuser de moi.

Son sexe tressaillit dans son pantalon à cette suggestion. Il adorerait voir à quoi elle ressemblerait, nue et à genoux pour lui.

Il secoua la tête pour chasser cette pensée.

— Peut-être que oui, peut-être que non. Quoi qu'il en soit, je ne prends pas mes femmes sans leur consentement.

Il adora la façon dont ses yeux verts s'écarquillèrent à cette remarque. Il dut chasser de son esprit l'image d'elle à genoux, en train de le supplier de la toucher.

Lui tournant le dos, il commença à retirer la selle de son cheval. Il mettrait le frère de la petite chipie sur le cheval, l'attacherait et essaierait de l'empêcher de tomber. Il prit le jeune homme dans ses bras et se dirigea vers le cheval.

— J'ai une meilleure idée.

La jeune femme pressa l'épée contre son dos.

Il s'immobilisa.

Elle le piqua doucement dans le dos plusieurs fois sans percer la peau.

— Je vais prendre votre cheval et me diriger vers la ville. Ce n'est qu'à quelques kilomètres pour vous. Vous pouvez rentrer à pied.

Incroyable. Hilarant, aussi, qu'elle pense pouvoir le menacer avec une épée.

— Écoute, ma jolie.

Il se retourna et la cloua sur place d'un regard sévère.

— J'essaie de t'aider. Tu ne peux pas atteindre la ville avant que la tempête ne frappe. D'ailleurs, c'est *mon* cheval. On ne prend pas les choses qui ne nous appartiennent pas.

— Dommage ! Maintenant, mettez mon frère sur le cheval.

Elle le foudroya du regard avec défi.

— Ma belle, tu ferais mieux de poser cette fichue épée avant de te retrouver à califourchon sur mon genou.

Il sentit son mouvement avant qu'elle ne balaie son bras avec l'épée, et deux gouttes de sang percèrent à travers la coupure de sa chemise. Il s'agenouilla et plaça l'homme blessé sur son manteau, puis il posa le sac par terre.

— Tu vas regretter ça, grogna-t-il.

Et il vit ses yeux s'écarquiller de peur tandis qu'il lui arrachait facilement l'épée et la tirait contre lui.

— Lâchez-moi ! hurla-t-elle.

Il s'assit sur le sac et la bascula sur ses genoux.

— Oh, il n'y aura pas de dommages permanents, mais ça va faire mal. Tu vas recevoir une sacrée bonne fessée. C'est comme ça qu'on traite les petites diablesses d'où je viens, grogna-t-il.

Avant qu'elle n'ait eu le temps de répondre, il se déchaîna sur son derrière.

— Aïe, ouille ! Arrêtez !

Elle agitait les bras et les jambes.

Il lui frotta les fesses et admira ses courbes douces avant de lui donner une autre claque sonore.

— Arrête de faire semblant. Tu sens à peine ma main à travers toutes ces épaisseurs.

Il releva sa robe et son jupon et inspecta son cul couvert par sa culotte, à peine rosé par son rapide échauffement. Il allait vite remédier à cela.

— Vous n'avez pas le droit de faire ça ! Je pourrais tomber en hypothermie ! couina-t-elle en plaquant ses mains sur son cul.

Il gloussa et lui maintint les mains dans le dos.

— Eh bien, dans ce cas, il va juste falloir te réchauffer, n'est-ce pas ?

Il abattit sa main sur l'arrière de sa culotte, encore et encore, tandis qu'elle hurlait et jurait.

— Vous êtes une grosse brute et un fils de pute !

Il posa sa main contre ses fesses chaudes.

— Qu'est-ce. Que. Tu. As. Dit. Sur. Ma. Mère ?

Elle tenta de s'échapper.

— Je suis désolée. J'ai perdu mon sang-froid. Je ne voulais pas… ouf !

Il la bascula encore plus, lui arracha sa culotte et écrasa sa paume sur ses fesses nues.

— Aïe ! hurla-t-elle.

Il s'assura de ne laisser aucune partie de son derrière intacte au cours des deux minutes suivantes. Quand il eut fini, elle gisait, haletante, en tas sur ses genoux. Toute sa combativité s'était envolée, et son derrière avait l'air brûlé et rouge. Il pouvait sentir la chaleur qui s'en dégageait. Il lui frotta les fesses pour l'apaiser et lui signaler que c'était fini.

Le premier flocon de neige lui rappela où ils se trouvaient. *Merde !* Il la remit sur pied, lui remonta sa culotte et rabaissa sa jupe. Elle gémit face à son traitement brutal, mais il n'esquissa pas le moindre geste d'excuse. La tempête arrivait vite.

— Il faut qu'on rentre chez moi avant que ce blizzard ne frappe, grogna-t-il. Même moi, j'ai du mal à m'orienter par ce temps.

Elle hocha la tête, essuya ses larmes et se tourna pour prendre les sacs.

— Hé, attends, ma belle.

Il se comportait en mauvais dom. Il prit sa silhouette raide dans ses bras.

— Je te pardonne. C'est fini, ok ?

Il la sentit fondre dans ses bras et pleurer, et il était tiraillé entre le désir de la réconforter et le besoin plus pressant de les mettre tous en sécurité. Il l'embrassa sur le front, lui tapota les fesses et la poussa gentiment vers les sacs.

— Tu prends le matériel. Je m'occupe de ton frère.

Ils se mirent en route rapidement, juste au moment où les bourrasques commençaient.

JILLIAN

Jillian n'arrivait pas à croire que cette grosse… brute lui avait donné la fessée. Non, se dit-elle en soupirant. Elle l'avait mérité. Il les avait sauvés des loups, Jake et elle, et il avait même proposé de les ramener chez lui pour lui donner des soins médicaux. Le blesser et le menacer n'était certainement pas la bonne façon de le remercier. Elle se rattraperait, d'une manière ou d'une autre.

Elle regarda le grand homme maussade, le visage plissé par ses pensées. Était-il en colère pour quelque chose ? Ou est-ce que son frère devenait lourd ? Ils avaient compris assez vite que l'homme inconscient n'allait pas rester en place sur le cheval, alors Bertram avait décidé de le porter. Son derrière lui faisait mal tandis qu'elle rebondissait sur son cheval. La selle dure n'était pas quelque chose qu'elle avait l'habitude d'utiliser, car d'habitude, elle montait Banbury à cru.

— C'est encore loin ? se plaint-elle, et le regrettant aussitôt lorsqu'il lui lança ce regard.

— Ce sera plus long si nous devons nous arrêter pour te réchauffer à nouveau les fesses.

Il haussa un sourcil.

Elle ne put pas empêcher la chaleur qui lui monta aux joues. Le souvenir de sa position sur les genoux de cet homme provoquait des sensations étranges dans son ventre.

— Alors, Bertram, que faites-vous dans la vie ?

— Je possède une boutique spécialisée et un chalet. Tu vas trouver ça intéressant, j'en suis sûr.

Il dut prendre sa surprise pour de la peur, car il poursuivit :

— Toi et ton frère serez en sécurité, je te l'assure.

— Je n'étais pas inquiète, ricana-t-elle en regardant nerveusement ses grandes mains.

Ils seraient peut-être en sécurité, mais son derrière le serait-il ?

Il grogna et réajusta Jake dans ses bras.

— Alors, où est-ce que vous alliez tous les deux avant votre malheureux… euh, accident ?

— Nous allions à Grimmberg pour rencontrer l'entremetteuse.

Elle baissa les yeux vers le sol et marmonna :

— Ni l'un ni l'autre n'avons eu beaucoup de chance pour trouver des partenaires dans notre village, alors un ami nous a suggéré l'entremetteuse.

— Intéressant.

Il hocha la tête.

— Pourquoi ?

— Pourquoi quoi ? demanda-t-elle, confuse.

— Pourquoi est-ce que tu as du mal à trouver des partenaires convenables ? Tu es une belle femme.

Elle leva les yeux au ciel et grommela.

— Merci. Honnêtement, Jake dit que je suis trop, euh, capricieuse.

— Exigeante ? Forte tête ? Souvent en besoin d'une bonne longue fessée ?

Il gloussa devant son hoquet de surprise.

— Je vois ça. Il faut que tu trouves le bon homme. Il me semble que tu as besoin d'un homme aussi volontaire que toi.

Un homme comme Bertram ? Elle serra plus fort la selle entre ses jambes, se souvenant précisément de la sensation de sa force sur ses fesses nues. Mais il n'avait pas été cruel ou malveillant quand il l'avait prise sur ses genoux, et il l'avait même réconfortée après. Il était très différent des hommes de son village. Son précédent prétendant était trop… « Poule mouillée » était le mot qu'elle aimait utiliser pour le décrire. Il n'aurait jamais pensé à faire quelque chose d'aussi barbare que de lui donner la fessée. Heureusement, Jake avait souligné ses défauts, et Jillian avait renvoyé l'homme en pleurs chez sa mère.

Mais son dernier prétendant était un seigneur sombre, ignoble et méchant. Elle avait vu sa colère et le pouvoir qu'il aimait exercer sur le reste des villageois. Ce porc ne se souciait que de ses possessions et avait clairement fait savoir que Jillian devait en faire partie. Il lui avait même attrapé le sein et l'avait embrassée sans sa permission.

Jake avait été furieux lorsqu'il l'avait surprise en train d'arracher avec colère les parterres de fleurs du seigneur et de jeter des pierres vers les fenêtres. Elle en avait manqué la plupart, malheureusement. Jake avait emballé leurs maigres affaires, préparé Banbury et l'avait entraînée sur la longue route vers l'entremetteuse.

Alors, quel genre d'homme était Bertram ? Il n'était très certainement pas une poule mouillée à sa maman. Il ne restait donc que le seigneur avide de pouvoir, n'est-ce pas ? Seul le temps le dirait. Elle haussa les épaules, se sentant mal à l'aise et triste, et elle décida de changer de sujet.

— Et vous, Bertram ? Une femme, des enfants ?

Son visage se durcit, puis s'adoucit à nouveau.

— Ma fiancée est partie il y a quelques années pour un idiot de village dans une autre ville.

— J'en suis vraiment désolée, répondit-elle.

— Ce n'est rien, dit-il avec un sourire en coin. J'ai utilisé l'argent que j'avais économisé en produits capillaires pour construire mon établissement et je vis heureux avec ma...

Il fit une pause, hésita, puis reprit :

— Ma *petite*. Nous recevons beaucoup de visiteurs, alors nous ne nous sentons pas seuls.

Il ralentit le pas et rencontra son regard avec bienveillance.

— Je sais que tu te sens mal pour ton frère. Ne t'inquiète pas, nous allons le remettre sur pied.

Des larmes remplirent ses yeux, et elle hocha la tête, reconnaissante qu'il comprenne.

— Très bien. Le chalet est au coin de la rue. Vous êtes les bienvenus pour rester aussi longtemps que vous le souhaitez, tant que vous respectez les règles.

Elle ouvrit la bouche pour lui demander de quelles règles il parlait quand ils tournèrent au coin de la rue et que le chalet apparut. Le mot manoir serait plus juste. C'était énorme. Plus grand que cinq maisons réunies. Et c'était magnifique et brillamment éclairé par des torches et des lumières, avec une immense enseigne à l'avant.

. . .

Spa NK, boutique fétichiste et chalet ludique
  Entrez, mettez-vous au chaud.
  Restez et jouez.

UNE CHALEUR inonda son corps alors qu'il s'arrêtait devant les portes et appelait à l'aide. Des employés les entourèrent immédiatement. Bertram mit pied à terre et la descendit du cheval avec des mains fortes, et elle plongea son regard dans les yeux bruns et mouchetés d'ambre de son sauveur. C'était un homme imposant, aux cheveux sombres parsemés de mèches grises et à l'aura de puissance dangereuse. Bertram donna pour instruction aux médecins de s'occuper de Jake pendant qu'il la conduisait par la main dans la boutique à l'entrée.

Des pales, des fouets, des cravaches et d'autres objets qu'elle ne pouvait pas identifier étaient suspendus aux murs. Qu'est-ce que c'était ? Cet attirail ornait chaque centimètre carré de la boutique. Ses yeux furent attirés par de belles photos de femmes aux fesses nues, rouges et luisantes. Certaines en train de pleurer, d'autres de rire, certaines crispées d'anticipation, d'autres consentantes, montrant l'humidité entre leurs jambes. Elle se sentait si attirée par elles.

Oh mon Dieu. Le nom du chalet, Spa NK, formait le mot « spank ». C'était un endroit qui se spécialisait dans la fessée.

Elle aurait dû être effrayée par l'environnement « mondain » et sexy dans lequel elle était entrée. Sa grand-mère serait morte sur le coup à cause de l'atmosphère « pécheresse et nouvel âge », comme elle l'aurait appelée. Mais cela lui semblait plus réel que toutes ses vingt-deux années de vie au village. La fessée de Bertram lui avait fait plus d'effet qu'elle ne pouvait l'expliquer. Et aussi embarrassant que ce soit de se l'avouer, la pensée de ces femmes qui offraient leurs fesses pour un châtiment la faisait se sentir chaude et drôle. Et cela semblait juste. Sa place était ici.

— Papa !

Jillian se retourna pour voir une jolie jeune femme rousse, à peu près de son âge, se jeter dans les bras de Bertram.

Ils s'étreignirent un instant avant qu'il ne la gronde pour quelque chose, lui donne une claque sur le derrière et l'envoie faire une course. La rousse pleine de fougue lui lança un regard noir avant de sortir en se dandinant.

Jillian croisa le regard de Bertram et s'approcha de lui près du comptoir. Elle leva les yeux vers l'enseigne au-dessus de sa tête et lut : *B. B. Wolfe. Copropriétaire, gérant.*

— Alors, qu'est-ce que tu en penses ? demanda-t-il.

— C'est intéressant.

Elle haussa les épaules d'un air évasif.

Les coins de ses lèvres se relevèrent en un sourire narquois.

— Eh bien, je suis content que tu trouves ça intéressant.

Il plaça ses mains derrière sa tête.

— Tu vas être ici un moment.

Il regarda dehors la tempête qui s'intensifiait.

— Si tu es une gentille fille, je te laisserai essayer certains des instruments.

Il lui fit un clin d'œil.

Elle se mordit la lèvre et aspira une bouffée d'air, l'excitation grandissant en elle. Il l'avait si bien lue. Les yeux écarquillés, elle regarda tous les différents instruments et son derrière se contracta involontairement.

— Et si je ne suis pas une gentille fille ? murmura-t-elle en se léchant les lèvres.

Son énorme rire fit trembler les chevrons.

— Petite, tu vas recevoir beaucoup de fessées pendant que tu seras ici. Le choix t'appartient quant au genre que tu recevras.

Il lui prit la main et la conduisit vers la porte intérieure du chalet.

— Allons voir ton frère. Ensuite, nous t'installerons. Et…

Son sourire s'élargit.

— Tu auras ta première fessée en tant qu'invitée. Bienvenue au Spa NK, dit-il en prononçant le « N » et le « K » séparément.

CHAPITRE DEUX

AYE

Faye leva sa baguette en l'air, le visage plissé par la concentration, et elle envoya une décharge d'énergie depuis son cœur, le long de son bras, à travers la baguette au bout de laquelle était fixé le cristal, jusqu'au foin qui gisait sur le sol. Elle ouvrit les yeux pour regarder. Les brins de foin tourbillonnaient dans les airs en un vortex, mais ils retombèrent sur le sol sans que leurs propriétés aient changé.

Merde ! Ça aurait dû marcher, cette fois. Quelle genre de fée était-elle si elle n'arrivait même pas à transformer du foin en or ? Et la question la plus pressante : comment allait-elle payer le loyer ?

Comme en réponse à ses pensées, elle entendit les coups familiers du poing lourd de son propriétaire sur la porte.

Il avait été en tournée avec son groupe pendant les six dernières semaines, et elle n'avait pas répondu à ses appels lui demandant pourquoi elle n'avait pas déposé son loyer à temps. Elle lui devait maintenant deux mois de loyer – trois mille dollars qu'elle n'avait pas. Elle ne bougea pas, espérant qu'il s'en aille.

— Faye ? Je sais que tu es là. Ouvre-moi ! tonna sa voix profonde.

Son cœur se mit à battre plus vite. Cade Lupus ne manquait jamais de la décontenancer, en partie parce qu'elle le trouvait séduisant et en partie parce qu'elle le trouvait terrifiant. Elle ferma les yeux et balaya de nouveau le foin de sa baguette, mais quand elle regarda, la paille n'avait même pas bougé.

Merde.

Elle posa la baguette et ferma son atelier à clé, avant de se traîner jusqu'à la porte pour l'ouvrir à son propriétaire, aussi sexy que menaçant. Du haut de son mètre quatre-vingt-dix, il la surplombait de toute sa hauteur, elle qui était si menue. Il portait son blouson de motard en cuir noir, avec le t-shirt de son groupe en dessous, tendu sur une poitrine musclée à tomber par terre.

— Oh, salut ! tenta-t-elle, s'efforçant de paraître surprise et ravie de le voir, comme s'il était passé prendre une limonade au lieu de venir lui botter le cul parce qu'elle lui devait de l'argent.

Bon, il se contenterait probablement de la mettre à la porte, mais il avait l'air du genre de type capable de botter bien des culs. Son sourcil percé et la boucle d'oreille en argent qu'il portait lui donnaient un air dur et dangereux. Ses larges favoris lui rappelaient Wolverine dans *X-Men*. Il maîtrisait sans conteste le look du rockeur sexy et intimidant. Elle avait le béguin pour lui depuis le premier jour, mais il la troublait trop pour qu'elle songe à flirter.

Il s'appuya contre l'encadrement de la porte et lui lança un regard qui signifiait clairement : « Ne me prends pas pour un con ». Elle tenta de jouer l'innocente :

— Qu'est-ce qu'il y a ?

Il tendit la main.

— Le loyer est dû. En retard, devrais-je dire.

Dans un éclair de désespoir, une idée lui vint.

— Bien sûr. Entre, je t'en prie.

Elle recula d'un pas.

Il entra et referma la porte derrière lui.

— Assieds-toi sur le canapé. Je vais juste le chercher, ok ?

Il grogna son assentiment et se laissa tomber sur le canapé tandis qu'elle quittait la pièce pour se diriger vers son atelier, le cœur battant à tout rompre dans sa poitrine.

C'était insensé, mais ça pourrait marcher. Il finirait bien par comprendre, mais tout ce dont elle avait besoin, c'était de quelques jours de plus. Elle arrivait à faire bouger le foin, ce qui prouvait qu'elle était proche du but. Elle aurait probablement déjà son loyer si elle n'avait pas décidé de quitter son travail au café pour se consacrer à plein temps à l'alchimie. Argh, trop tard pour s'attarder là-dessus maintenant. Elle prit sa baguette et la tint à deux mains sur son cœur, faisant appel au pouvoir de la nature, au royaume des dévas et à Pan pour l'aider dans ce sortilège facile.

Après avoir rangé la baguette dans sa poche arrière, elle retourna dans la pièce.

— Voilà.

Elle plongea la main dans sa poche comme si elle allait en sortir l'argent. Au lieu de ça, elle sortit sa baguette et fit un mouvement tranchant dans sa direction. *Mémoire effacée. Argent oublié. Rentre chez toi.*

C'était plus une astuce mentale de Jedi que de la magie féerique, mais ça ferait l'affaire dans cette situation critique.

À son grand effroi, cependant, Cade n'eut pas l'air confus ou amnésique. Au lieu de ça, il hurla de rage et agrippa ses pieds comme s'ils le faisaient souffrir.

— Qu'est-ce que tu as fait ? hurla-t-il.

Elle regarda ses pieds et eut le souffle coupé. Ses bottes de motard en cuir avaient disparu, laissant ses pieds nus. Sauf que ce n'étaient plus des pieds humains. Ils s'étaient transformés en palmes.

— Euh… Oh… Euh… Je ne sais pas ! admit-elle.

Il se jeta en avant et l'attrapa pour la tirer sur ses genoux, dos contre lui, une main enserrant sa gorge, l'autre bras fermement enroulé autour de sa taille.

— Qu'est-ce. Que. Tu. As. Fait ?

Sa question, grognée, contenait un avertissement fatal.

Pour une raison quelconque, son corps décida qu'il s'agissait d'une séduction plutôt que d'une menace sérieuse de violence, car il se réchauffa, adorant la sensation d'être tenue fermement par son magnifique propriétaire. Il sentait le cuir et le bois de santal et l'homme délicieux, et même si son bras était plus serré qu'un étau d'acier, la main autour de sa gorge ne s'était pas refermée. Elle pouvait encore respirer. Il n'était donc pas encore prêt à la tuer.

— Je ne sais pas. Vraiment.

Il ne sembla pas la croire.

— Ok, petite sorcière. On va faire ça à ma façon.

Il la souleva par la taille et la retourna à plat ventre sur ses cuisses. Sa main s'abattit sur ses fesses.

Elle poussa un cri.

— Aïe ! Hé, tu n'as pas le droit de faire ça !

Elle se tortilla de toutes ses forces pour se libérer de son emprise.

Il coinça ses jambes sous l'une des siennes et continua à lui donner la fessée.

— Je n'ai pas le droit ? Vraiment ? Parce qu'il me semble que c'est exactement ce que je suis en train de faire !

— Non, tu n'as pas le droit !

Ses tétons durcirent comme des perles sous son soutien-gorge. La chaleur s'accumulait entre ses jambes. Elle détestait à quel point elle était excitée par cette démonstration de domination.

— Arrête ! Ne fais pas ça !

Il continua pourtant à lui donner la fessée, ignorant ses protestations.

— Aïe !

Il s'arrêta et elle supposa qu'il avait fini jusqu'à ce qu'elle sente sa main sous son ventre, en train d'essayer de défaire le bouton de son jean.

Oh, misère.

— Pas. Question !

— Tu as raison, Faye.

Il la redressa pour qu'elle lui fasse face.

Ses jambes tremblaient, mais elle n'était pas sûre si c'était de peur ou d'excitation.

Il la fixa d'un regard direct.

— C'est *toi* qui vas baisser ton pantalon pour moi.

Ses joues devinrent brûlantes.

— Va te fa…

Quelque chose dans son regard l'incita à se taire avant que les mots ne sortent. Ses yeux dorés avaient une lueur dangereuse, et elle aurait juré qu'il avait grogné comme un chien.

Sa chatte se contracta. Ce type maîtrisait la domination alpha à la perfection. Elle prit une profonde inspiration.

— Je suis désolée. Écoute, je suis désolée, je voulais juste—

Il secoua la tête.

— Garde tes explications pour après ta punition.

Ses yeux semblaient briller dans la lumière.

— Je t'ai donné un ordre, et je veux que tu obéisses. Baisse ton pantalon, petite sorcière. Je vais te fesser cul nu.

Quelque chose se tortilla dans son ventre. De l'humidité perlait entre ses jambes. C'était… humiliant. Dérangeant. Excitant. Elle releva le menton.

— Je ne le ferai pas.

— Crois-moi, Faye. Tu ne veux pas savoir ce qui se passe quand je perds patience. Un… deux…

Quelque chose dans son regard sombre lui fit abandonner sa fierté. Elle déboutonna son pantalon et le baissa, puis elle se jeta de nouveau sur ses genoux, où au moins il ne pourrait pas voir son visage rougissant.

— Et la culotte ? marmonna-t-il, mais elle décela une pointe d'amusement dans sa voix.

Elle aspira sa lèvre inférieure entre ses dents tandis qu'il lui retirait sa culotte jusqu'aux cuisses et posait sa grande main sur ses fesses.

— Mignon.

La rudesse avait quitté sa voix alors qu'il traçait un cercle autour de ses fesses.

Elle émit un son de colère dans sa gorge, ce qui eut l'effet escompté de commencer sa fessée. Il ne se retint pas, la fessant avec une main qui semblait plus dure que de la simple chair et des os, couvrant ses fesses qui se tortillaient de claques jusqu'à ce que tout son postérieur soit en feu. Elle s'agrippa à un coussin sur le canapé, le mordant pour ne pas lui donner la satisfaction de ses cris, car elle avait l'impression qu'elle allait sûrement mourir.

Il continua à la fesser encore et encore, parsemant ses fesses de claques cinglantes pendant ce qui sembla des heures, bien que ce ne soit probablement pas plus de quelques minutes.

CADE ADORAIT la vue de ses empreintes de main sur les superbes fesses de Faye.

Il n'arrivait pas à croire que sa petite locataire sorcière venait d'utiliser la magie sur lui. Il ne savait même pas qu'elle était un être surnaturel, encore moins qu'elle avait la moindre once de méchanceté en elle. Elle avait toujours semblé être une intello écervelée avec ce look de fille douce et naturelle.

Maudite soit-elle.

Mais ça ne voulait pas dire qu'il n'allait pas prendre plaisir à la punir. Elle avait des fesses magnifiques, et les petits cris qu'elle poussait étaient adorables. De plus, l'odeur de son excitation faisait durcir sa bite. Il n'avait pas l'intention de lui faire du mal. Il avait juste besoin de lui montrer qui était le chef et de l'amener à retransformer ses palmes en pieds.

Il s'arrêta et frotta ses fesses rougies.

— Alors, qu'est-ce que tu allais me dire ? Tu voulais juste… ?

— Je ne voulais pas te transformer en grenouille ! pleurnicha-t-elle.

Il lui claqua l'arrière de la cuisse, et elle sursauta en haletant.

— En quoi voulais-tu me transformer ?

— En rien !

Il lui administra une autre volée de fessées, se concentrant sur les points sensibles.

— Ne me mens pas, Faye. Je ne supporte pas les mensonges.

— C'est la vérité, je le jure.

Il la remit debout pour pouvoir voir son visage. Elle couvrit son intimité avec ses mains. Sa chatte était juste en face de son visage, et l'odeur de son excitation détourna ses sens.

Mais non. Il ne pouvait pas laisser son attirance le distraire. Il afficha une expression renfrognée.

— Tu as une minute pour annuler ton sort, petite sorcière.

Ses yeux s'écarquillèrent alors que ses pupilles rétrécissaient de peur.

— Ah... d'accord, balbutia-t-elle avant de commencer à remonter sa culotte.

— Non. Laisse ton pantalon et ta culotte en bas. Je n'ai pas encore décidé si ta fessée est terminée. On verra avec quelle rapidité tu obéis.

Ses pupilles se dilatèrent, comme si elle était excitée par sa domination, mais elle se détourna, offrant une vue délectable alors qu'elle se penchait pour ramasser la baguette qu'elle avait laissée tomber quand il l'avait attrapée. Ses jambes s'écartèrent et lui présentèrent sa jolie chatte rose, ce qui fit durcir sa bite dans son jean. Il détourna les yeux. Elle n'était pas à lui.

Elle se releva et son jean tomba jusqu'à ses chevilles. Elle se pencha pour l'attraper.

— Non. Laisse. Le temps presse.

Elle se redressa d'un bond, l'air encore plus effrayé. Elle déglutit, mit une main sur son entrejambe et de l'autre, elle pointa la baguette vers lui, les yeux fermés. Alors qu'elle dessinait une forme avec la pointe de la baguette, il sentit une douleur cuisante dans ses pieds – ses palmes. Au lieu de se transformer, elles grandirent, s'étirant jusqu'à faire près de trente centimètres de large et soixante centimètres de long.

— Ce n'est pas drôle ! beugla-t-il avant de la jeter par-dessus son épaule et de lui arracher la baguette de la main.

C'était un instrument de fessée parfait et il l'appliqua avec enthousiasme sur ses fesses contractées. Elle lui griffa le dos de ses ongles pendant qu'il la fessait.

— Arrête ! Ça suffit ! gémit-elle en tapant des pieds. S'il te plaît !

Il ne voyait cependant aucune bonne raison d'arrêter. Elle lui avait jeté un sort avec des palmes, puis s'était moquée de sa demande de retrouver ses pieds. En plus de ça, elle lui devait trois mille dollars de loyer, qu'il se doutait bien qu'elle n'avait pas. Alors non, il n'allait pas s'arrêter cette fois jusqu'à ce qu'elle ait appris sa leçon. Il la maintint en place et appliqua la baguette à un rythme régulier jusqu'à ce qu'elle craque. Il continua au-delà de son premier sanglot et jusqu'au second.

— C'était un accident, gémit-elle. Je ne voulais pas le faire. Je suis juste n-n-n-nulle en magie ! sanglota-t-elle.

Il arrêta la fessée et lui tapota les fesses avec la baguette.

— C'est vrai, ça ?

— Oui ! J'essayais de te faire oublier que je te devais de l'argent, juste pour quelques jours, le temps que je puisse l'obtenir.

Il posa la baguette et passa la paume de sa main sur ses fesses chaudes et gonflées. De l'humidité s'écoulait entre ses jambes, ce qui rendait la concentration difficile.

— Tu essayais de me faire oublier et à la place, tu as transformé mes pieds en palmes ?

Il laissa l'incrédulité percer dans son ton.

— Je sais que ça semble impossible, mais c'est vrai. Je n'ai aucune idée de pourquoi tes pieds se sont transformés en palmes ni pourquoi ils ne veulent pas redevenir normaux.

Il la fit se relever. Bon sang, elle était mignonne. Mais il garda son froncement de sourcils fermement en place.

— C'est l'histoire la plus stupide qu'on m'ait jamais racontée pour ne pas payer le loyer.

Elle prit une inspiration tremblante, essuya son visage taché de larmes et tira sur son t-shirt pour cacher sa chatte.

— C'est la vérité.

Sa lèvre inférieure faisait une petite moue qui lui donnait envie de la mordre. Ou peut-être de la sucer. De la dévorer d'une manière ou d'une autre.

Il la tira pour l'asseoir sur ses genoux, ses fesses nues touchant sa cuisse couverte de jean, sa culotte toujours autour de ses jambes. Il voulait la caresser. Lui donner le soulagement que son corps réclamait clairement.

— Je suis désolé.

Il se contenta de caresser sa cuisse.

— Je ne savais même pas que tu étais une sorcière.

— Je ne suis pas une sorcière ! s'exclama-t-elle comme si elle était offensée.

— Non ?

Il souleva ses cheveux pour jeter un œil à ses oreilles délicates, découvrant qu'elles avaient de petites pointes au sommet.

— Oh, c'est vrai. Faye la fée. J'aurais dû le deviner, je suppose.

Ce n'était pas le moment de lui dire que ses oreilles étaient mignonnes, mais il dut combattre l'envie de se pencher et de les mordiller.

Comme si elle avait capté le fil de ses pensées, ses yeux se plissèrent mais l'odeur de son excitation s'intensifia.

— Eh bien, Faye… qu'est-ce que tu vas faire pour mes pieds ?

— Donne-moi juste un jour ou deux, je vais contacter d'autres fées pour savoir si elles peuvent aider.

— Un *jour* ou deux ? répéta-t-il, incrédule. Je ne crois pas, non. Je veux retrouver mes pieds, et je les veux tout de suite.

Elle déglutit, une expression frustrée et crispée sur son visage.

— Écoute, tu as vu ce qui s'est passé quand j'ai essayé d'annuler le sort, j'ai juste empiré les choses. Tant que je ne comprends pas ce qui a mal tourné, je ne peux pas te réparer. Tu veux vraiment que je continue à essayer ? Tu pourrais te retrouver avec des pieds de la taille de Pittsburgh.

Il gémit.

— Est-ce que c'est vraiment en train d'arriver ?

Il poussa un soupir exagéré.

— D'accord, voilà ce qu'on va faire. Tu vas faire un sac parce que tu viens avec moi. Jusqu'à ce que mes pieds soient restaurés et que ton loyer soit payé, tu es officiellement mon esclave. Maintenant, vas-y.

Elle ne bougea pas, la bouche bée de choc.

L'histoire des palmes était nulle, mais avoir une petite fée sexy à sa merci avait un attrait certain.

Il arqua un sourcil sévère.

— Tu as besoin d'une autre fessée ? Quand je donne un ordre, j'attends qu'on m'obéisse. Vas-y. Maintenant.

Elle se leva, mais bredouilla, les poings serrés sur ses côtés.

— Tu ne peux pas… tu… non ! Je ne suis pas ton esclave ! Ce n'est pas juste !

— Juste ? Tu veux discuter de ce qui est juste ? Ce qui est juste, c'est de payer son loyer le premier du mois. Ce qui est juste, c'est de garder sa magie pour soi. Ce qui est juste, c'est de ne *pas* transformer mes pieds en palmes !

Elle rougit et recula. Saisissant sa culotte d'une main, elle se figea à mi-chemin et revint, le menton baissé comme un chiot soumis.

— Puis-je remonter mon pantalon maintenant ?

Le fait de remporter son premier acte de soumission le fit bander à en crever. Il se déplaça pour essayer de donner de la place à sa bite.

— Oui, tu peux, Faye. Si tu promets d'être une gentille fille et de suivre les ordres.

Elle se pencha pour saisir sa culotte.

— Promets-le.

Sa voix était tranchante.

Elle s'arrêta, sa culotte à mi-hauteur, sa tête se redressant brusquement pour le regarder. Il adora la supplication dans ses yeux.

— Je le promets, marmonna-t-elle.

— Tu promets quoi ?

Une partie de lui espérait qu'elle refuserait de le dire pour qu'il puisse la remettre sur ses genoux et profiter de la vue de ses fesses se contractant et ondulant sur ses genoux, dansant sous sa main.

— Je promets d'être une gentille fille et de suivre les ordres.

Les coins de ses lèvres se relevèrent.

— Merci. Tu peux remonter ta culotte, Faye.

Elle partit en trombe vers sa chambre, et il entendit les mots, « un tel connard ! », ce qui le fit glousser. Avoir des palmes à la place des pieds pourrait ne pas être si mal pendant quelques jours s'il avait Faye à dresser à la soumission.

CHAPITRE TROIS

$\mathcal{J}$ILLIAN

Les yeux écarquillés et plus qu'un peu gênée, Jillian observa l'animation de la salle à manger. Même si elle aimait ce qu'elle voyait, c'était si différent de sa vie au village, et sa réaction la déconcertait. Elle ne devrait pas autant apprécier ça. Les tables étaient remplies d'hommes et de femmes magnifiques et sûrs d'eux, qui savouraient leur repas et le spectacle. Un groupe jouait discrètement sur la scène, tandis que quelques personnes se déhanchaient sur le plancher entre les tables. Mais les activités qui suscitaient le plus d'intérêt étaient les performances amusantes et animées du personnel de service. Les serveurs et serveuses étaient habillés différemment les uns des autres. Certains étaient légèrement vêtus, exhibant leurs atouts sous l'approbation des clients. D'autres portaient des colliers et des menottes de poignet. Chaque fois qu'un serveur passait près d'une table, il ou elle présentait ses fesses pour recevoir une ou deux claques de la part des clients dominants. Une femme était penchée sur les genoux d'un client qui n'appréciait pas la cuisson de son steak. Bien qu'elle ait couiné et gigoté pendant qu'il la fessait et la grondait, elle arborait tout de même un sourire, et l'excitation se lisait dans ses yeux. Jillian décroisa puis recroisa les jambes et s'agita sur son siège pour ce qui devait être la cinquantième fois de la dernière heure.

— Comment tu vis tout ça, Jillian ?

Bertram la dévisagea d'un air songeur.

Elle déglutit difficilement.

— Je... je crois que j'aime bien. Mais ça fait beaucoup à assimiler. Nous avons la technologie dans mon village. Le maire et les seigneurs en dehors de mon village ont des téléphones portables et quelques-uns ont même des voitures. Mais nous autres, nous nous en tenons aux coutumes anciennes... pas par choix.

Elle fronça les sourcils.

— Mais je n'ai jamais vu de femmes être aussi libres avec leur corps, ajouta-t-elle en se léchant les lèvres et en gigotant, mal à l'aise. Ne te méprends pas, j'... j'aime ça. Mais c'est si différent de ma ville natale.

Il rit.

— J'en suis sûr.

Elle adorait la façon dont ses yeux s'illuminaient quand il souriait. De minuscules éclats d'ambre y dansaient, changeant leur teinte sombre, et les rides au coin de ses yeux adoucissaient son regard.

— Il y a beaucoup de monde, dit-elle en regardant les clients rire et plaisanter, souhaitant pouvoir se défaire d'une partie de la lourdeur qui pesait sur son cœur. Je ne suis pas sûre d'avoir ma place ici.

— Chacun vient pour une raison différente.

Bertram prit sa main et la serra.

— Certains utilisent leurs fantasmes pour échapper à la vie réelle, et d'autres utilisent leur vie réelle pour ignorer leurs fantasmes.

Il haussa les épaules.

— Et certains veulent juste profiter de la liberté. À quelle catégorie appartiens-tu, Jillian ?

Elle sentit un frisson lui parcourir l'échine quand il croisa son regard.

— Merci encore de nous avoir sauvés, Bertram.

— Ça a été un plaisir. Chaque instant.

Il lui fit un clin d'œil et elle sentit son visage s'échauffer au souvenir. La fessée qu'il lui avait donnée – sa toute première – resterait à jamais gravée dans son esprit comme l'événement qui lui avait ouvert les yeux sur le monde extérieur, et elle n'avait pas détesté ça autant qu'elle aurait dû. En fait, la chaleur qui l'envahissait en pensant à la façon dont sa main chaude avait ébouillanté ses fesses nues était honteuse et déplacée. Ou ne l'était-elle pas ?

Elle se tourna vers Bertram, une pensée soudaine lui venant à l'esprit.

— Je ne comprends pas.

— Qu'est-ce que tu ne comprends pas ?

Il pencha la tête sur le côté.

— Les serveurs à moitié nus ? Les fessées ? Les colliers ? Les pagaies ?

— Non.

Elle secoua la tête.

— Le nom. Spa NK.

Elle prononça chaque syllabe séparément.

— C'est un chalet pour les gens qui aiment, euh…

Elle sentit ses joues s'empourprer.

— Les fessées. Ça, je comprends. Mais pourquoi ce nom ? C'est un super jeu de mots, mais je ne vois pas de spa.

— Il est de l'autre côté du chalet, dit-il en se penchant dans son espace personnel. Tu veux connaître le grand méchant secret derrière tout…

Il fit un geste autour de lui.

— … ça ?

— Oui. S'il te plaît.

Il s'adossa à sa chaise et lui fit signe de s'approcher avec son doigt.

— Tu te souviens de l'ex-fiancée que j'ai mentionnée tout à l'heure ?

Jillian hocha la tête, sentant l'impatience monter en elle.

— Shana aimait vraiment le côté chic des choses : manucures, pédicures, massages, et surtout se faire coiffer. Elle m'a convaincu de construire un spa à l'arrière de mon nouveau chalet. Elle a même engagé sa meilleure amie comme masseuse et styliste. Et cette femme, Petra, elle avait une chevelure de dingue, longue, très longue. Un jour, pendant qu'elle se faisait coiffer, Shana m'a cherché des noises et s'est comportée comme une peste. Alors, je lui ai attaché les poignets avec les cheveux de Petra et je lui ai donné la fessée avec sa propre brosse à cheveux.

Elle rit et couvrit sa bouche pour étouffer un hoquet de gêne.

— Il s'est avéré qu'elle a aimé ça. Beaucoup. Et Petra a tellement apprécié qu'elle a fait venir quelques-unes de ses amies « qui partagent les mêmes goûts » pour « jouer » après avoir terminé leurs séances de spa. Et c'est comme ça que la fessée a été introduite dans le spa. Nous avons ajouté quelques extensions, comme un donjon de l'autre côté du chalet. La brosse à cheveux originale est toujours là-bas si tu veux l'essayer.

Il agita les sourcils devant son petit couinement.

— Je… je vais y réfléchir. Euh, merci.

Elle reporta toute son attention sur le verre d'eau glacée à moitié plein devant elle. Ou était-il à moitié vide ? Elle s'en fichait. Elle avait besoin de se rafraîchir rapidement.

Tous les regards se tournèrent vers la scène quand le chant commença, et la voix la plus douce qu'elle ait jamais entendue remplit la pièce. Une jolie femme vêtue d'une simple robe courte, ses cheveux blond platine tirés en un chignon, chantait une belle chanson sur l'amour, le désir, les princes et les rossignols. Quand elle termina sa chanson, elle fit une timide révérence et quitta la scène.

— Cindy, viens ici s'il te plaît.

Bertram fit signe à la jolie blonde de s'approcher.

— Jillian, je te présente la soumise et artiste préférée du chalet, Cindy E.

Elle tendit la main à la douce femme aux yeux bleus tendres et au grand sourire.

— Ooh, c'est un tel plaisir de te rencontrer !

Cindy l'enveloppa dans une grande étreinte et poussa un cri de joie.

— Tu es une nouvelle soumise en formation ? Tu aimes chanter ? Tu aimes faire du shopping ? J'adore faire du shopping. Surtout pour les chaussures ! J'égare souvent les miennes, dit-elle en gloussant.

Jillian fut surprise de réaliser qu'elle adorait déjà cette femme. Elle était si douce et attachante.

— Tu veux jouer plus tard ? Je finis à minuit, expliqua Cindy, pleine d'espoir.

— Je… je ne sais pas ce que je suis…

— Pas encore, Cindy, interrompit Bertram. Je te dirai quand elle sera prête à jouer.

Cindy fit la moue et baissa les yeux.

— Oui, monsieur Wolfe. C'était un plaisir de te rencontrer, Jillian.

Elle sourit et se retourna pour présenter son derrière à son patron.

Il souleva l'arrière de sa jupe, dévoilant sa culotte de soie blanche. Il parsema son postérieur de petites tapes, et Cindy gémit de plaisir et cambra le dos comme pour en demander plus. Quand il estima qu'il avait fini de la récompenser, il lui donna une dernière claque et la redressa doucement.

— Merci, monsieur, dit-elle, son visage souriant révélant joie et satisfaction.

— Il est presque minuit. Tu ferais mieux de pointer, Cindy.

Elle fit un signe de tête à Jillian, remercia Bertram à nouveau, et partit en courant, heureuse.

Il prit Jillian par le bras et la conduisit hors de la salle à manger.

— Tu veux aller voir Jake à nouveau avant que je te montre ta chambre ?

— Oui, s'il vous plaît. Mais vous n'êtes pas obligé de venir avec moi. Je me souviens du chemin depuis notre visite il y a quelques heures. Merci.

— Très bien. Je vais aller vérifier quelques trucs. Je te retrouve à l'infirmerie dans un instant.

Il lâcha son bras et se dirigea d'un pas décidé vers l'arrière du chalet.

La visite à Jake se passa bien. Il avait bien meilleure mine que plus tôt. Il avait eu une petite transfusion sanguine et se reposait confortablement avec la tête bandée et un énorme sourire aux lèvres après qu'elle lui avait raconté son passage sur les genoux de Bertram. Elle était gênée d'avouer tout ça à son grand frère, mais il se contenta de la taquiner un peu en disant qu'elle avait enfin trouvé son maître, et elle était si soulagée qu'il se rétablisse qu'elle le laissa dire. Elle le serra dans ses bras et accepta de lui faire visiter le chalet dès qu'il s'en sentirait capable.

En sortant de la chambre, elle vit Bertram adossé à un mur, en train de l'attendre.

— J'ai quelque chose pour toi.

Il prit sa main et la conduisit à l'arrière du chalet. Ils s'arrêtèrent devant une petite écurie remplie de chevaux, de foin et de matériel d'équitation – et où se trouvait Banbury !

Elle poussa un cri de joie et courut pour jeter ses bras autour du cou de l'étalon blanc. Il secoua la tête et se blottit dans ses cheveux.

— Je suis si contente de te voir, murmura-t-elle dans sa crinière en inhalant son odeur chaude et terreuse. Merci beaucoup de l'avoir retrouvé, Bertram.

Elle lâcha l'étalon pour étreindre le grand homme derrière elle.

— Ce n'était rien. Tu sembles avoir un don avec les animaux, Jillian.

Elle se retourna vers Banbury et caressa sa robe douce.

— J'adore les animaux. De toutes sortes. Je ne sais pas, ils m'appellent simplement pour être aimés. Sauf les loups. Je ne pense plus être très friande des loups. Elle se tourna vers le petit grognement qu'elle avait cru entendre, mais ne vit que Bertram, debout, dépourvu de toute émotion.

— Je peux comprendre ça, surtout après les événements d'aujourd'hui.

Il lui offrit son bras.

— La journée a été longue. Je vais t'accompagner à ta chambre.

Ils rentrèrent à l'intérieur et empruntèrent un nouveau couloir qu'elle n'avait pas encore vu. Elle trébucha sur quelque chose, mais Bertram la rattrapa avant qu'elle ne tombe.

— C'est quoi ça ?

Elle se pencha pour ramasser la chaussure. Elle balaya le couloir du regard et vit une autre chaussure, un bas et une jupe.

— Ce sont... les vêtements de Cindy ?

Elle se pencha pour ramasser chaque article, se demandant pourquoi quelqu'un se déshabillerait de manière si désordonnée.

Bertram gloussa et la conduisit vers une chambre sur la droite. Il frappa trois fois et attendit l'appel.

— Entrez !

La réponse forte et autoritaire vint de derrière la porte. Il tint la porte pour que Jillian entre avant lui.

Un homme était agenouillé devant une table remplie de fouets, de cannes et de pagaies.

Bertram s'avança et interpella une femme derrière le rideau transparent.

— Belle-mère, notre amie a laissé derrière elle certains de ses biens précieux. Voudriez-vous, s'il vous plaît, vous assurer qu'elle les récupère ?

Elle étouffa à peine son hoquet de surprise quand la grande et magnifique femme sortit de derrière le rideau. Ce n'était pas la même femme douce qu'elle avait entendue chanter quelques instants plus tôt. Elle était tout de noir vêtue, un corset et un bustier sexy, des bottes hautes en cuir noir, ses longs cheveux blonds ébouriffés, et des lèvres pleines et boudeuses, tachées de rouge.

— C'est la meilleure dominatrice de tout le pays. Les gens s'inscrivent des mois à l'avance pour avoir une séance avec elle, lui murmura Bertram à l'oreille.

— Merci, maître Wolfe.

La grande blonde hocha la tête.

— Je veillerai à ce qu'elle récupère ses affaires. Elle peut être un peu tête en l'air, cette fille. Surtout quand les douze coups de minuit sonnent.

Sa voix était plus profonde et avait un accent étrange qui allongeait les voyelles quand elle parlait.

Jillian n'arrivait toujours pas à détacher ses yeux de la nouvelle femme en face d'elle. La transformation l'étonnait.

— Pouvons-nous vous demander pour quelle raison il est

puni, Belle-mère ? demanda Bertram nonchalamment en regardant l'homme attaché au banc de punition.

— Il envoyait des textos en conduisant sa calèche, une grosse bêtise !

Elle tira la tête de l'homme en arrière pour le regarder dans les yeux.

— Cela va te coûter des coups de canne supplémentaires. Tu le sais, n'est-ce pas ?

— Oui, maîtresse.

Il gémit quand elle resserra sa prise sur ses cheveux.

— Je veux dire, oui, Belle-mère.

— Bien, on va commencer. Excusez-nous.

Elle fit un signe de tête à Bertram et Jillian, puis se tourna vers sa tâche.

Jillian entendit son nom alors qu'elle sortait et elle se retourna.

— O-oui, Belle-mère ?

— Tu passeras du temps avec la douce petite Cindy demain, n'est-ce pas ?

— Oui, oui, bien sûr, bafouilla-t-elle.

— Bien.

La femme hocha la tête et se détourna.

Bertram ferma la porte derrière eux et l'entraîna dans le couloir, mais pas avant qu'elle n'entende les premiers cris.

— Au lit ? sourit-il.

— Mmmm, couina-t-elle.

— Ne t'inquiète pas, dit-il en enroulant ses bras autour de ses épaules et en la guidant vers les chambres d'amis. La première nuit est toujours la plus difficile.

Elle hocha la tête et s'affaissa contre lui pendant qu'ils marchaient.

— Hé.

Il s'arrêta brusquement.

— Je te dois toujours une fessée.

✳

ELLE ENTRA dans la magnifique suite et cessa de respirer. C'était comme la rencontre de deux mondes différents. Des torches rustiques ornaient le petit hall d'entrée, lui rappelant les petites rues pavées de sa ville. Elle ne pouvait pas dire si elles étaient réelles ou fausses, mais elles baignaient le salon d'une lumière relaxante. Un simple canapé était placé le long d'un mur, face à une cheminée en pierre, déjà allumée et qui dégageait une chaleur à l'odeur merveilleuse. Il y avait des coussins moelleux ornés d'un arc-en-ciel de couleurs et de sequins perlés. Sa couleur préférée, la topaze, était celle qui brillait le plus. Sur une petite table d'appoint se trouvaient une bouteille de liquide clair et pétillant – une sorte de vin mousseux, devina-t-elle – et des verres en cristal.

L'autre mur comportait une porte qui menait à la chambre. Elle semblait simple et modeste, mais fraîche et propre. Les murs et les rideaux aux couleurs sombres empêchaient la lumière d'entrer et rendaient la pièce aussi intime qu'on pouvait le souhaiter.

Elle se tourna vers Bertram, toujours debout dans le salon, et remarqua… quelque chose.

— Un chevalet de fessée, lui expliqua-t-il, comme s'il lisait dans ses pensées.

Elle en fit le tour, sentant la texture lisse du bois verni, humant l'odeur du chêne et de la laque. Le dessus rembourré de couleur foncée lui donnait une apparence de semi-confort, et les pieds réglables munis de sangles firent de nouveau s'agiter les papillons dans son ventre.

Elle s'imagina étendue dessus, Bertram en train de la gronder pour une bêtise tout en lui fessant les fesses jusqu'à ce qu'elles soient douloureuses et glorieusement rouges. Elle frissonna et se retourna pour croiser son regard entendu. Ses cheveux poivre et sel mettaient en valeur ses yeux sombres, qui brillaient d'éclats dorés.

— Nous l'essaierons un jour, quand tu seras prête, Jillian. Mais d'abord, mettons-nous en train à l'ancienne.

Il s'assit sur le canapé, tapota ses genoux, et devint tout à coup sérieux.

— Jillian, c'est un endroit sûr. Les fessées et autres activités se font de manière consentie.

Il s'éclaircit la gorge.

— Je… je suis désolée, balbutia-t-elle. Qu'est-ce que vous avez dit ?

Il eut un petit rire et lui fit signe de ses yeux chaleureux.

— Je t'ai demandé si tu voulais que je te fesse.

Elle hocha la tête, se sentant timide et embarrassée.

— Utilise tes mots, s'il te plaît. Est-ce que. Tu. Veux. Que je te fesse ?

— Oui, monsieur, murmura-t-elle en se tenant devant lui.

Mon Dieu, c'était si embarrassant. Pourquoi ne pouvait-il pas la tirer sur ses genoux comme la première fois ? Elle n'était pas si sûre d'aimer y consentir. Est-ce que ça faisait d'elle une cinglée ? Elle sentit la première larme couler sur sa joue. Il s'était passé tant de choses au cours des dernières vingt-quatre heures.

Le long et froid voyage, la blessure de Jake – qui était entièrement de sa faute – se retrouver coincée au cœur d'un blizzard dans un endroit qui la déconcertait complètement mais qui l'attirait aussi. Elle goûta ses larmes salées qui coulaient sur ses joues chaudes et sur ses lèvres.

— Je suis désolée. Je ne peux pas faire ça.

Elle se retourna et commença à chercher à tâtons le chemin de la chambre. Elle sentit le mouvement derrière elle alors qu'il la soulevait dans les airs et la jetait sans ménagement sur ses genoux.

— Ouf !

La première tape sur l'arrière de sa robe n'était pas forte, mais cela et sa position soudaine la surprirent. Il se pencha pour lui murmurer à l'oreille :

— Dis Peter Piper si ça devient trop intense.

Elle hocha la tête, reconnaissante qu'il ait pris les choses en main, et elle se pressa contre ses genoux durs, posa sa joue sur les coussins et releva son derrière vers sa main.

BERTRAM

Il prit une profonde inspiration et pria pour avoir raison. La pauvre petite était dépassée, fatiguée et surstimulée. Et elle ne savait pas comment demander ce dont elle avait si désespérément envie. Son corps lui disait très clairement ce qu'il avait besoin de savoir. Mais son esprit lui permettrait-il de recevoir ce qu'il donnait ?

Il releva sa robe et ses jupons et les enroula délicatement sur son dos. Il frappa son derrière couvert par la culotte de claques fermes, en n'utilisant qu'un quart de sa force. Il ne voulait pas l'effrayer, seulement la calmer et lui offrir une libération. Après chaque tape, elle levait son derrière vers lui, comme pour en demander plus. Il se demanda si elle était consciente de faire ça.

Il s'assura de bien échauffer chaque centimètre de son derrière rebondi et il commença à voir des teintes roses sous sa fine culotte de coton blanc. Elle avait besoin de se libérer, mais jusqu'où pouvait-il l'emmener sans l'effrayer ? Il posa sa paume sur le dos de ses globes chauds et frotta doucement.

— Ça va ?

Elle prit une profonde inspiration, secouée d'un frisson, et hocha la tête.

Il abattit sa main sur son derrière, ce qui la fit sursauter et pousser un petit cri.

— Utilise tes mots, Jillian.

Elle tourna la tête vers lui, ses yeux verts lançant des éclairs de colère.

— Oui, monsieur ! Ça va très bien, monsieur !

Il rit, soulagé de voir qu'elle avait encore du caractère.

— Gentille fille.

Il lui caressa les fesses, savourant de l'avoir sur ses genoux, appréciant son acceptation de sa main.

— Mais la prochaine fois que tu n'utiliseras pas tes mots…

Il abattit sa paume rapidement, cinq fois de suite, et elle poussa un cri strident.

— Ok, d'accord, j'ai compris ! Des mots. Compris. Peter Piper si c'est trop ! cria-t-elle avant de reposer son corps tremblant et de se pelotonner sur le canapé.

— Gentille fille.

Il lui tapota le derrière.

— Tu en veux plus ?

Elle hocha la tête mais se reprit à temps et croisa son regard, les yeux pleins de larmes non versées et de besoin.

— Monsieur. N'arrêtez pas, avant que…

Ses joues rougirent.

— N'arrêtez pas avant que j'aie fini.

Elle mordit sa lèvre tremblante et tourna la tête sur le côté du canapé, en relevant les fesses.

Il baissa sa culotte jusqu'aux genoux et posa sa paume sur ses joues roses et rebondies. Sa main engloutissait son derrière saillant. À un autre moment, il aimerait les caresser, les pincer et sentir leur douceur soyeuse. Il secoua la tête. Ce n'était pas le moment pour des pensées de loup lubriques. C'était le moment de guérir.

Il prit une profonde inspiration, leva son énorme main et l'abattit avec fracas. Il plaça trois fessées dures sur sa joue gauche, suivies de trois autres sur son côté droit, devenant progressivement plus fortes à chaque série. Les coups fermes et durs faisaient rougir ses magnifiques fesses, avec des taches de tons plus sombres. Il frappa plus bas cette fois, sous ses fesses, là où ses cuisses et ses joues se rejoignaient.

Elle gémit, trembla et tressaillit tandis qu'il la fessait avec précision et soin, ne laissant aucune partie de son derrière et du haut de ses cuisses intacte.

— S'il vous plaît ! Arrrêêêêtez ! hurla-t-elle en plaçant ses mains sur son derrière pour tenter de se protéger.

Il la remit rapidement sur ses pieds et observa la colère bouillonnante dans son expression.

— Tu veux que ce soit fini, Jillian ?

Elle tapa du pied avec colère et le fusilla du regard.

— Non, je ne veux pas que ce soit fini ! Mais ça faisait mal !

— Les fessées sont censées faire mal.

— Je sais, gémit-elle. Mais vous ne pouvez pas vous attendre à ce que je reste allongée calmement pendant que vous me tapez sur le cul.

Ses joues rougirent et elle baissa les yeux vers le sol.

— D'ailleurs, je n'ai pas dit Peter Piper.

— Tu as raison. Tu n'as pas dit Peter Piper.

Il vit ses yeux se fixer sur le cheval de fessée.

— Viens ici, petite. On va finir ça en beauté.

Il conduisit la jeune femme tremblante vers le cheval dans le coin.

— Tourne-toi, ordonna-t-il d'une voix bourrue.

Elle lui présenta son dos et releva ses cheveux comme si elle sentait son prochain mouvement.

Il ne tarda pas à défaire les lacets dans le dos de sa robe et la tira par-dessus sa tête. Il fit glisser ses jupons jusqu'au sol et regarda sa colère se dissiper. Elle se cacha et frissonna quand il lui retira son corset, la laissant nue et vulnérable à ses yeux.

C'était une beauté à contempler. Les courbes plantureuses qui avaient été cachées sous toutes ces couches créèrent en lui une envie animale de la prendre pour sienne. Ses seins crémeux se soulevaient et s'abaissaient à chaque respiration qu'elle prenait. Ses tétons pointaient dans l'air frais, roses et érigés, demandant à être embrassés. Il se lécha les lèvres et passa sa langue sur ses canines acérées.

Non, ce n'était pas le moment pour ses pulsions animales. Pour l'instant, il devait s'occuper de la femme vulnérable et tremblante devant lui. Il lui fit signe d'avancer et il l'aida à se placer doucement sur le cheval en bois. Il la suréleva pour que ses pieds ne touchent plus le sol, plaçant son derrière dans la position parfaite pour qu'il s'occupe de ses besoins. Ses jambes s'écartèrent alors qu'elle se penchait en avant pour saisir les poignées afin de se positionner. Il ne put s'empêcher d'être excité par l'abondance de liquide qu'il vit au creux de sa culotte de coton blanc. Elle était trempée de son excitation. Il la lui retira délicatement et la porta à son nez. L'odeur de son parfum floral l'incita à se transformer.

Son grognement l'effraya et elle se tourna vers lui avec des yeux écarquillés.

Il refoula son animal au plus profond de lui et leva les mains dans un geste de sécurité.

— Je ne vais pas te faire de mal, Jillian.

— Je sais.

Elle lui offrit un sourire timide et mit ses jambes en position.

Il attacha ses jambes et son torse pour les maintenir en place, mais sans trop serrer. Il frotta sa main sur son derrière lisse, encore rouge et marbré de l'échauffement.

— Essaie de ne pas contracter tes fesses.

Il tapa doucement sur ses joues chaudes à quelques reprises jusqu'à ce qu'elle se détende.

— Es-tu prête, Jillian ?

— Oui, monsieur, dit-elle en hochant la tête, le souffle court.

JILLIAN

Cet engin lui semblait si étranger. Elle appréciait la chaleur et le confort du coussin qui pressait contre son ventre et ses parties intimes. Elle appréciait aussi les sangles qui la maintenaient en place. Elle ne savait pas si elle serait capable de rester immobile très longtemps. Surtout avec la peau de ses fesses aussi tendue en ce moment. Est-ce que ça ferait plus mal ? Utiliserait-il autre chose que sa main ?

Sa main faisait un mal de chien – comme si elle appartenait à un gros animal. Mais une partie d'elle voulait sentir quelque chose de nouveau. Elle voulait pleurer. Elle voulait libérer toutes ses émotions. Et elle voulait se sentir en sécurité. Elle espérait que Bertram pourrait être là pour elle. Elle détendit son derrière et prit une profonde inspiration, qu'elle relâcha en l'écoutant derrière elle.

Elle entendit le léger cliquetis et le bruit de sa ceinture en cuir en train de glisser à travers les passants de son pantalon.

Il tint la large ceinture en cuir devant son visage.

— Tu peux l'embrasser et me remercier de l'utiliser sur tes fesses nues.

Elle sentit la chaleur lui monter aux joues alors qu'une nouvelle moiteur se formait entre ses jambes.

— Mer-merci de fes-fesser mes f-fesses nues, bégaya-t-elle, soudain à bout de souffle.

Elle embrassa la ceinture devant sa bouche. Le cuir sentait merveilleusement bon et semblait souple et ferme contre ses lèvres.

Il s'approcha d'elle et elle observa du coin de l'œil son bras se lever au-dessus de sa tête.

Elle entendit le sifflement du cuir qui fendait l'air et mordait ses fesses.

— Argh ! grogna-t-elle alors qu'une autre ligne de feu éclatait sur le côté droit de son derrière.

Coup après coup, elle gémissait et tremblait. Ça faisait si mal. Elle était sûre qu'elle allait mourir de douleur. Dieu merci, il l'avait attachée, sinon elle serait sûrement tombée la tête la première. Elle se sentait reconnaissante envers Bertram pour tout ce qu'il avait fait pour les sauver, pour aider son frère et maintenant. *Ça.*

Elle sentit les premières larmes s'échapper de ses yeux fatigués, et elle eut un hoquet. Un autre coup de lanière juste sous son derrière la fit hurler d'agonie.

— Je suis désolée !

Une autre large ligne de feu juste en dessous. Elle gémit et tenta de donner des coups de pied – en vain.

— De quoi es-tu désolée, Jillian ?

Il la frappa avec la ceinture, l'atteignant entre les fesses, et elle s'étouffa dans un sanglot.

Il la frappa trois fois de plus en succession rapide, et elle hurla :

— De tout ! Je suis désolée ! Je lui ai fait du mal ! Tout est de ma faute !

Elle gémit et s'effondra sur le cheval, incapable d'arrêter les sanglots qui secouaient tout son corps.

Elle sentit quelque chose de chaud envelopper son corps, puis elle sentit son souffle chaud près de sa joue. Il pressa son corps contre le sien, lui donnant sa chaleur et sa force, et elle se sentit enfin en sécurité. Elle ferma les yeux et ne prêta aucune attention alors qu'il la détachait rapidement et la soulevait dans ses bras massifs. Elle se souvenait à peine de lui la portant dans sa chambre et l'enveloppant dans les couvertures chaudes et moelleuses. Elle pouvait à peine sentir la chaleur de son derrière ravagé contre la fraîcheur des draps alors qu'elle sombrait dans un sommeil profond.

Elle se réveilla en hurlant au souvenir des loups. Elle frissonna et essaya de ralentir son cœur qui s'emballait, mais elle ne parvint pas à se calmer.

Elle vit l'ombre de Bertram depuis le coin où il devait être assis. Il se précipita et prit son corps tremblant dans ses bras, la serrant fort jusqu'à ce qu'elle se détende enfin.

— J'ai peur.

Elle fut incapable de retenir le cri pitoyable qui sortit de sa bouche.

Il la recoucha dans le lit et se blottit contre son dos, en cuillère, la tenant fermement contre son torse.

— Je te promets que je vais te protéger.

Il frotta son nez contre sa joue.

— Dors, ma chérie.

Pour la première fois depuis très longtemps, elle se sentit aimée et en sécurité. Elle s'endormit au son rythmé de son ronflement rauque, sa large paume et son bras poilu enroulés fermement autour d'elle. Même si elle n'avait jamais dormi aussi près d'un autre homme, elle sentit une connexion. Cela semblait juste. Et elle dormit bien.

CHAPITRE QUATRE

ORAL

Coral fit une pause pour souffler un peu d'air chaud dans ses doigts gelés. Elle avait dû retirer ses gants pour bricoler l'aérateur qui avait cessé de fonctionner dans l'un de ses étangs à poissons. De tous les moments possibles pour que cette satanée machine tombe en panne, il avait fallu que ce soit en plein blizzard. Elle ne voulait pas prendre le risque d'attendre que la neige ait cessé de tomber, car elle ne savait pas quelle épaisseur elle atteindrait et si elle pourrait encore sortir. D'ici là, tous ses amis poissons pourraient être morts.

Elle jeta un coup d'œil en arrière vers le chalet, espérant que M. Wolfe ne remarquerait pas qu'elle était dehors. Il la ferait rentrer et lui ferait ensuite un sermon interminable sur la tenue appropriée en cas de blizzard. M. Wolfe dirigeait ce chalet des fantasmes et c'était vraiment un homme incroyable, mais elle ne pouvait s'empêcher de penser qu'elle n'était qu'un ajout à sa collection d'originaux un peu perdus. Bien sûr, il ne voyait pas les choses comme ça, et elle croyait sincèrement qu'il tenait à elle. Mais Coral connaissait la vérité. Elle était une « petite fille perdue » qui fuyait son passé sulfureux et se cachait jusqu'à ce que ledit passé cesse de la chercher. Mais si elle était vraiment honnête, elle était en fait une « petite sirène perdue », et son passé sulfureux impliquait un mauvais pacte conclu avec une vieille sorcière des mers acariâtre.

M. Wolfe savait tout cela et l'avait tout de même accueillie à bras ouverts dans son chalet. Au début, elle avait pensé qu'il avait des arrière-pensées. D'après son expérience, rien n'était jamais gratuit dans la vie, et il dirigeait bel et bien un chalet libertin spécialisé dans la réalisation des fantasmes de ses clients. À l'époque de son arrivée, Coral était juste assez fragile et vulnérable pour qu'il puisse profiter pleinement d'elle. Elle avait le cœur brisé et se sentait seule, sans plus rien qui la rattachait à la vie. Mais au lieu d'exploiter ses faiblesses, il lui avait suggéré de s'occuper de l'aquarium qui venait d'être installé dans leur salon principal. Depuis, deux étangs à poissons avaient été ajoutés à l'arrière, ainsi que deux autres aquariums dans d'autres zones du domaine.

Elle avait pris une chambre au chalet – sur la défensive, la méfiance chevillée au corps. Mais c'était il y a plus de deux ans. Elle avait fini par trouver un rythme familier, s'occupant de sa famille de poissons élargie et jouant dans le donjon du chalet en tant que soumise résidente quand l'envie lui en prenait. Elle avait tiré un trait sur l'amour, mais elle n'était pas morte pour autant. Elle aimait toujours jouer.

Elle fut tirée de sa rêverie intérieure lorsque l'aérateur se remit à vrombir, le doux bourdonnement la surprenant. Elle dit un rapide au revoir à ses poissons et promit de revenir leur rendre visite dès qu'elle pourrait se frayer un chemin dans la neige. Une fois rentrée dans la maison à grandes enjambées, ses bottes et son pantalon couverts de glace, elle percuta de plein fouet M. Wolfe, qui marchait avec un homme grand et costaud. M. Wolfe la saisit par les épaules pour la stabiliser alors qu'elle vacillait sous le choc. Le regard de Coral passa de l'air sévère de M. Wolfe aux yeux amusés du bel inconnu. Sa tête était enroulée dans un bandage et ses cheveux noirs étaient dressés çà et là, mais ce furent les yeux doux sous le bandage qui la captivèrent. Bleus comme l'océan qu'elle avait autrefois appelé son foyer, et elle se sentit perdue dans son regard.

— Qu'est-ce que tu faisais dehors ?

M. Wolfe la secoua légèrement, la ramenant à la réalité.

— L'aérateur faisait encore des siennes. Je voulais juste le remettre en marche avant que la neige ne commence vraiment à tomber, répondit-elle.

Il jeta un coup d'œil dehors vers le blizzard qui faisait rage, puis de nouveau vers elle, vêtue d'un sweat à capuche et d'un legging léger.

— Va te changer et bois quelque chose de chaud, ordonna-t-il.

— Oui, m-monsieur, bégaya-t-elle.

— La prochaine fois que je te surprends dehors dans le froid, sans être correctement habillée, tu te retrouveras sur mes genoux. Est-ce que je me fais bien comprendre ?

Elle ouvrit la bouche pour parler, mais les mots restèrent coincés dans sa gorge. Elle finit par laisser échapper un couinement affirmatif et hocha la tête.

Il leva les yeux au ciel puis désigna le bel inconnu à côté de lui.

— Voici Jake Hill. Jake et sa sœur, Jillian, vont rester avec nous pendant un certain temps.

M. Wolfe se tourna vers Jake.

— Coral pourra également te montrer où trouver tout ce dont tu pourrais avoir besoin. Elle connaît les moindres recoins du chalet mieux que la plupart des gens. N'est-ce pas, Coral ?

Les deux hommes la dévisageaient maintenant, mais elle

ne parvenait toujours pas à faire obéir sa voix. Elle hocha de nouveau la tête en signe d'affirmation. Jake eut un rire grave et M. Wolfe plissa les yeux en la regardant avant de tourner les talons et de s'éloigner, marmonnant quelque chose à propos de femmes têtues et de gens qui dévalent des collines. Jake lui fit un clin d'œil, puis se retourna et suivit M. Wolfe dans le long couloir.

Coral poussa un soupir de soulagement. Elle s'était préparée à un autre sermon, et même si M. Wolfe dirigeait son chalet d'une main de fer, il ne l'avait jamais menacée de lui donner la fessée auparavant. Cette pensée lui noua l'estomac. Et qui était ce bel inconnu qui avait élu domicile ici temporairement ?

JAKE

Bertram Wolfe fit entrer Jake dans son bureau. Il était lambrissé de bois sombre et des meubles en bois de la même teinte remplissaient la pièce. Jake était un homme de grande taille, mais le mobilier de la pièce dégageait une telle force et une telle puissance qu'il se sentit un peu nerveux. Jake eut la même sensation que lorsqu'il était enfant et qu'on le convoquait dans le bureau du directeur pour le réprimander d'avoir tiré les couettes des filles.

Bertram lui fit signe de s'asseoir dans une chaise à haut dossier en face de son bureau. Jake s'y installa et regarda Bertram d'un air interrogateur. Il pouvait déjà dire, rien qu'à la façon dont le reste du personnel et des clients considéraient Bertram, qu'il était un homme bon, mais pas à prendre à la légère. La pauvre fille qu'il venait de rencontrer semblait trembler dans ses bottes couvertes de neige après un simple regard de sa part.

— Intimidant, n'est-ce pas ?

Bertram jeta un regard circulaire et Jake sourit.

— Un peu, répondit-il.

— C'est celui de mon partenaire. Je n'ai pas vraiment l'utilité d'un bureau. Un peu trop collet monté à mon goût.

Il s'interrompit et lança à Jake un regard rassurant.

— J'espère que tu te sentiras chez toi ici, commença Bertram.

Jake laissa échapper un souffle qu'il ne savait pas avoir retenu. Dans un coin de son esprit, il avait vraiment l'impression d'être sur le point de se faire gronder pour quelque chose.

— Je n'ai aucun doute sur le fait que je serai comme chez moi.

Bertram lui sourit.

— La raison de votre visite à tous les deux est malheureuse. Mais puisque vous êtes ici pour attendre la fin du blizzard, je veux que vous profitiez de toutes les commodités dont vous pourriez avoir envie.

Jake retourna cela dans son esprit.

— La jeune femme que vous venez de me présenter. Coral ?

Les traits de Bertram se durcirent.

— Ce n'est pas une commodité.

— Je ne disais pas qu'elle en était une. J'étais juste curieux à son sujet. Elle est si—

— Têtue ?

Bertram termina sa phrase à sa place.

— Non, j'allais dire—

— Insensée ?

— Je voulais dire belle. Enchanteresse.

Jake perçut la mélancolie dans sa propre voix et redressa les épaules. Il ne voulait pas s'extasier, surtout pas devant Bertram.

L'expression sur le visage de Bertram indiquait qu'il était déjà au courant de l'intérêt de Jake.

— Oh oui, elle est aussi tout ça. Belle, enchanteresse, têtue et insensée. Elle peut aussi être assez sarcastique et un peu exaspérante.

Il remua quelques papiers sur son bureau, puis leva les yeux vers Jake avec un sourire en coin.

— C'est l'une de mes employées préférées.

Jake sourit à la pensée de la petite fée enchanteresse. Elle avait de longs cheveux roux qui tombaient en cascade sur ses épaules et une silhouette menue, mais il y avait du feu derrière ses yeux bleus pétillants. Il n'avait aucun doute sur l'évaluation de Bertram. Son attitude douce et repentante n'était probablement pas son état habituel.

— C'est pour ça que je t'ai fait venir ici. Je voulais te parler d'elle, poursuivit Bertram.

— Vous vouliez me parler ? De Coral ?

— Oui, ta sœur m'a dit que vous vous rendiez chez une entremetteuse.

— Ma sœur parle trop.

Jake sentit sa moutarde lui monter au nez. De quel droit Jillian se permettait-elle de raconter leurs projets à de parfaits inconnus ?

— Oui, nous pouvons être d'accord sur ce point. Je pense que ta sœur a peut-être besoin d'être guidée, mais c'est une autre affaire.

L'intérêt de Jake fut piqué ; si cet homme était assez fou pour essayer de maîtriser sa sœur, alors il pouvait aussi bien écouter ce qu'il avait à dire.

— Coral, c'est une fille spéciale, commença Bertram.

Jake hocha la tête, il pouvait déjà le voir alors qu'elle ne lui avait même pas dit deux mots.

— Mais je crains de l'avoir laissée devenir un peu incontrôlable.

Jake haussa les sourcils en regardant l'homme assis en face de lui. Il avait du mal à croire que Bertram laisserait quiconque devenir incontrôlable.

— Laisse-moi commencer par le début. Elle est venue ici chercher un endroit où se cacher.

Bertram tapota du bout des doigts sur le bureau.

— Normalement, je n'aime pas utiliser mon chalet comme refuge à long terme, mais je ne pouvais pas la renvoyer. Elle était si…

Il se pencha en arrière dans son fauteuil en cherchant le mot juste.

— … brisée.

Jake laissa cette information décanter. Il avait du mal à imaginer que la fille qu'il venait de rencontrer dans le couloir était la même que celle dont parlait Bertram maintenant.

— Elle ne parlait presque à personne. Elle passait des heures, parfois des jours, enfermée dans sa chambre. Elle était toujours si triste.

Bertram avait un regard lointain en se remémorant le passé.

— Quand elle est enfin sortie de sa coquille, qu'elle a enfin montré un peu d'entrain, j'étais impatient qu'elle reste ainsi. J'aime maintenir un personnel bien discipliné. Je n'hésite pas à corriger quiconque pour son comportement. Mais avec Coral, j'ai été trop gentil.

— Avec tout le respect que je vous dois, monsieur, elle était dehors dans le froid sans manteau. Mais je n'appellerais pas ça être incontrôlable, dit Jake.

— C'est le cadet de mes soucis. Elle a la tête dans les nuages. Elle a besoin d'une petite leçon de discipline, surtout après le coup qu'elle a fait l'autre soir.

Bertram secoua la tête.

— J'étais absent du chalet pour la journée. C'est à ce moment-là que je suis tombé sur toi et votre sœur. Coral avait été chargée de tenir la réception parce que nous manquions un peu de personnel, sinon on ne le lui aurait jamais demandé. Elle a fini par laisser entrer un criminel connu dans le chalet et il a pillé toutes les chambres des clients.

— Elle ne pouvait sûrement pas savoir que c'était un criminel ?

Jake ne savait pas pourquoi il la défendait, mais quelque chose en lui voulait la protéger.

— Elle le savait, continua Bertram, ou elle l'aurait su si elle avait été attentive et avait fait son travail.

— Alors que s'est-il passé ?

Jake se souvint que Bertram avait menacé de lui donner la fessée une minute plus tôt, et pour une raison quelconque, l'idée des mains de Bertram sur elle ne lui plaisait pas.

— Nous avons dû essayer d'apaiser les clients. Je leur ai offert à tous une nuitée gratuite.

— Non, je parlais de Coral.

Jake déglutit.

— A-t-elle été punie ?

Bertram haussa un sourcil vers Jake.

— Je suis d'accord, elle aurait dû l'être. Mais comme je l'ai mentionné précédemment, j'ai bien peur d'avoir créé un terrible précédent. Alors que je n'aurais pas hésité à prendre à partie n'importe quel autre membre du personnel, je n'ai tout simplement pas pu me résoudre à la réprimander comme il se doit.

— Donc il n'y a eu aucune répercussion ?

— Au grand dam des autres. Je n'en finirai jamais d'entendre parler de ça. Je crois que cela cause une certaine animosité parce qu'ils pensent que Coral est traitée différemment.

— Mais c'est le cas, intervint Jake.

— Oui, je suppose que oui, dit Bertram en le regardant

d'un air entendu, mais j'ai l'intention de régler cette situation dès maintenant.

— Avec moi ?

Jake regarda autour du bureau, comme s'il s'attendait à voir l'autre personne à qui Bertram parlait.

— Oui, toi ! Va simplement te présenter. Apprenez à vous connaître.

Jake ne pouvait s'empêcher de se demander pourquoi il semblait si sûr que cela allait fonctionner.

— Et si elle ne veut rien avoir à faire avec moi ? demanda Jake.

— Je pense qu'elle voudra avoir quelque chose à faire avec toi, répondit Bertram. Coral a bon cœur, mais elle a la tête dans les nuages. Elle a besoin d'être guidée fermement, et j'ai le sentiment que tu es l'homme de la situation.

— Pourquoi moi ?

— À en juger par le caractère de ta sœur, je dirais que tu as une certaine expérience dans la gestion des femmes récalcitrantes.

— Je ne gère pas très bien ma sœur, rétorqua Jake.

— Alors nous avons tous les deux un problème pour lequel nous avons besoin de l'aide de l'autre, concéda Bertram avec un signe de tête.

Jake ne savait pas vraiment ce que cela était censé signifier, mais il pouvait deviner où cela menait.

— Vous voulez que je lui donne la fessée ? Parce que vous avez peur de le faire ?

Bertram le regarda en fronçant les sourcils.

— Je veux que tu lui donnes une raison de vouloir à nouveau partager son cœur. Ce n'est pas une chose avec laquelle je peux l'aider.

Bertram s'arrêta un instant puis reprit :

— Maintenant, laisse-moi te dire exactement ce que tu dois faire.

✳

CORAL

Après avoir pris une douche et mis des vêtements secs, Coral descendit à la cuisine pour faire chauffer du lait pour un chocolat chaud. Elle s'arrêta sur le pas de la porte, surprise par l'homme qui se tenait devant la cuisinière.

— Tu veux un chocolat chaud ? Je suis justement en train de m'en faire une tasse.

Jake lui sourit alors qu'elle entrait timidement dans la pièce. Elle ne s'attendait pas à y trouver quelqu'un d'autre.

— Oui, merci.

Elle lui tourna le dos tout en s'affairant à sortir des tasses du placard. Elle avait besoin d'une seconde pour reprendre ses esprits.

— Alors, tu travailles ici ?

Il s'était retourné vers la cuisinière et remuait le chocolat dans le lait bouillant. Elle en profita pour laisser son regard errer sur ses larges épaules, descendre le long de son dos musclé, jusqu'à son cul bien moulé. Il jeta un coup d'œil par-dessus son épaule, ses lèvres s'étirant en un sourire quand il la surprit en train de le mater.

Son visage s'empourpra de gêne, et elle se força à sortir des mots de sa bouche.

— Euh, oui. Je m'occupe des poissons.

Elle posa brusquement les tasses sur le comptoir à côté de la cuisinière et se réfugia à la table en bois au milieu de la pièce.

Il remplit les tasses et les apporta là où elle était assise.

— Les poissons ?

— Les aquariums et les étangs à poissons. Je les entretiens pour M. Wolfe.

Elle enroula ses mains autour de sa tasse pour les empêcher de trembler.

— Donc, tu ne travailles dans aucune *autre* zone du chalet ?

Sa voix portait une pointe de déception.

— Non, dit-elle avant de faire une pause.

Puis elle reprit :

— Enfin, je ne suis pas payée pour ça du moins. Mais il n'y a pas de règles interdisant aux employés de jouer avec les clients. Tu es un client ?

Il haussa les épaules.

— Je ne vais nulle part par ce temps. M. Wolfe a eu la gentillesse de nous laisser, ma sœur et moi, nous abriter de la tempête.

Elle hocha la tête en signe d'accord, se souvenant de ce que M. Wolfe avait dit à propos de Jake et de sa sœur qui restaient avec eux.

— Qu'est-ce que tu as fait à ta tête ?

Il posa une main sur son bandage et fronça les sourcils.

— J'ai fait une chute, dit-il, à cause de ma chère sœur.

— J'ai quelques sœurs comme ça, répondit-elle.

— Elles travaillent ici aussi ?

— Elles n'habitent pas par ici. Je ne les vois pas vraiment beaucoup.

Un pincement de regret la frappa et elle sentit le besoin de changer de sujet.

— Tu t'appelles Jake, c'est ça ?

Il tendit la main par-dessus la table pour serrer la sienne.

— Oui, Jake. Et tu es la belle Coral, si je me souviens bien.

Elle sentit ses joues s'échauffer sous l'effet de son compliment.

— Une fois qu'on aura fini notre chocolat, tu voudrais une visite guidée ?

Normalement, elle ne fraternisait pas avec les clients si elle n'était pas en train de jouer, mais celui-ci semblait différent.

CHAPITRE CINQ

$\mathcal{J}$ILLIAN

Jillian se réveilla en grognant et en soupirant. Son dos n'était plus couvert par son grand partenaire de la nuit. Elle avait froid, se sentait seule, et se retourna sur le dos.

Aïe. Ses fesses lui faisaient mal à cause de la nuit dernière. Elle rejeta les couvertures et se dirigea vers le grand miroir de la salle de bain. À quoi ressemblait son derrière ? Était-il rouge comme une pivoine, couvert de marques de fouet, de coupures et de zébrures ? C'était certainement l'impression qu'elle en avait.

Elle se retourna et s'inspecta dans le miroir. Il y avait encore une légère teinte rosée et quelques fines lignes rouges, mais étonnamment, aucune autre marque ou ecchymose. Elle avait pensé que son postérieur serait un ramassis informe de bleus et de taches violacées.

Elle toucha un point sensible et frissonna en sentant le filet d'humidité entre ses jambes. *Oh ! Cette sensation d'hier soir !* Ça lui avait réchauffé le ventre et lui avait noué l'estomac. La veille, elle avait été trop occupée à essayer de ne pas tressaillir sous la douleur pour prêter beaucoup d'attention à cette autre sensation. Mais elle pouvait la sentir maintenant. Elle s'installait au plus profond de ses entrailles et la rendait fiévreuse.

Son excitation s'intensifia lorsqu'elle se tapota doucement la fesse. Elle pinça la peau de ses fesses entre ses doigts. *Aïe !* La chaleur continuait de monter dans son bas-ventre.

Après avoir titubé jusqu'au lit, elle s'affala sur le ventre. Elle pensa aux grandes mains de Bertram et à la force de ses claques sur son derrière nu. Elle se frotta contre le matelas, tandis que sa main tapotait légèrement son postérieur. Prenant soin d'éviter les zones les plus douloureuses, elle s'échauffa avec une minute de caresses rapides et de pincements.

Et si Bertram était en train de lui donner la fessée, là, maintenant ?

— Mmm, gémit-elle.

En train de l'appeler sa vilaine petite fille ? De lui dire qu'il lui donnerait une fessée si forte qu'elle ne pourrait plus s'asseoir confortablement pendant très longtemps ?

Son pouls s'accéléra alors qu'elle passait sa main sous elle pour trouver son intimité. L'humidité collait à son doigt – poisseuse, moite, chaude et luxueuse.

Après s'être retournée maladroitement sur le dos, elle s'imagina à quoi elle avait dû ressembler sur les genoux de Bertram. En train de se tortiller sur ses cuisses. Son derrière rouge vif tandis qu'il la fessait vigoureusement. Elle pleurerait et le supplierait d'arrêter. Mais non, il n'arrêterait pas avant d'en avoir terminé avec elle.

Elle stimula vivement son bouton délicat et étala sa propre humidité. *Oh, mon Dieu, quelle merveilleuse torture.*

Continuant ses caresses et son exploration, elle visualisa sa fessée. Il verrait l'humidité entre ses jambes et la réprimanderait d'un claquement de langue. *Vilaine petite fille, être excitée par sa fessée.* Il la fesserait plus doucement cette fois. Elle écarterait les jambes pour lui, pour l'inviter à entrer.

Il glisserait ses doigts entre ses jambes et les ferait coulisser dans son humidité. Ses yeux s'assombriraient.

Elle enfonça son doigt dans cette chaleur humide et étroite, et son corps trembla d'excitation.

— Oh, Bertram, encore, s'il te plaît, murmura-t-elle dans l'oreiller.

Une violente crise de tremblements la secoua tandis que son intimité se spasmait et se resserrait autour de son doigt. Elle gémit en retirant son doigt trempé et frissonna de plaisir, se tordant sur le lit jusqu'à ce qu'elle se soit enfin calmée.

Gênée par la direction qu'avaient prise ses pensées, elle resta allongée sur les draps froissés pour reprendre son souffle. Elle n'avait jamais fait *ça* avant. Elle secoua la tête, puis alla dans la salle de bain pour prendre une douche. Elle n'avait même jamais pensé à ce genre de choses avant Bertram, avant sa première fessée. Elle entra dans la douche fumante et sentit l'eau chaude cascader sur son corps, apaisant ses muscles endoloris.

La fessée l'avait excitée. Était-ce bizarre ? Était-elle une sorte de détraquée pour ressentir ça ? D'autres personnes incorporaient-elles la fessée au désir sexuel ? Elle n'avait vu aucun signe d'activité sexuelle lors de sa brève visite du chalet.

Oh mon Dieu, et s'il y avait quelque chose qui n'allait pas chez elle ? Elle désirait l'homme qui lui avait donné la fessée !

Bertram avait vu son corps nu la nuit dernière, et il avait dû voir la preuve de son excitation. N'était-il pas attiré par elle de cette façon ? Avait-il simplement agi en gentleman ? Ou jouait-il au gentleman déguisé en loup ?

C'est stupide, se réprimanda-t-elle. Il n'avait été que gentil et prévenant depuis qu'elle le connaissait.

Cela devait vouloir dire qu'il n'était pas attiré par elle. *Oh, quelle honte.* Il l'avait vue nue et n'était pas le moins du monde attiré. C'est ce qu'il avait dit lors de leur première rencontre. Elle n'avait pas assez de formes. Elle savait que sa poitrine n'était pas aussi grosse que celle de certaines femmes et que ses hanches n'étaient pas aussi dessinées. Elle était menue et avait une silhouette fine et athlétique.

Frotter vigoureusement son corps à plusieurs reprises ne parvint pas à dissiper sa colère. Comment osait-il ne pas s'intéresser à elle ! Comment osait-il la juger parce qu'elle était une détraquée qui aimait sa fessée, et pire encore, qui s'excitait en se faisant claquer le derrière ?

Plus elle y pensait, plus sa bêtise la mettait en colère. Eh bien, elle devrait faire comme si de rien n'était. Prétendre que la nuit dernière n'avait rien signifié pour elle. Elle resterait à l'écart de M. Wolfe pour le reste de son séjour. Et dès que ce blizzard serait terminé, elle et Jake partiraient, poursuivant leur voyage pour trouver des partenaires. L'entremetteuse les aiderait à trouver des partenaires convenables, qui n'incluaient pas la fessée dans leur vie.

Elle s'habilla rapidement. Quelqu'un avait eu la gentillesse de lui laisser plusieurs tenues suspendues à la porte de la chambre. Elle attacha ses longs cheveux bruns en une queue de cheval et sortit de la pièce d'un pas furieux. D'abord, elle irait voir comment allait Jake. Ensuite, le petit déjeuner. Puis elle passerait le reste de la journée à éviter ce grand méchant M. Wolfe.

BERTRAM

Bertram ouvrit la porte du chalet à la volée et tapa ses bottes pour en faire tomber la neige. Il avait pensé qu'une course dans la neige l'aiderait à se calmer, mais il n'arrivait pas à chasser cette image de sa tête. En entrant dans la chambre sur la pointe des pieds, ne voulant pas la réveiller, il l'avait trouvée en train de se fesser et de se donner du plaisir. Il lui avait fallu toute la volonté du monde pour ne pas faire irruption dans sa chambre et la ravager de son propre corps. Sa langue avait salivé à l'idée de goûter le nectar succulent qu'elle étalait avec ses propres doigts. Il l'avait observée depuis l'ombre jusqu'à ce qu'il n'en puisse plus. Puis, accrochant discrètement les tenues qu'il s'était procurées à la porte, il s'était éclipsé avant qu'elle ne se rende compte de sa présence.

Après avoir grogné sur quelques employés, il était sorti d'un pas rageur et avait utilisé sa magie pour se transformer en son autre moitié, galopant pendant une heure avant de réaliser que ça ne servait à rien. Les températures glaciales et l'exercice intense sous sa forme de loup ne suffisaient pas. Il était temps d'essayer l'approche humaine – tout seul, avec une seule main.

Après cela, il se sentit enfin capable de parler à ses employés sans arracher la tête à quiconque, et, affamé et fatigué, il entra dans la salle à manger. En jetant un coup d'œil à la salle animée, tout semblait normal ; les dominants donnaient tour à tour des fessées aux serviteurs soumis. Mais quelque chose clochait encore. Où était Redd ? Il ne l'avait pas vue au dîner la veille. Il était impensable qu'elle soit sortie chasser, pas après les instructions précises qu'il lui avait données. *N'est-ce pas ?*

— Perdonami, signore Wolfe, lui dit Pino, son portier, avec une timide révérence.

Il portait un paquet de vêtements, et si Bertram voyait juste, le jeune homme ne voulait pas qu'il voie ce qu'il transportait.

— Bonjour, Pino, qu'est-ce que tu as là ?

— Euh, je, euh… bégaya le jeune homme en regardant autour de lui, mal à l'aise.

— Montre-moi.

Il se pencha en avant et ne put retenir le grognement sourd qui lui échappa.

Pino défit le paquet et lui montra les leggings et la veste en Lycra rouge, et Bertram sut immédiatement à qui ils appartenaient.

— Pino, est-ce que tu l'as vue rentrer ?

Pino déglutit et laissa échapper un petit couinement.

— Vous savez que je ne peux pas mentir, monsieur.

— Alors, dis-moi.

Il recula pour lui donner un peu d'espace. Il sentait bien qu'il intimidait le pauvre homme.

Pino prit une grande inspiration.

— Eh bien, je l'ai vue partir hier soir alors que je terminais ma ronde. J'ai déposé des serviettes propres dans quelques chambres à 22 h.

Il fit un signe de tête à l'homme nerveux pour qu'il continue.

— Eh bien, vous devriez voir ça, monsieur.

Le jeune homme se retourna et s'enfuit en direction des suites.

Bertram n'eut aucun mal à suivre le jeune homme dégingandé aux allures de marionnette. Ses jambes étaient presque deux fois plus longues que celles du petit homme. Quand ils tournèrent au coin, il vit ce dont Pino avait parlé.

Des empreintes de pas mouillées, venant de l'entrée de service. Taille 38, s'il devinait bien. Une femme.

Il serra les poings et se força à ne pas perdre son sang-froid.

— Eh bien, quand j'ai vu les empreintes mouillées ce matin, j'ai frappé à sa porte pour m'assurer qu'elle allait bien.

Pino baissa les yeux et tripota ses mains.

— Continue.

— Elle a ouvert la porte, enroulée dans sa serviette, et a

dit qu'elle venait juste de rentrer, et euh… elle a dit de ne pas vous le dire.

Bertram hocha la tête et serra les poings, enfonçant ses griffes dans ses paumes tandis qu'un grognement sourd s'échappait de sa gorge.

Le visage de Pino devint écarlate tandis que ses yeux s'écarquillaient de peur.

— *Mi dispiace, signore.* Je crois que j'ai enlevé tout le sang cette fois. Je suis désolé, monsieur, couina-t-il, et ses petites jambes se mirent à trembler.

— Je comprends, Pino. Merci pour ton honnêteté. Tu peux retourner à tes occupations.

— *Grazie, signore.*

Il détala aussi vite que ses jambes pouvaient le porter.

Bertram compta jusqu'à dix, inspira, puis expira. Puis il frappa à la porte, trois coups rapides.

— Il était temps, Pino. Qu'est-ce qui t'a pris tant de…

La jeune femme aux cheveux blond vénitien s'interrompit en voyant que c'était lui et elle resserra son peignoir autour d'elle.

— Oh. Salut, Papa.

— Petite Redd.

Il entra dans la pièce d'un pas décidé et ferma la porte. Il balaya du regard le désordre de la chambre et la regarda faire nerveusement le lit.

— Alors, comment se passe ta journée ? Quelque chose d'intéressant ?

Il s'assit sur le bord du lit et l'observa s'agiter dans tous les sens, ramassant des vêtements et des serviettes sales.

— Euh, rien d'intéressant, Papa. La routine, quoi. Tu sais. Coincée ici en plein blizzard. Ennuyeux à mourir !

Son regard fuyait le sien.

— Alors, tu n'as pas désobéi à mes ordres, et tu es bien restée au chalet, c'est ça ? Pas de chasse ?

— Non, monsieur. Tu as été très clair : rester au chalet pendant le blizzard. Pas de chasse.

— Alors qu'est-ce que c'est que ça ?

Il lui tendit la tenue, nettoyée et repassée avec adoration par son petit admirateur, Pino.

Ses yeux s'écarquillèrent et elle entortilla une mèche de ses cheveux roux, comme si elle cherchait un moyen de se sortir de son mensonge.

— Alors, ma petite ?

Ses cheveux méchés prirent une teinte presque rouge cerise, assortie à ses joues embarrassées, et elle se retourna pour passer à l'offensive.

— Comme tu as de grandes oreilles, Papa !

— C'est pour mieux entendre que tu m'as désobéi et que tu es allée chasser dans le blizzard, ma chère.

— Tu n'as pas la moindre putain d'idée de ce que c'est que d'être enfermée ici pendant deux jours entiers à cause d'un stupide blizzard ! Il y a le diable, dehors, qui s'en prend aux innocents, encore plus maintenant que je suis coincée dans cet endroit !

Elle mit les mains sur ses hanches et le fusilla du regard, d'un air de défi.

— J'ai sauvé une famille de quatre personnes des goules, la nuit dernière. Ils avaient besoin de moi.

Il se leva, sentant la colère pulser en lui.

— Surveille ton langage, jeune fille, et parle-moi avec respect.

— Va te faire voir !

Ses yeux s'assombrirent et ses cheveux s'embrasèrent comme s'ils étaient en feu.

— Mauvaise réponse.

Il la tira brutalement vers lui, la plaça fermement sur le pied du lit et déplaça son peignoir pour qu'il couvre tout son corps, à l'exception du seul endroit auquel il devait avoir accès.

— Non, tu n'as pas le droit de faire ça !

Elle agita les bras et se débattit.

De toutes ses forces, il abattit sa paume sur ses fesses nues, laissant une énorme empreinte de main qui couvrait les deux joues.

Elle hurla :

— Noooooooon, Papa !

Il la fessa encore et encore, mettant presque toute sa force dans ses coups, faisant passer ses fesses du blanc au rouge en quelques minutes.

— S'il te plaît, Papa, je suis désolée ! Je… devais… sor… tir ! glapit-elle en staccato entre chaque claque violente.

Elle s'affala sur le lit et commença à pleurer, son corps secoué de tremblements.

Il savait qu'il l'avait poussée à bout. Presque jusqu'à sa limite. Il souleva sa soumise sanglotante et la tint sur ses genoux tandis qu'elle se blottissait contre lui et pleurait sur son épaule. Il la serra fort.

— Chut, chut, ce n'est rien. Je te pardonne.

Elle renifla et releva la tête, ses yeux remplis de larmes lui brisant presque le cœur. Quand il avait accepté de prendre sous son aile cette petite furie en tant que sa *petite* platonique, elle avait 18 ans et était un danger pour elle-même. Trois ans plus tard, elle était toujours un danger, et il s'inquiétait pour elle chaque jour un peu plus. Il aimait sa « petite » autant qu'un papa pouvait aimer une soumise. Et il ne voulait pas qu'elle soit dehors dans ce blizzard pour plus d'une raison. Il ne pouvait pas la protéger s'il ne pouvait pas la suivre à la trace. Et il perdait la majeure partie de son odorat pendant un blizzard. Il mourrait s'il arrivait quoi que ce soit à sa petite fille.

— Papa…

Sa voix hésitante lui parvint, étouffée, de son épaule, où il avait pressé son visage pour la réconforter.

— Oui ?

Il la relâcha et regarda ses yeux troublés, si matures pour ses 21 ans.

— Papa, je suis désolée de t'avoir désobéi. Je voulais que tu sois fier de moi. Et honnêtement, je me sens un peu à l'étroit dans le chalet.

— Je comprends.

Il lui ébouriffa les cheveux.

— Je ressens la même chose. Nous allons devoir trouver un compromis. Peut-être que je me sentirai mieux si nous trouvons un partenaire prêt à t'accompagner. Et si tu me dis où tu vas, sans mentir. Et ça aiderait si tu commençais aussi à emporter ton téléphone portable avec toi.

Il lui lança un regard sévère.

— Ok, mais il y a autre chose, dit-elle timidement.

— Dis-moi.

Il hocha la tête pour l'encourager à continuer.

— Je n'aurais pas dû te parler comme ça. J'ai été grossière, irrespectueuse, et tu ne méritais rien de tout ça. J'ai explosé parce que j'étais en colère et embarrassée.

Il la remit sur pied.

— Merci, ma douce.

Il l'embrassa sur le front.

— Tu sais que je dois finir ta punition.

Elle acquiesça et décrocha la pagaie en plastique dur du mur. Son « redresseur de torts », comme il l'avait appelée quand il l'avait accrochée en guise de rappel. Elle lui tendit la pagaie et se pencha à nouveau sur le lit.

— Je suis désolée, Papa.

Il la regarda s'installer et fermer les yeux, tremblante, tandis qu'elle agrippait la couette de ses petites mains.

— Combien, Redd ? demanda-t-il en chauffant la pagaie dans ses mains.

— Dix, monsieur ?

— Ça me semble être un bon chiffre. Compte-les et répète : « Je ne cacherai rien à mon papa ».

Il abattit la pagaie sur ses fesses déjà rouges et la regarda crisper son visage et expirer avec un grognement.

— Un. Je ne cacherai rien à mon papa.

Il plaça le coup suivant, tout aussi dur, sur la partie inférieure de ses fesses, et elle miaula et cria :

— Deux, Papa ! Je ne cacherai rien à mon papa.

Les coups trois et quatre tombèrent rapidement au centre de ses fesses. Elle pleurait à chaudes larmes, tapant de ses petites jambes et martelant le sol en criant le chiffre avec sa phrase.

Il plaça les coups 5, 6, 7 et 8 sur les côtés de chaque joue tremblante, là où la peau semblait être la moins colorée, et il fronça les sourcils en regardant sa petite se tordre de douleur.

— Je t'en suuuupplie, Papa ! Je suis teeeeellement désoléeee ! hurla-t-elle.

Il passa doucement ses doigts dans ses cheveux et lui frotta le dos, la laissant reprendre son souffle. Il se pencha sur elle, trouva sa peluche préférée, un chat rayé noir et blanc nommé M. McBeakington, et il la plaça dans ses mains tremblantes.

Elle sanglota et serra sa peluche contre son visage.

— Redd, on termine avec deux de plus. Les deux derniers seront les plus durs, et tu vas dire : « Je ne serai pas irrespectueuse ». Tu as compris ?

— O-oui, Papa, bégaya-t-elle en serrant fort le chat en peluche contre sa joue.

— On y va. Les deux derniers.

Il abattit la pagaie avec les trois quarts de sa force et regarda l'endroit devenir blanc puis violet sous ses yeux.

— Neuuuuuuuf, Papa ! suffoqua-t-elle. Je ne serai pas irrespectueuse !

— Le dernier, ma puce.

Il chercha la partie la moins meurtrie de ses fesses. Elles étaient d'un rouge foncé, avec quelques marques bleu violacé qu'il détestait. La zone sur laquelle elle s'asseyait serait la plus douloureuse, mais il n'allait toucher aucune des ecchymoses qui se formaient sur son derrière. Il était peut-être en partie loup, mais il n'était pas un animal.

Il abattit la pagaie, avec moins de force, directement sur la zone entre ses fesses et sa cuisse, et il la regarda crisper son visage. Elle tapa des pieds, serra fort son chat en peluche et poussa un cri fatigué à fendre le cœur.

— Dix ! Je ne te manquerai pas de respect, Papa ! Je le promets !

Il jeta la pagaie et prit sa petite fille dans ses bras, la serrant contre lui tandis qu'elle sanglotait.

— Je suis désolée, Papa. Je suis désolée, murmura-t-elle.

Il l'embrassa sur le front et enroula les couvertures autour d'elle.

— Chut, chut, tout est fini, ma douce petite Redd. C'est fini. Papa te pardonne. Il est temps que tu te pardonnes.

Elle renifla et se recroquevilla en une boule serrée sur ses genoux, tenant son chat en peluche contre son nez et caressant sa douce fourrure noire et blanche contre la joue de Bertram.

— Quand est-ce que tu vas te trouver un animal cool, comme un canidé quelconque ?

Il attrapa son chaton en peluche et lui chatouilla la joue.

— Les chats sont des créatures dégoûtantes, pompeuses et pelucheuses. Pas cools comme les gros chiens forts... fidèles, fiables—

— Qui puent quand ils sont mouillés, l'interrompit-elle en gloussant à son grognement sourd. Oh, Papa, tu sais bien qu'il n'y a de la place que pour un seul canidé puant dans mon cœur.

Elle le serra dans ses bras et fit semblant de ronronner en frottant le chat en peluche le long de sa mâchoire.

Quand il partit une heure plus tard, elle dormait profondément avec M. McBeakington dans les mains, allongée sur le ventre, un air doux et angélique sur le visage. Il l'embrassa sur le front et ressentit du remords qu'une si jeune femme n'ait l'air en paix, sans ce regard hanté dans les yeux, que lorsqu'elle dormait. Et presque toujours après une dure fessée. Il détestait la fesser comme ça. Mais il s'était juré, trois ans plus tôt, qu'il la protégerait, même d'elle-même.

Il ferma sa porte, accrocha le panneau *Ne pas déranger* à la poignée et descendit le couloir, espérant que son travail impliquerait enfin quelque chose de positif aujourd'hui.

CHAPITRE SIX

JAKE

Jake était appuyé contre le comptoir pendant que Coral rinçait leurs tasses. Il avait glissé dans une conversation facile avec elle et admirait la petite beauté rousse alors qu'elle retroussait ses manches au-dessus de l'évier. Elle se figea quand il fit glisser son doigt le long du motif des tatouages qui remontaient sur son bras.

— C'est une œuvre d'art assez intéressante que tu as là.

Il arrêta son doigt sur les vagues de son avant-bras. Ils étaient tous à l'encre noire, et avaient un thème nettement nautique.

Elle s'écarta vivement de son contact, ses joues rougissant, et elle rabaissa ses manches.

— Ils datent d'il y a longtemps.

Elle coupa l'eau, laissant les tasses sales dans l'évier. Mais quand elle se retourna pour lui faire face, la trace d'angoisse qu'il avait cru entrevoir auparavant avait disparu. Elle lui offrit un sourire éclatant.

— Prêt pour la visite ?

— Je te suis, dit-il.

Il lui sourit en retour, tout en ayant l'envie de la prendre dans ses bras et de lui ordonner de lui raconter tous ses problèmes.

C'était une petite nymphe mystérieuse. Elle semblait faire de gros efforts pour rester sur ses gardes, mais il avait l'impression de pouvoir voir à travers toutes ses barrières. Il voulait se rapprocher, il voulait goûter ses lèvres douces et avoir l'occasion de parcourir son corps de sa langue. À quoi est-ce qu'il pensait ? Il venait à peine de rencontrer cette fille. Il ralentit délibérément le pas pour se retrouver à quelques mètres derrière elle alors qu'elle le guidait dans un long couloir.

Il sentit son pouls s'accélérer tandis que son regard balayait son corps. Il n'avait jamais eu une telle réaction pour une femme auparavant. Était-ce Coral, ou sa blessure à la tête ? Il posa une main sur sa plaie encore sensible. Peut-être que le choc à la tête avait débloqué quelque chose.

Puis son esprit s'attarda sur sa conversation avec Bertram. Il semblait convaincu que Coral et lui formeraient un couple parfait et qu'il devait juste trouver un moyen de se connecter à elle. Bertram avait dit qu'il ne serait pas facile de gagner sa confiance, mais il voulait au moins essayer.

Jake s'arrêta net pour ne pas percuter Coral quand elle stoppa sa marche. Elle posa la main sur la poignée de la porte devant elle et se tourna vers lui, une étincelle dans les yeux.

— C'est mon endroit préféré dans tout le chalet. Tu es prêt ?

Elle laissa la porte se refermer doucement derrière eux avant de guider Jake dans les escaliers menant au sous-sol. Le chalet lui-même ressemblait à n'importe quel autre chalet que l'on pouvait trouver à flanc de montagne. Il y avait un certain nombre de chambres privées pour les clients, mais il y avait de subtiles différences entre ce chalet et beaucoup d'autres. Et l'une d'elles se trouvait en bas de ces escaliers.

M. Wolfe, le fondateur et propriétaire du chalet des fantasmes, était un homme d'affaires avisé, mais il avait aussi un penchant pour le BDSM. C'est pourquoi, au sous-sol, à côté de la cave à vin, se trouvait un authentique donjon BDSM. Lorsque Coral l'avait découvert, elle avait été folle de joie. C'était le seul endroit où elle pouvait vraiment laisser sa soumise intérieure s'exprimer.

Cet homme, Jake, avec ses bras forts et ses yeux qui lui transperçaient l'âme, l'intéressait. Elle espérait pouvoir lui faire visiter les lieux et le convaincre de jouer. Le pire qu'il pouvait dire était non, et alors elle saurait d'emblée qu'elle ne devait pas perdre son temps. Elle ne savait que trop bien ce que c'était que d'investir son temps dans quelqu'un qui allait la quitter dès qu'une meilleure option se présenterait. Sa réaction physique à Jake était presque sauvage. Elle voulait ses mains sur elle, mais elle avait besoin que ce soit sur son territoire. Ici, elle pouvait jouer selon ses règles, et les questions de cœur étaient strictement interdites.

Elle jeta un coup d'œil par-dessus son épaule pour lui sourire, puis elle commença à descendre les marches de pierre, suivie de près par Jake. L'endroit était bien éclairé sans paraître cru. La première fois qu'elle avait visité le donjon, elle avait pensé qu'il serait sombre et lugubre, mais les torches allumées le long des murs diffusaient beaucoup de lumière. Elle laissa ses yeux balayer la pièce. Les murs luisaient sous la flamme des torches. La croix de Saint-André se dressait dans un coin, menaçante dans cette partie de la pièce. Coral frissonna en pensant à la dernière fois où elle avait été attachée à ce bois sombre et verni ; mais la façon dont Jake le regardait avec méfiance lui indiqua qu'ils l'éviteraient probablement aujourd'hui.

Il y avait quelques bancs de fessée, chacun fait de bois sombre ou d'acier et de cuir. Une table au centre de la pièce était recouverte de cuir rembourré, avec des liens en cuir aux quatre coins. Elle inspira l'odeur et ses tétons se durcirent sous son chemisier. Il y avait aussi quelques coins salon intimes où les clients pouvaient se détendre entre les jeux.

Elle jeta un coup d'œil à Jake alors qu'il observait l'armoire dans le coin. Il s'approcha d'elle.

— C'est ton endroit préféré ?

Il haussa un sourcil d'un air incrédule, et elle se prépara à ses moqueries.

Elle baissa les yeux et croisa fermement les bras en signe de protection.

— Qu'est-ce qu'il y a là-dedans ?

Elle leva les yeux pour voir sa tête s'incliner vers l'armoire, son visage piqué de curiosité. Il y avait encore de l'espoir pour lui.

— Des instruments !

Elle ne put pas retenir l'excitation dans sa voix, et il gloussa à sa réponse.

Le chalet lui-même ne manquait pas d'instruments ; en fait, beaucoup étaient suspendus directement dans l'entrée principale. La plupart des visiteurs du chalet semblaient avoir une prédilection pour la fessée. Mais Coral trouvait que les instruments du donjon étaient différents ; ils pouvaient produire tant de plaisir et de douleur, l'amener à l'extase ou la punir, tout cela en même temps. Son estomac se retourna rien qu'en pensant à Jake en train de manier un tel instrument sur elle.

Elle ouvrit les portes à la volée et recula pour admirer la collection de martinets, de pagaies, de bâtons et de cravaches.

— Tu les as tous essayés ?

— Non, pas tous, répondit-elle honnêtement.

Il y avait quelques lourdes pagaies en bois là-dedans qui l'effrayaient plus qu'elles ne l'excitaient.

Jake tendit la main et parcourut du doigt la longueur

d'une cravache d'équitation en cuir, et elle sentit son ventre se contracter de désir.

— Alors, j'imagine que ton petit ami te donne la fessée ?

Elle secoua la tête.

— Je n'ai pas de petit ami.

Il décrocha la cravache et la frappa quelques fois contre sa propre cuisse. Il haussa un sourcil à sa réponse.

— Tu as dit que c'était ta partie préférée du chalet. Avec qui est-ce que tu descends ici ? Des hommes au hasard ?

Elle essaya de ne pas tressaillir sous ses mots. Elle avança le menton et était prête à lui en mettre plein la figure pour l'avoir jugée, mais quand elle croisa son regard, elle ne vit pas de jugement. À la place, elle vit quelque chose qui s'apparentait plus à de la pitié. *Eh merde.* Cela la déstabilisa et elle lâcha une réponse sincère :

— Des femmes au hasard, aussi, parfois.

Il éclata d'un grand rire, et elle le regarda, interdite.

— Tu dis toujours la première chose qui te passe par la tête ?

Il riait encore en se rapprochant d'elle.

— Non, répondit-elle, et elle resserra ses bras autour d'elle sur la défensive. Je... je—

Il interrompit ses mots en glissant une main autour de sa taille et en la tirant près de lui.

— Ce n'est pas grave. Je voulais savoir si tu avais un petit ami, c'est tout. Le reste ne me regarde pas vraiment.

Il déposa un baiser sur le sommet de sa tête et elle appuya son corps contre le sien.

— J'aime juste expérimenter.

Encore la vérité. Il était en train de démolir ses défenses.

— Je ne sors avec personne.

— Jamais ?

Il baissa les yeux vers elle.

— Jamais.

Elle secoua fermement la tête. Elle sentit ses joues s'échauffer alors qu'il laissait le silence s'installer et étudiait son visage.

— Ok, finit-il par répondre. Avec quoi est-ce qu'on devrait commencer à expérimenter ?

Jake les installa sur un canapé en cuir noir niché dans le coin du donjon, la cravache toujours à la main. Coral se déplaça à l'extrémité du canapé, hors de sa portée. Il se déplaça sur le coussin du milieu, puis la tira plus près de lui.

— Dis-moi pourquoi c'est ton endroit préféré.

Elle le regarda avec surprise, comme si elle était étonnée qu'il lui pose une question.

— Qu'est-ce qui, dans cette pièce, te pousse à y revenir ? l'encouragea-t-il.

Elle laissa le silence planer entre eux, puis :

— Parce que personne ne me pose de questions quand je suis ici.

Il réprima un rire à sa réponse pleine de défi. Bien qu'elle ait répondu à sa question, elle l'avait aussi repoussé en même temps.

— Peut-être que personne d'autre avec qui tu es descendue ici n'a voulu apprendre à te connaître.

Il plaça sa main sous son menton et tourna son visage pour qu'elle lui fasse face.

— Peut-être, concéda-t-elle avec un haussement d'épaules. Je pense que je préfère ça comme ça.

— Eh bien, j'aimerais jouer à un jeu.

Ses sourcils se levèrent à cette déclaration, et sa bouche forma un sourire en coin.

— Quel genre de jeu ?

— Je veux en savoir plus sur toi. Donc, plus tu me donneras ce que je veux, plus je te donnerai ce que tu veux.

— Qu'est-ce qui te rend si sûr de savoir ce que je veux ?

Sa voix devint rauque et elle pencha son petit corps plus près de lui.

Il se recula pour pouvoir la regarder droit dans les yeux.

— C'est juste une intuition, dit-il. Alors, tu veux jouer ou pas ?

Coral se mordit la lèvre inférieure en semblant réfléchir à sa proposition. Mais son langage corporel disait qu'elle avait déjà pris sa décision. Il pouvait voir ses tétons durcis pointer à travers son chemisier fin.

— Ok, je veux bien jouer. Mais seulement parce que j'ai le reste de l'après-midi de libre, ajouta-t-elle précipitamment.

Il lui sourit et posa la cravache sur le canapé à côté de lui.

— Gentille fille, dit-il en faisant glisser ses mains le long de ses bras. Je vais te poser quelques questions. Réponds-y aussi honnêtement que tu le peux. Ton honnêteté sera récompensée.

— Et si je ne suis pas honnête ?

— Pas de récompense pour les filles malhonnêtes.

Il lui adressa un sourire taquin alors que la couleur montait à ses joues. Il se pencha et chuchota :

— Les filles qui mentent sont punies.

Elle déglutit et prit une grande inspiration. Il la mettait mal à l'aise et l'excitait en même temps.

Jake garda une prise ferme sur ses bras.

— Première question. Quand es-tu venue ici pour la dernière fois ?

— Euh, hier ?

— Tu n'as pas l'air si sûre de toi.

— C'était hier, dit-elle avec plus d'assurance. Oui, définitivement hier. Question suivante.

Il rit de sa nouvelle confiance.

— Ce ne seront pas des questions difficiles. Détends-toi et réponds-y honnêtement.

Elle hocha la tête en réponse et il continua.

— Avec qui es-tu venue ici ?

— Ça ne te regarde pas.

Elle plissa les yeux, mais son regard méprisant se transforma vite en surprise quand il tira sur son bras et la força à poser son visage sur ses genoux.

Elle poussa un petit cri alors qu'il lui appliquait quatre claques bien senties sur les fesses. Puis il la relâcha et la redressa sur le canapé à côté de lui.

— Tu veux réessayer ?

Il haussa un sourcil vers elle en guise de défi.

— Je ne vois juste pas en quoi ça te regar—

Il commença à la tirer à nouveau vers ses genoux et ses yeux s'écarquillèrent de panique.

Elle essaya de se reculer et répondit rapidement :

— Un client, c'était un client du chalet.

— Voilà, ce n'était pas si difficile.

Il lâcha son bras et passa une main dans ses longs cheveux qui cascadaient sur son épaule.

— As-tu eu ce rendez-vous galant sur ton temps libre ?

— Quel rendez-vous galant ?

— C'était du temps libre, ou étais-tu censée faire autre chose ?

Elle hésita.

— Juste une réponse. Je sais que tu sais que temporiser ne te mettra pas dans une position favorable, lui rappela Jake.

— Est-ce que M. Wolfe t'a demandé de faire ça ? Il a dit qu'il n'était pas en colère contre moi.

— Tu penses qu'il devrait être en colère ? lui demanda Jake.

— Oui, il a le droit d'être en colère contre moi. J'ai encore tout gâché. Si ça avait été l'un des autres, ça aurait bardé.

— Dis-moi ce qui s'est passé, Coral.

Elle secoua la tête et essaya de se réfugier de l'autre côté du canapé. Il la ramena vers lui d'une poigne ferme et la renversa de nouveau sur ses genoux. Il laissa sa main reposer sur son jean jusqu'à ce qu'elle commence à se tortiller contre lui.

— S'il te plaît, dit-elle en jetant sa main en arrière pour tenter de bloquer ses coups. Je vais te le dire.

Il immobilisa sa main mais garda un bras serré sur le bas de son dos.

— Tu vas me laisser me relever ?

— Non, tu peux répondre de là où tu es. J'ai le sentiment que nous n'en avons pas encore fini avec cette position.

Elle poussa un soupir et commença à parler.

— J'étais censée m'occuper de la réception. Je ne travaille pas normalement à l'accueil, mais tout le monde était occupé. Un homme est entré et s'est présenté comme Robbie. J'ai réalisé plus tard qu'il était sur des avis de recherche dans le chalet. Il a demandé une visite, et je lui ai fait visiter les lieux. Il est parti après ça… mais pas avant d'avoir vidé la plupart des chambres et emporté tous les objets de valeur qu'il pouvait trouver.

— Pourquoi est-ce que tu ne l'as pas reconnu sur ses avis de recherche ? Ils sont affichés quelque part où tu les aurais vus ?

Jake frotta sa main sur ses fesses, et il pouvait sentir la chaleur de sa correction s'infiltrer à travers le tissu de son jean. Il l'enlèverait bientôt pour pouvoir évaluer ses réactions.

— Ils sont affichés partout sur les tableaux d'affichage du chalet. Je ne les ai juste jamais vraiment regardés, chuchota-t-elle.

Jake ponctua sa réponse de deux claques bien senties.

— Aïe ! cria-t-elle. Est-ce que M. Wolfe t'a demandé de faire ça ? Il m'a dit qu'il n'était pas en colère. Il a dit que c'était une erreur de bonne foi.

Ses épaules furent secouées de sanglots et elle commença à pleurer.

Jake la redressa pour l'installer sur ses genoux. Elle pleura contre sa chemise pendant qu'il lui frottait le dos.

— Il m'a dit qu'il n'était pas en colère. Mais je voyais bien qu'il l'était. Je ne sais pas pourquoi je continue à faire des bêtises.

Elle prit une inspiration tremblante mais continua à parler.

— Si c'était Redd ou l'un des autres qui avait laissé entrer le voleur, ça aurait bardé, mais moi, il me laisse tranquille.

— Tu ne veux pas qu'on te laisse tranquille ?

— Ça me donne l'impression qu'il ne peut pas s'embêter avec moi, comme s'il n'y avait de toute façon aucun espoir pour moi.

Maintenant, il avait la vraie vérité. M. Wolfe lui avait dit qu'il ne se sentait pas le droit de discipliner lui-même la petite fée. Elle était venue à lui si meurtrie et brisée qu'il voulait seulement la protéger. Mais il reconnaissait qu'elle avait besoin de quelqu'un pour la guider. Dans sa réticence à la corriger, M. Wolfe lui faisait du mal.

Il écarta les cheveux de son visage et essuya ses larmes avec son pouce. Elle était belle, même quand elle pleurait, ses yeux prenant une vivacité due à l'humidité.

— Chut, tout va bien maintenant.

Jake passa sa main le long de son dos et elle se blottit plus près de lui.

— Pourquoi es-tu si gentil avec moi ?

Elle se pencha en arrière et le regarda en face.

— Tu ne t'attends pas à ce que les gens soient gentils avec toi ?

Elle haussa les épaules en réponse.

— Ce n'est pas que M. Wolfe ne veuille pas perdre son temps avec toi.

Elle tourna vivement la tête pour le regarder. Elle lui accordait à nouveau toute son attention.

— Il pense que tu es spéciale. Il pense que tu mérites quelqu'un qui réalise à quel point tu es spéciale.

Elle était assise sur ses genoux, à le regarder, mais son regard le traversait.

— Il est inquiet, tu sais, continua-t-il.

— Inquiet ? Que je laisse entrer d'autres gens qui nous dévaliseront ?

Sa voix redevint tremblante.

— Ouais, il y a de quoi s'inquiéter pour ça.

Il ne put pas résister ; il se pencha en avant et embrassa son front.

— Je crois que tu ne saisis pas ce que j'essaie d'expliquer, dit-il. M. Wolfe était moins préoccupé par le fait que tu aies laissé entrer un pilleur notoire dans le chalet que par le fait que tu étais si distraite que tu ne l'as pas réalisé.

Une rougeur monta de sa poitrine à son cou, et ses joues redevinrent roses.

— Il ne veut juste pas te voir te faire du mal. Tu dois faire plus attention.

Il se recula et la regarda digérer cela. Elle se mordilla la lèvre inférieure, puis leva à nouveau son regard vers lui.

— Qu'est-ce que tu fais qui te distrait tout le temps ?

Elle cacha son visage contre sa poitrine et secoua la tête.

— Je ne sais pas, marmonna-t-elle.

— Je pense que si, dit-il en enroulant sa main autour de la longueur de ses cheveux et en tirant pour la forcer à le regarder.

Il essaya de lui lancer un regard sévère, mais elle avait l'air si douce et mortifiée qu'il faillit la laisser s'en tirer.

— J'aime jouer à des jeux sur mon téléphone, dit-elle rapidement, puis elle mit une main sur son visage.

Il faillit rire de son aveu. Il lâcha ses cheveux et la laissa se blottir à nouveau contre lui, cette petite nymphe aux tatouages et au cœur balafré, qui avait laissé entrer un voleur pendant qu'elle jouait sur son téléphone.

Elle se recula et se redressa pour lui faire face à nouveau, un air déterminé sur le visage.

— Alors, tu vas me redonner la fessée maintenant ?

Elle croisa les bras sur sa poitrine et le fusilla du regard.

Cette question le surprit.

— Pourquoi penserais-tu ça ?

— Eh bien, tu as manifestement été envoyé pour me punir d'avoir laissé entrer le voleur. Maintenant, tu vas me punir pour mon manque d'attention ?

Elle lui lança un regard de défi, et il essaya de ne pas rire.

— Oh, ma chérie, dit-il en secouant la tête, ce n'était même pas proche d'une punition.

Ses yeux s'écarquillèrent pendant qu'il parlait.

— Mais si tu cherches une punition, je serais ravi de m'en charger.

CHAPITRE SEPT

AYE

Faye jeta ses affaires dans un sac de sport, le cœur battant et les fesses endolories. Cade l'emmenait pour faire d'elle son esclave.

Son esclave.

Est-ce que ça voulait dire son *esclave* sexuelle ?

Vu la façon dont il avait semblé apprécier de lui donner la fessée, elle se doutait que oui.

Il parla depuis l'embrasure de la porte, la faisant sursauter.

— Je veux que tu emportes une jupe courte et le t-shirt le plus moulant que tu aies.

Oui. Esclave sexuelle.

Elle mit les mains sur ses hanches et se retourna vivement pour lui faire face.

— C'est une blague, j'espère.

Il sourit. Elle ne l'avait jamais vu sourire et elle se surprit à fixer ses dents d'une blancheur éclatante, ses canines presque aussi longues et pointues que des crocs.

Sa chatte se contracta. Pourquoi cet homme semblait-il détenir une sorte de pouvoir sur son corps ?

— Je ne plaisante pas, petite fée. Si je dois avoir une esclave à la maison, je peux l'habiller comme bon me semble.

Elle l'imagina en train de l'attacher écartelée à un lit et de disposer d'elle à sa guise.

Comme s'il lisait dans ses pensées, il se mit à rire.

— Ne t'inquiète pas. Je ne prends jamais ce qui n'est pas offert.

Elle perçut de la vantardise dans son ton, comme si aucune femme ne s'était jamais refusée à lui. Elle était sûre que c'était vrai. Il devait avoir des groupies qui se jetaient sur lui tous les soirs.

Cette pensée fit naître une pointe de jalousie qui lui noua la gorge.

Elle renifla et lui tourna le dos, mais elle emballa les articles demandés, la brûlure picotante de son derrière l'empêchant de désobéir.

Elle mit le journal de sa mère et sa baguette dans son sac. Après avoir enfilé une veste chaude et jeté son sac de sport sur son épaule, elle se dirigea vers la porte d'entrée.

— Je suis prête.

— Gentille fille.

Il arriva derrière elle, ses palmes claquant sur le sol, et il lui prit le sac de l'épaule.

Elle s'y agrippa, refusant de le lui donner.

— Je peux le porter, lâcha-t-elle d'un ton sec.

La tête penchée sur le côté, il l'examina. Pendant une brève seconde, elle crut qu'il allait lui donner une autre fessée, mais il haussa les épaules.

— Comme tu veux.

Il la conduisit jusqu'à sa moto, qu'elle regarda avec appréhension.

— Cet engin est vraiment sûr à New Kristiandom ? Les routes ne sont pas trop enneigées la plupart de l'année ?

— Tu ferais mieux de prier pour que je puisse la conduire avec ces palmes, grommela-t-il.

Il enfourcha la selle et essaya de positionner ses énormes appendices sur les minuscules repose-pieds.

— Si je n'arrive pas à passer les vitesses, c'est toi qui apprendras à la piloter.

Elle se tut, espérant qu'il y arriverait tout seul.

— Eh bien, monte, aboya-t-il alors qu'elle restait là, à le regarder.

Elle déglutit et monta derrière lui, ne sachant pas quoi faire de ses mains. Elle n'allait pas les enrouler autour de sa taille, ça, elle en était sûre.

— Accroche-toi.

La moto fit une embardée. Elle poussa un cri, ses bras se projetant en avant pour s'agripper à sa veste tandis que sa tête basculait en arrière sous l'effet de l'accélération. Le vent glacial lui fit pleurer les yeux et lui brûla les voies respiratoires. Oubliant ses réticences, elle enroula ses bras autour de la taille de Cade et pressa son visage contre son dos pour se protéger du vent.

Quand ils arrivèrent chez lui, ses dents claquaient à cause du froid. Gelée, elle ne put pas bouger de la moto, même quand Cade en descendit et l'appuya sur sa béquille.

— Le cuir, c'est le seul type de veste qui vaille pour la moto, dit Cade en voyant sa silhouette recroquevillée et grelottante.

Il se pencha et la souleva de la selle comme si elle ne pesait rien, la posant au sol avant de se diriger vers sa porte. Elle semblait toujours incapable de bouger, et elle resta sur le trottoir verglacé, le regardant s'éloigner. Il se retourna en fronçant les sourcils, et elle s'attendait à ce qu'il lui aboie un ordre ou une menace, mais au lieu de ça, il revint vers elle, la jeta par-dessus son épaule et la porta à l'intérieur de sa petite maison, le sac de sport se balançant vers ses pieds – euh, ses palmes.

Il la reposa, enleva ses gants de cuir et lui retira ses moufles, puis recouvrit ses mains glacées de ses immenses mains chaudes.

Elle se surprit à lever les yeux vers lui, s'émerveillant de la couleur de ses yeux, qui étaient plus ambrés que marron, leurs iris dorés semblant luire. Un frisson sans rapport avec le froid parcourut son corps. Elle se pencha en avant, les tétons durs, le clitoris gonflé, simplement parce qu'il avait posé ses grandes mains sur les siennes.

— Oh, tu es gelée.

Il remarqua son frisson. Attrapant un plaid sur le canapé, il le jeta sur ses épaules et l'enveloppa étroitement.

— Je vais monter le chauffage.

Elle hocha la tête, incapable de parler. Elle regarda autour d'elle dans la petite maison. Dans un coin se trouvaient ses instruments de musique, des étuis de toutes tailles et de toutes formes. Elle savait que son groupe local avait gagné en popularité ces dernières années, leurs tournées les emmenant aux quatre coins du continent. Elle allait les voir quand ils jouaient en ville, sans jamais rester pour le saluer, ne voulant pas se frayer un chemin à travers la horde de femmes en adoration qui s'accrochaient à lui.

Alors qu'elle était censée être son esclave, il mit une bouilloire sur le feu et lui prépara une tasse de chocolat chaud fumant, qu'il plaça entre ses mains.

— Merci.

Il sourit. Elle aimait son sourire. Toute la mauvaise humeur dont il avait fait preuve chez elle semblait s'être dissipée, sauf lorsqu'il avait des difficultés avec ses palmes et qu'il lui décochait un regard noir digne d'Hollywood.

— Tu ne me sers à rien si tu es congelée. Je suis désolé,

j'aurais dû penser que tu aurais froid sur la moto. Je suis responsable de toi, et j'ai manqué de prendre les éléments en considération.

— Tu es responsable de moi ? Comment ça ?

Ses lèvres s'étirèrent en un sourire sexy.

— Eh bien, tu es mon esclave, et je suis ton maître. Donc, si je suis responsable de toi, je ferais mieux de veiller à ta sécurité, non ?

Elle changea de pied, mal à l'aise devant la façon dont ses mots l'excitaient.

— Va mettre le t-shirt et la jupe. J'ai monté le chauffage, donc tu ne devrais pas avoir froid.

Elle fit une grimace mais ramassa son sac.

— Où est-ce que je me change ?

— Tu peux utiliser ma chambre, je suppose. Tu dormiras sur le canapé.

Elle alla dans la chambre d'un pas lourd, retira son jean et son pull et enfila la tenue demandée.

— Bon, passons en revue les règles, dit-il dit à son retour. Tu m'appelleras « maître » en tout temps. Si tu ne t'adresses pas à moi correctement, tu recevras une fessée. Tu me parleras respectueusement en tout temps, ou tu recevras une fessée. Et le plus important, j'attends une obéissance immédiate à chacune de mes requêtes.

Elle le regarda bouche bée, les poings serrés. Il devait être fou.

— Va au diable ! cracha-t-elle.

L'expression de ravissement sur son visage l'effraya presque autant que la vitesse à laquelle il l'attrapa, la jeta en travers de ses genoux sur le canapé et retroussa sa jupe.

— Tu adores ça ! cria-t-elle, outrée.

Il gloussa en baissant sa culotte.

— Oui, c'est vrai.

Il commença à lui donner la fessée. Il ne frappait pas aussi fort que dans son appartement, mais ses fesses la brûlaient encore de l'usage qu'il avait fait de sa baguette. Elle tendit les bras en arrière pour essayer de couvrir sa cible. Il lui attrapa le poignet et le lui tordit adroitement dans le dos.

— J'adore donner la fessée, et il se trouve que tu as le cul le plus mignon que j'aie jamais vu.

Elle n'aurait pas dû être excitée. La douleur avait toujours été quelque chose qu'elle évitait à tout prix. Mais même si elle ne voulait pas de fessée, son corps traître était en fusion, un filet d'excitation s'échappant d'entre ses jambes tandis qu'une pulsation chaude lui faisait écarter les cuisses.

Cade s'arrêta et caressa de sa main ses joues contractées.

— Je peux sentir ton excitation, Faye, murmura-t-il. Qu'est-ce qui t'a excitée, la fessée ou le fait d'entendre que j'adore ton joli cul ?

Sa chatte se crispa et elle cacha son visage dans le coussin du canapé. Ce n'était pas possible.

Il lui donna une claque sèche, lui arrachant un couinement.

— Je t'ai posé une question !

CADE

Sa douce petite fée cacha son visage.

— Je ne sais pas !

Il la remit debout et la plaça entre ses genoux. Il tira la culotte emmêlée à ses cuisses jusqu'à ses chevilles.

— Sors de là, petite fée. Tu ne la porteras pas pendant ton assignation à résidence.

Son visage, déjà rouge, prit une teinte encore plus foncée.

— Tu ne peux pas… je ne…

Ses yeux se remplirent de larmes et il sentit l'odeur métallique de la peur. Regrettant instantanément de l'avoir contra-riée, il la tira pour l'asseoir sur son genou.

— Chut, chut. Tout va bien.

Il passa ses bras autour d'elle et nicha sa tête sur son épaule.

— Tu es en sécurité, petite fée. Tu n'as pas à avoir peur. J'étais sérieux quand j'ai dit que je ne prendrais pas ce que tu n'offrirais pas. Et je ne te punirai que si tu enfreins mes règles.

Elle renifla contre son cou, l'odeur salée des larmes se mêlant à l'odeur musquée de son excitation qui s'estompait.

— Tu es toujours en colère contre moi ? demanda-t-elle.

Son cœur se serra. Elle s'en souciait ?

— Non… pas vraiment. C'était vraiment un accident ?

— Je le jure sur la flûte de Pan.

Il caressa son dos en dessinant des cercles.

— Alors, invoque un peu de la magie de Pan et rends-moi mes pieds, d'accord ?

— Je le ferai.

Elle releva la tête.

— Promis, je trouverai une solution.

Il la poussa doucement pour qu'elle se remette debout. Elle tendit la main vers la culotte à ses chevilles.

— Non, non. Qu'est-ce que j'ai dit ? Pas de culotte. Je veux ton magnifique cul à nu et disponible pour que je puisse te corriger à la volée.

Elle se redressa en tenant le devant de sa jupe rose et bouffante comme si elle craignait qu'il ne regarde sa chatte. Cela attisa naturellement sa curiosité, et il la taquina en soulevant le bord et en se penchant pour regarder en dessous.

— Qu'est-ce que tu caches ? Je suis certain que ta chatte est aussi magnifique que ton cul.

— Je ne suis pas épilée ! lâcha-t-elle, l'air embarrassé.

Il rit.

— Tu n'es pas du genre à t'épiler, hein ?

— Non, je ne… euh… on ne… enfin… personne ne la voit à part moi, d'habitude.

Ses sourcils grimpèrent jusqu'à son front.

— Tu n'as pas de relations sexuelles ?

Elle secoua la tête.

— Jamais ?

— Non. On n'en a pas.

— *On* ? C'est-à-dire les fées ? Tu te fous de moi ! Les petits esprits de la nature, gouvernés par Pan, le dieu de la débauche ?

Elle croisa les bras.

— Pas avant d'être prêtes à procréer.

Il plissa les yeux.

— N'importe quoi.

— C'est la vérité. Qu'est-ce que tu en sais, de toute façon ?

— Insolente. Je vais te fesser pour ça.

Elle bondit en arrière, hors de sa portée, et il rit de sa vivacité.

— Excuse-toi et je laisserai peut-être passer.

— Pardonnez-moi, maître.

Elle souleva les pans de sa jupe et fit la révérence.

Putain, qu'elle était mignonne. Il rit de nouveau.

— Va dans la cuisine et prépare-nous à dîner, esclave.

Elle fronça les sourcils, mais il décela l'odeur fraîche de son excitation et gloussa tandis qu'elle s'éloignait d'un air boudeur. Il l'entendit s'affairer bruyamment dans la cuisine et il espéra que ses talents de cuisinière étaient meilleurs que sa maîtrise de la baguette. Ou peut-être qu'il devait espérer qu'elle n'était pas du genre à cracher exprès dans sa nourriture. Il alluma la télévision et posa ses palmes sur la table basse, s'asseyant ostensiblement pour la regarder travailler.

Une heure plus tard, l'arôme le plus délectable lui mit l'eau à la bouche.

Faye entra dans la pièce.

— Où est-ce que tu ranges les sets de table ?

Elle s'appuya de nouveau sur une hanche, ses jambes fuselées dépassant de sa jupe rose. Maintenant qu'il la regardait, il lui parut si évident qu'elle était une fée. Ses yeux immenses étaient bien écartés et d'un bleu pervenche inhabituel – presque lavande. Des taches de rousseur parsemaient son petit nez en trompette. Ses cheveux couleur miel tombaient en longues boucles dans son dos. Et bien qu'il ne se soit jamais considéré comme le genre à préférer les vierges, le fait de savoir qu'elle n'avait jamais été avec un homme lui donnait une envie folle d'être celui à qui elle s'offrirait. Et il ne gobait pas cette histoire que les fées n'avaient pas de relations sexuelles. C'était la chose la plus bidon qu'il ait jamais entendue.

— Maître ? dit-elle d'un ton sardonique.

— Hein ?

— Où est-ce que tu ranges les sets de table ?

Devant son regard vide, elle continua :

— Tu sais, pour mettre la table pour le dîner ?

— Oh, je, euh, n'ai rien de si chic.

— Une nappe ?

— Euh… tu pourrais utiliser un drap, je suppose, dit-il. J'irais bien te le chercher, mais…

Il montra ses palmes avec un haussement d'épaules faussement impuissant.

Elle leva les yeux au ciel.

— Où est-ce que je dois chercher ?

— Où est-ce que je dois chercher, maître ? la corrigea-t-il. Et ne lève plus les yeux au ciel ou tu auras droit à ma collection de cuillères en bois. Dans le placard de la salle de bain.

Elle leva les yeux à moitié au ciel et sembla se raviser, détournant brusquement le visage tandis qu'elle marchait d'un pas décidé vers la salle de bain pour récupérer un drap. Quelques minutes plus tard, sa cuisine était transformée : la table était digne d'un restaurant, et la nourriture qu'elle mit dans son assiette le fit presque jouir.

— Oh mon Dieu, dit-il alors qu'elle posait devant lui un filet mignon enroulé dans du bacon avec des miettes de bleu, puis qu'elle déposait une grosse portion de légumes variés dans son assiette. Je ne savais même pas que j'avais du bleu.

— Tu n'en avais pas. J'ai réussi à transformer du cheddar. Je ne suis pas complètement nulle. Seulement quand ça compte, j'imagine.

Il coupa dans le steak, saignant comme il l'aimait, le jus rouge coulant dans son assiette.

— Tu n'es pas nulle.

Il enfourna une énorme bouchée.

— C'est délicieux, dit-il la bouche encore pleine. Tu es une cuisinière incroyable.

Ses lèvres se retroussèrent tandis qu'elle coupait une bouchée délicate de son propre steak.

— Tu manges de la viande ?

— Tu pensais que les fées étaient véganes ?

— Je ne sais pas, qu'elles étaient du genre à faire des câlins aux arbres et à aimer la nature, ouais.

— Eh bien, je prétends que c'est de la viande d'élevage durable nourrie à l'herbe. Ne casse pas mes illusions.

— Avec la quantité de viande que je mange, impossible de me payer du bœuf nourri à l'herbe, surtout quand mes locataires ne paient pas leur loyer.

SON ENTHOUSIASME pour le repas la satisfaisait. Elle ne voulait vraiment pas qu'il soit en colère contre elle, surtout compte tenu du jeu de maître/esclave auquel il jouait.

— Alors, c'est quoi ton idée pour les tâches d'esclave ? Cuisiner et faire le ménage ?

Cade continuait à dévorer son repas avec enthousiasme.

— Pour commencer. Et je veux entendre ton plan pour réparer mes pieds.

Elle prit une profonde inspiration.

— Eh bien…

Ses yeux se plissèrent.

— Tu n'en as pas la moindre idée, n'est-ce pas ?

Elle s'affala sur sa chaise.

— Pas vraiment.

— Pas vraiment, quoi ?

Elle leva les yeux, confuse. Il s'essuya la bouche avec une serviette.

— Pas vraiment… ?

Il mit une main en coupe derrière son oreille.

— Maître ! s'exclama-t-elle, comprenant enfin. Pas vraiment, maître.

— C'est la dernière fois que je te laisse t'en tirer avec un avertissement. Uniquement parce que tu viens de me préparer le meilleur repas de ma vie.

Sa domination la faisait frétiller, mais ses louanges réchauffaient tout son corps.

Il cligna des yeux et leva le regard vers les lumières.

— Est-ce que la pièce vient de devenir plus lumineuse ?

— Oh, dit-elle en se ratatinant sur sa chaise. Non. Je n'ai rien remarqué.

— Faye, dit-il d'un ton perplexe, viens ici.

Elle leva les yeux et il hocha la tête, comme pour confirmer qu'il voulait vraiment qu'elle se lève et vienne à lui.

Après avoir éponqé les coins de sa bouche avec sa serviette, elle recula sa chaise et se dirigea de son côté de la table, son cœur s'accélérant.

Il se tourna de côté sur son siège et la tira par la taille pour qu'elle se tienne entre ses genoux.

— Est-ce que tu viens de me mentir ?

Les muscles de son pelvis se contractèrent et elle changea de pied. Comment allait-elle survivre en vivant sous le même toit que Cade Lupus et garder sa virginité ? Cet homme suintait la domination, et elle trouvait ça attirant. Non, plus qu'attirant – magnétique. Elle se mordilla la lèvre inférieure, réfléchissant à la façon de lui répondre.

— Regarde-moi.

Son ton était engageant, plutôt que dur.

Elle le regarda de sous ses cils.

— C'est toi qui as rendu les lumières plus vives ?

Son visage s'échauffa.

— Ouais, ça arrive parfois.

— Pourquoi est-ce que ça arrive ?

Il la fixait avec un intérêt avide, ce qui l'empêchait d'arrêter de rougir.

Elle haussa les épaules, son regard fuyant.

— Regarde-moi. Est-ce que c'est parce que je t'ai complimentée ?

Submergée par une envie désespérée de se couvrir le visage avec les mains, elle fusilla Cade du regard et se recula brusquement pour s'arracher à son emprise. Il se jeta sur elle alors qu'elle se tournait et il l'attrapa par la taille avant même qu'elle ait fait un pas.

— Petite vilaine, lui dit-il à l'oreille, l'air ravi.

Elle donna des coups de pied et se débattit tandis qu'il la portait jusqu'au canapé, où il la posa à une extrémité et pencha son torse sur l'accoudoir. Elle se redressa dès que ses mains la relâchèrent, mais il la repoussa rapidement vers le bas, attrapant ses deux poignets derrière elle d'une seule de ses mains. Il retroussa sa jupe et lui donna plusieurs fessées bien senties.

— Aïe ! Arrête ! hurla-t-elle.

Le tintement de sa ceinture la figea, stoppant toute sa résistance.

— Gentille fille, l'encouragea-t-il. Si tu te soumets à ta punition, les choses seront beaucoup plus faciles pour toi.

— Pas d'autres punitions, gémit-elle, ses fesses encore douloureuses de tout à l'heure.

— Réponds-moi bien et tu pourras peut-être éviter ma ceinture.

Elle resta parfaitement immobile, de courtes respirations entrant et sortant de sa poitrine.

— Oui, maître.

Elle ne regarda pas par-dessus son épaule mais sut d'une manière ou d'une autre qu'il souriait.

— Avais-je raison ? Est-ce que les lumières deviennent plus vives quand tu te sens bien ?

Elle relâcha toute la tension de son corps et laissa tomber sa tête sur le coussin du canapé en signe de reddition.

— Oui, maître, admit-elle.

— As-tu le droit de mentir à ton maître quand il te pose une question ?

— Non, maître.

— As-tu le droit de te détourner quand on ne t'a pas congédiée ?

— Non, maître.

— Combien de fessées penses-tu mériter pour avoir menti et être partie sans y avoir été autorisée ?

— Aucune ? suggéra-t-elle.

— Mauvaise réponse.

La ceinture en cuir claqua sur ses fesses vulnérables, la faisant sursauter.

— Cinq avec la ceinture et on en restera là, dit-il. Uniquement parce que ton truc avec les lumières est trop mignon.

Il la frappa de nouveau sur les fesses avec la ceinture.

— Compte-les.

— Un !

— Un, *maître*. On va reprendre celle-là.

— Oh, non !

Il la frappa à nouveau.

— Un, maître, grommela-t-elle.

— Non, celle-là, c'était pour avoir parlé avec irrespect. Nous commencerons par un quand tu seras prête à te soumettre.

— Et si je ne suis jamais prête à me soumettre ? souffla-t-elle, se sentant comme une adolescente boudeuse.

— Je te retirerai tous tes vêtements pour le reste de ton séjour ici.

— Tu es un vrai connard, rétorqua-t-elle.

Il la tira pour la mettre debout et la fit tournoyer pour lui faire face, agrippant l'ourlet de son t-shirt comme pour le lui enlever.

— Non ! hurla-t-elle, luttant pour le rabaisser. Je me soumets, je me soumets. Je me soumets !

Il recula et croisa les bras sur sa poitrine.

— Montre-moi.

Son expression était impitoyable.

Son sexe s'humidifia. Elle ne savait pas comment il voulait qu'elle lui montre, mais elle se retourna et se pencha de nouveau sur l'accoudoir du canapé, soulevant sa jupe pour offrir ses fesses nues.

— Ok ! claironna-t-elle.

La ceinture claqua avant qu'elle ne s'y attende, et elle poussa un cri en sursautant. Il ne la maintenait plus en place avec ses poignets derrière son dos, la laissant seule pour tenir la position.

— Un, maître ! Merci, monsieur, puis-je en avoir une autre ?

Sa main s'appuya sur son dos et il asséna trois autres coups en succession rapide.

— Ne sois pas insolente avec moi.

— Pardon ! Je suis désolée, maître !

— On va recommencer à un.

— D'accord, couina-t-elle alors que ses jambes commençaient à trembler et que son sang-froid menaçait de s'effriter.

Il fouetta ses fesses avec la ceinture.

— Un, maître.

De nouveau, le cuir lécha sa chair nue.

— Deux, maître.

Trois fois de plus, il appliqua la ceinture avec précision, zébrant ses fesses sans pitié tandis qu'elle comptait jusqu'à cinq.

— Lève-toi et retourne-toi, Faye, dit-il.

Elle obéit, gardant le menton baissé et les yeux rivés au sol. Il lui prit le menton, le relevant jusqu'à ce qu'elle le regarde.

— Ta fessée est terminée.

Il l'embrassa sur le front.

Des larmes jaillirent de ses yeux, et, gênée, elle essaya de baisser la tête, mais il ouvrit les bras et l'enlaça, lui procurant la stabilité dont elle avait besoin pour calmer ses tremblements.

— Ça a fait mal, se plaignit-elle quand les tremblements se calmèrent.

Il releva de nouveau son visage.

— Oui, c'est normal. As-tu appris ta leçon ?

Elle voulait faire la maligne et dire « non », mais elle avait peur d'une autre fessée, ce qui signifiait, en fait, qu'elle avait appris la leçon.

— Oui, maître, admit-elle.

— Viens te rasseoir à table. Je vais réchauffer ta nourriture.

Comme lorsqu'il l'avait réchauffée après la balade à moto, elle trouvait son attention en décalage avec son rôle de « maître » sévère. En décalage et adorable.

— J'ai fini, mais merci, dit-elle.

— Je suis désolé que ça ait dû gâcher ton dîner, dit-il. Mais je crois aux conséquences immédiates.

Gênée, elle refréna l'envie de lui donner un coup de pied dans le tibia pour ses conséquences immédiates. Ou du moins pour en avoir parlé.

CHAPITRE HUIT

JILLIAN

— Merci de m'aider avec ça, Jillian.

Cindy prit une autre assiette sale sur la table.

Jillian balaya du regard la salle à manger récemment désertée et toutes les tables sales.

— Bien sûr. Je n'avais pas grand-chose d'autre à faire que manger, dormir, et errer en essayant de ne pas déranger. Redd n'arrête pas de me jeter des regards noirs.

— Elle est juste jalouse, dit Cindy.

— Jalouse de quoi ?

— Je n'en ai au-cuuuuu-ne idée ! lança la douce blonde d'un air léger.

Jillian décida de laisser tomber le sujet.

— D'accord, eh bien, ça a vraiment l'air de représenter beaucoup de travail. Tu dois toujours faire ça toute seule ?

Cindy chanta et tournoya avec une pile d'assiettes dans les mains.

— Évidemment que non. Les oiseaux m'aident.

Elle gloussa en voyant l'air choqué de Jillian.

— Je plaisante, Jillybean.

— Mon frère m'appelle comme ça aussi.

Jillian sourit.

Un regard compatissant traversa le visage de Cindy.

— Alors, comment va Jake ?

— Il se remet très bien. Je l'ai vu discuter avec la fille qui s'occupe de l'aquarium ce matin. Je l'ai taquiné sur sa tête bandée à l'allure bizarre, et il a menacé de me jeter sur ses genoux.

Elle fronça les sourcils.

— J'imagine qu'il se sent mieux. Et cet endroit lui donne bien trop d'idées. Il faut qu'on parte d'ici le plus vite possible.

Elle regarda autour d'elle dans l'immense salle à manger.

— Donc, d'habitude, tu as de l'aide, n'est-ce pas ? Tu n'as pas à faire ce genre de nettoyage toute seule ?

— En fait, il y en a quelques autres qui aident d'habitude. Mais une fille est très malade. Je crois qu'elle a attrapé la grippe, la pauvre.

Cindy haussa les épaules avec empathie.

— Et Redd cuve sa gueule de bois de fessée.

— Sa quoi ?

Jillian faillit laisser tomber une assiette.

Cindy gloussa, fit une autre pirouette, et dansa joyeusement jusqu'à la cuisine.

— Sa gueule de bois de fessée, c'est quand on se fait fesser si longtemps et si fort qu'on succombe à un repos bienheureux où rien ne vous réveille, pas même votre derrière endolori.

Ses yeux bleus pétillèrent de malice.

— Redd s'est fait surprendre en train de sortir en douce la nuit dernière, et M. Wolfe lui a mis une bonne correction.

Elle plaça les assiettes dans l'évier rempli de bulles.

— Mmmm, j'adorerais avoir une gueule de bois de fessée. Et connaître le subspace. Oh, et un orgasme !

Ses joues rougirent d'excitation.

— Donc tu n'as jamais connu aucune de ces choses ? Pas même depuis que tu es ici ?

Les deux femmes commencèrent à laver les assiettes sales pendant que Cindy racontait son histoire.

— Honnêtement, je ne sais pas si j'ai déjà connu aucune de ces choses.

Elle haussa les épaules.

— J'ai eu un accident de calèche et je me suis blessée à la tête. Mon passé est encore assez confus. M. Wolfe m'a recueillie. Il m'a donné un endroit où vivre, m'a appris à être une soumise, et il m'a permis de rester comme serveuse et animatrice.

Elle gloussa.

— Il me paie en argent et en fessées.

Jillian n'arrivait pas à comprendre pourquoi cette pensée la rendait jalouse.

— Alors M. Wolfe vous fesse, toi et les autres soumises, et il a une… fille qui a à peu près notre âge ?

Cela la déconcertait aussi. Il ne pouvait pas avoir plus de trente-cinq ans.

Cindy bondit gracieusement en l'air et attrapa un torchon.

— Il entraîne toutes les soumises et il joue de temps en temps. Il inflige aussi parfois les punitions.

— Tu as déjà été punie par lui, Cindy ?

Elle sentit son derrière picoter à cette pensée.

— Oh non ! Je suis du genre à vouloir plaire aux gens. Je ne supporte pas l'idée que quelqu'un soit en colère contre moi.

La douce blonde avait un regard lointain alors qu'elle dansait et fredonnait tout en nettoyant.

— Je ne comprends toujours pas cette histoire de fille. Il n'est pas assez âgé pour être son père.

Cindy gloussa de nouveau.

— Ce n'est pas sa fille, c'est sa « petite ». Il l'a recueillie et lui a offert de s'occuper d'elle comme le ferait un père. Aucune relation sexuelle. Juste un papa et sa petite.

S'il avait déjà une petite et toute une file de soumises à fesser, il n'avait absolument pas besoin d'elle. Pourquoi son cœur était-il soudain si lourd ?

— Euh, Cindy. Tu voudrais m'en apprendre plus sur la fessée ? Tu sais, euh, jouer un peu ?

— Bien sûr !

Elle couina de plaisir en l'enlaçant dans une étreinte humide et savonneuse.

— On pourra aller voir le donjon après avoir fini de nettoyer.

Une pensée lui vint tout à coup.

— Cindy, est-ce que Belle-mère a parfois du temps pour des séances de dernière minute ?

— Je ne sais pas.

Cindy fronça les sourcils.

— Elle travaille après minuit. Je ne l'ai jamais rencontrée, en fait.

— Mais elle est… vous êtes… balbutia-t-elle en cherchant les mots justes. Alors, quand est-ce que Belle-mère a commencé à travailler ici ?

— Oh, à peu près en même temps que moi, dit Cindy d'un ton léger. J'adorerais la rencontrer un jour. J'ai entendu dire qu'elle est merveilleuse ! Si belle, si dominante, si ouverte à toutes sortes d'activités sexuelles.

Elle rougit.

— J'adorerais essayer certaines des choses qu'elle fait.

Ne sachant pas comment expliquer la situation à sa nouvelle amie, Jillian décida de laisser tomber. Elle serra Cindy dans ses bras et repoussa une mèche de ses cheveux blond platine derrière son oreille.

— Ne t'inquiète pas. Un jour, tu la rencontreras, et tu pourras essayer toutes ces choses excitantes.

— Je rêve d'elle, tu sais ?

Ses lèvres tremblèrent et ses joues roses ne purent pas cacher son embarras.

Jillian la prit par la main.

— Viens. Allons jouer.

LE DONJON ne ressemblait à rien de ce qu'elle avait vu dans sa vie. Elles avaient descendu l'immense escalier de pierre pour arriver dans cet espace frais et ouvert. C'était grand, sombre et un peu écrasant jusqu'à ce que Cindy allume quelques torches.

— Ils ont l'électricité ici, mais M. Wolfe préfère conserver l'ambiance, alors nous utilisons les torches, expliqua Cindy.

Les murs de pierre sombre prirent une teinte rouge lorsque la lumière les frappa, les rendant moins intenses. Un courant d'air frais effleura ses joues, et l'odeur du cuir l'excita. C'est exactement comme ça qu'elle aurait imaginé un donjon, sauf qu'il n'y avait pas de cellules de prison. Mais des chaînes pendaient au mur, et des pièces de bois qui ressemblaient à des piloris bordaient les côtés de la pièce. Jillian imagina que la disposition des objets qui ressemblaient à des piloris offrait de l'espace pour que plusieurs joueurs profitent de la zone en même temps, et elle remarqua que quelques zones étaient dissimulées par des rideaux pour une semi-intimité.

Cindy désigna et expliqua chaque pièce alors qu'elles s'enfonçaient plus loin dans le donjon.

— C'est calme en ce moment. La plupart des gens n'aiment pas jouer le ventre plein. Mais cet endroit sera plein à craquer dans une heure ou deux.

Jillian hocha la tête, essayant de ne pas se sentir submergée dans la grande pièce sombre.

Cindy la conduisit au-delà de la croix de fer et gloussa devant le banc en bois avec le phallus.

— J'aimerais bien essayer ça un jour.

Jillian sentit la chaleur monter à ses joues. Bertram pourrait la positionner là-dessus après une longue et dure fessée. Son derrière brûlant continuerait de se sentir fessé alors qu'elle rebondirait sur l'accessoire lisse et dur.

Cindy finit par s'arrêter devant un simple banc.

— Ok, euh, qu'est-ce que tu veux faire en premier ?

— Je ne sais pas. J'espérais que tu saurais quoi faire.

Elle rit d'elle-même. Comme c'était bête de sa part de penser que la femme la plus douce et la plus soumise de tout le manoir envisagerait de la fesser.

— Euh, tu pourrais me montrer comment s'auto-fesser ?

— Bien sûr !

Cindy attrapa la petite brosse à cheveux en bois sur la table à côté du banc et elle s'allongea dessus avec enthousiasme.

— Ce que j'aime faire, c'est m'échauffer d'abord, par-dessus ma robe.

Elle commença à taper sur l'arrière de sa robe.

Jillian sentit son derrière picoter alors qu'une chaleur emplissait son ventre.

— Je peux essayer maintenant ?

Cindy lui adressa un large sourire, sauta du banc et lui tendit la brosse en bois.

— Des coups légers, petits et réguliers, ok ?

Jillian hocha la tête et se pencha sur le banc. Il lui fallut plusieurs essais avant de finalement atteindre son derrière.

— Ça marcherait peut-être mieux si tu relevais ta robe maintenant, proposa timidement Cindy.

Elle fit remonter sa robe au-dessus de ses hanches et réessaya, sans toujours obtenir le contact qu'elle désirait.

— Cindy, tu pourrais, euh, m'aider ?

Son amie devint écarlate et recula, les yeux écarquillés.

— Oh, grands dieux, non. Je n'ai pas une once de domination en moi !

Jillian regarda, horrifiée, Cindy se prendre la tête et se balancer d'avant en arrière.

— Je… je ne peux pas faire ça. J'ai mal à la tête. Je suis tellement désolée.

— Est-ce que ça va, Cindy ?

Elle tendit la main vers son amie, mais celle-ci leva les siennes pour la repousser.

— Je… je vais prendre l'air. Je reviens tout de suite.

Cindy s'enfuit en courant, la laissant confuse et inquiète.

Elle ne savait pas quoi faire. Devait-elle la suivre pour s'assurer qu'elle allait bien, ou devait-elle lui laisser de l'espace ? Elle se pencha pour ramasser la brosse à cheveux qui était tombée par terre, l'essuya avec les lingettes antiseptiques qui se trouvaient à proximité, et la replaça sur la table. Elle s'apprêtait à aller voir son amie quand Cindy revint vers elle en sautillant.

— Regarde ce que j'ai trouvé.

Elle lui tendit une note, qui lui était adressée en grandes lettres sombres et magnifiquement calligraphiées.

Tu me rejoindras à une heure du matin ce soir dans ma salle de jeu.

Belle-mère

— Qu'est-ce que ça dit ?

Cindy se pencha joyeusement et poussa un cri de joie après l'avoir lue.

— Youpi ! J'ai trouvé ça dans les escaliers en redescendant.

— D'accooooord… merci.

— De rien.

Cindy leva les mains en l'air et s'étira joyeusement.

— Oh ! Regarde ce que j'ai trouvé d'autre !

Elle se tourna vers l'homme mince qui était entré.

Il était impeccablement vêtu d'un costume trois-pièces et d'une cravate, et il était plus pâle que n'importe quel homme qu'elle avait jamais vu. Il semblait froid et autoritaire.

Cindy les présenta.

— Jillian, voici maître Bram. C'est un dominant et l'un de nos meilleurs clients. Il vient tous les mois pour une nuit complète. Malheureusement, il s'est retrouvé coincé ici à cause du blizzard, alors maintenant on peut le voir toute la journée et toute la nuit, gazouilla-t-elle joyeusement.

— Merci, ma chère.

Il fit un signe de tête à Cindy et se tourna pour baiser le dos de la main de Jillian.

Son baiser était si froid au toucher que ça la choqua.

— En-enchantée de vous rencontrer, monsieur, dit-elle en faisant la révérence.

— Tu souhaites être dominée ?

Ses yeux percèrent les siens, la laissant sans voix et terrifiée. Elle se sentait si hypnotisée par sa présence qu'elle ne pouvait plus bouger.

Il lui caressa la joue et la poussa vers le banc.

— Prends position, ma chère.

Elle étouffa un hoquet et la bile qui lui montait à la gorge. Elle était absolument terrifiée.

Elle couina lorsqu'il souleva sa jupe.

— Je… je…

— Ça suffit, maître Bram.

Elle sursauta au son de la voix bourrue de Bertram, reconnaissante de sa présence. Elle se releva sur des jambes tremblantes et alla serrer Cindy dans ses bras, se sentant de plus en plus au chaud à chaque pas qui l'éloignait du maître pâle aux yeux d'un jaune brillant.

Maître Bram tourna son regard furieux vers Bertram, qui se dirigeait vers eux d'un pas rageur.

— Bonjour, maître Wolfe. Vous interrompez ma séance de jeu.

— Elle est nouvelle dans le milieu et n'est pas prête pour *votre* genre de jeu, dit Bertram, montrant les dents plus que d'habitude.

— Comme vous voudrez.

L'homme pâle se tourna pour saluer les deux femmes.

— Je vous laisse, mesdames.

Jillian était certaine que son sourire vicieux la hanterait pendant des nuits. Elle baissa les yeux vers le sol, incapable de croiser son regard froid, et quand elle releva les yeux, il avait disparu.

Alors que la chaleur remplissait à nouveau son corps, elle croisa le regard furieux de Bertram.

— Euh, j'ai fait quelque chose de mal ?

Elle jeta un regard nerveux de Bertram à Cindy.

Il passa ses mains dans ses cheveux, agité, et tourné son regard irrité sur Cindy.

— Cindy sait que le donjon n'est pas pour les débutants. Elle sait aussi qu'elle a besoin d'un chaperon quand elle joue.

Cindy baissa les yeux vers le sol, sa lèvre inférieure tremblante.

Jillian se sentit dépérir lorsqu'il tourna son regard assombri vers elle.

— Aucune de vous deux ne devrait jamais descendre ici sans escorte. Vous me comprenez, mesdemoiselles ?

Il s'avança et leur prit le menton dans la paume de ses mains.

— Oui, monsieur, couinèrent-elles en même temps.

— Retournez-vous et attrapez le banc, leur ordonna-t-il.

Jillian s'empressa d'obéir, tandis que Cindy, en larmes, faisait de même. Elle sentit l'air frais sur ses fesses quand Bertram remonta sa jupe, l'enroulant dans l'élastique de sa culotte. Puis il attrapa sa petite culotte et l'enfonça entre ses fesses. Il dut faire la même chose à Cindy, car elle entendit son cri aigu.

Il ramassa la petite brosse en bois et ne perdit pas de temps pour s'attaquer aux fesses de Cindy.

Le cœur de Jillian se serrait pour la pauvre fille qui reniflait, gémissait et pleurait. Mais soudain, c'était fini, et c'était elle qui recevait la chaleur de sa colère. Ses fesses lui faisaient si mal alors qu'il enchaînait rapidement les coups secs les uns après les autres. Elle pouvait sentir la chaleur dans son pauvre derrière tandis qu'il continuait à les fesser tour à tour avec la brosse dure.

— Vous n'irez pas dans le donjon toutes seules, vous comprenez, mesdemoiselles ?

Il leur asséna à toutes les deux une rafale de fessées, laissant Jillian frissonnante et geignarde, tandis que Cindy pleurait.

— Oui, monsieur ! Oui, monsieur ! crièrent-elles toutes les deux.

— On ne joue pas avec quelqu'un qui vous met mal à l'aise.

Cette fois, tous ses coups lui étaient destinés, et elle gémit. Elle dansait sur place et essayait d'échapper à ses coups punitifs.

— Quel était ton mot de sécurité, Jillian ?

Il fit une pause, et elle prit une grande inspiration tremblante.

— Je… je n'en avais pas.

— Mauvaise réponse.

Elle se mit à pleurer tandis qu'il continuait son assaut cinglant d'un côté à l'autre de ses fesses douloureuses.

— Je suis désolée ! Je suis désolée ! Ça n'arrivera plus ! hurla-t-elle en essayant de s'esquiver, mais il la repoussa en position.

— Tu parles que ça n'arrivera plus. Reste loin de ce salaud de suceur de sang !

Il lui donna cinq autres coups secs et la relâcha.

Elle se releva pendant qu'il retirait sa jupe de sa culotte et la laissait retomber brutalement.

— Aïe !

Elle ne put pas retenir le gémissement qui s'échappa de ses lèvres.

Il prit Cindy dans un gros câlin réconfortant et l'apaisa.

— Ça va. Je ne suis pas en colère contre toi. J'ai juste eu peur.

Il l'embrassa sur le front et utilisa la manche de sa chemise pour essuyer ses larmes.

— Ne joue plus dans le donjon sans me consulter d'abord, d'accord ? Et reste loin de maître Bram.

— Oui, maître Wolfe.

Cindy glissa à genoux et s'agrippa à sa jambe.

Il lui massa la tête un instant, puis la remit sur pieds.

— D'accord, Cindy, pourquoi tu n'irais pas faire ta sieste ? Tu dois être fatiguée après cette longue journée.

— Oui, monsieur. Merci.

Il tourna ses yeux sombres vers Jillian, et elle retint son souffle tremblant.

— Je suis désolée. Je serai plus prudente la prochaine fois.

— Gentille fille. Les mêmes règles que pour Cindy, d'accord ?

Elle se tendit quand il se pencha pour lui faire un rapide câlin. Elle hocha la tête.

— Oui, monsieur.

Les deux femmes le regardèrent sortir du donjon à grands pas.

— Alors ça, c'était une vraie punition, murmura Cindy.

— Ouais.

Jillian hocha la tête et se frotta les fesses pour essayer de calmer un peu la douleur.

— Je ne crois pas que j'ai beaucoup aimé.

Cindy secoua la tête.

Jillian rit et serra son amie dans ses bras.

— Moi non plus. Soyons des modèles de sagesse pour le reste de la journée.

Elles sortirent du donjon, bras dessus, bras dessous, sans voir les yeux jaloux qui les observaient depuis l'ombre.

BERTRAM

Bertram ne tenait qu'à un fil, et il le savait. Entre sa « petite » capricieuse coincée avec un vampire affamé pendant un blizzard, ses propres désirs lubriques après avoir revu les fesses nues de Jillian, et son inquiétude pour elle et Cindy, il avait l'impression qu'il était sur le point de péter un câble.

Mon Dieu, mais à quoi pensait cette femme ? Il comprenait que Cindy pouvait être un peu écervelée par moments. C'est pourquoi il lui avait dit de toujours avoir un chaperon. Mais Jillian ? Elle semblait si désespérée de jouer et d'explorer, et pourtant elle ne venait pas le voir, lui.

Pourquoi cette pensée lui donnait-elle un coup de poing dans l'estomac ? Probablement parce qu'il aimait bien la fougueuse brune. Plus qu'il n'aurait dû. Il ressentait un besoin si fort d'être avec elle, comme si elle était destinée à être sa compagne. Mais c'était stupide. Il grogna et poussa un chariot de serviettes qui se trouvait sur son chemin. Les accouplements de ce genre, c'était pour les contes de fées.

Il devait parler à Jillian et crever l'abcès. Il la vit tourner au coin du couloir et serrer Cindy dans ses bras avant de venir dans sa direction, plongée dans ses pensées, sans même le remarquer.

Il s'éclaircit la gorge, la faisant sursauter.

— Excuse-moi, on peut parler ?

— Bien sûr.

Elle déglutit et le suivit dans une salle de jeux vide.

— Je dois m'excuser pour mes actes. Je n'aurais pas dû te fesser comme ça. J'ai perdu mon sang-froid, et honnêtement, ce n'était pas mon droit. Tu ne m'en avais pas donné la permission, et tu ne travailles pas ici. Je n'aurais pas dû faire ça.

— Vous aviez peur ?

Elle le regarda, confuse.

— Le donjon n'est pas le meilleur endroit pour apprendre à être soumise. Il faut y aller doucement. Apprendre ce que l'on peut supporter. Établir une confiance avec son partenaire dominant. Jouer, c'est bien, mais il faut le faire en toute sécurité.

— Et le salaud de suceur de sang ?

Elle leva les yeux au ciel et eut un sourire en coin.

Il eut envie de la retourner à nouveau sur son genou, mais il puisa dans ses dernières réserves de patience et se contenta de lui lancer « son » regard.

Satisfait de sa réaction, il s'assit sur un tabouret.

— Maître Bram est un genre de dominant différent. Il a besoin de soumises spéciales qui peuvent répondre à ses… besoins spéciaux et ses… goûts.

— D'accord.

Elle hocha la tête.

— Me pardonneras-tu de t'avoir fessée sans ton consentement, Jillian ? Cela n'arrivera plus. Tu as ma parole.

Elle enroula ses bras autour d'elle et baissa les yeux vers le sol, murmurant quelque chose qu'il ne put pas distinguer.

— Parle plus fort s'il te plaît, Jillian. Je ne te comprends pas.

Elle croisa son regard, ses yeux verts grands et vulnérables.

— Et si je ne voulais pas toujours vous donner mon consentement ?

— Alors je ne te fesserai pas.

Elle arpenta la pièce et expira bruyamment.

— Non. Ce n'est pas ce que je veux dire ! Je veux dire, et si vous pouviez…

Elle s'agita, visiblement mal à l'aise.

— Et si vous me retourniez sur vos genoux, même sans que je vous donne mon consentement ? Et si je ne voulais toujours pas que vous, euh…

Son visage s'empourpra.

— Que vous me fessiez, mais que vous le fassiez quand même ?

Il devait lui faire comprendre qu'il ne lui ferait pas de mal et ne la forcerait pas à faire quelque chose qu'elle ne voulait pas.

— Je ne ferai pas ça. Plus de fessées non consenties. Je te le promets.

Au lieu d'avoir l'air soulagée, ses yeux brillèrent de colère.

— Et si c'est ça que je veux ? Ou dont j'ai besoin ? demanda-t-elle plus bas.

Oh. Il comprit enfin. Il s'approcha d'elle, prit sa petite main dans la sienne et l'embrassa.

— Jillian, ce n'est pas sur ça que ce chalet est basé. Il est basé sur le fétichisme consenti. Tu demandes des fessées non consenties, et je ne peux pas te faire ça.

Sa lèvre inférieure trembla.

— Mais si je dis que c'est d'accord pour tout le temps où nous sommes ici, alors vous auriez mon consentement général. Vous pourriez me fesser quand vous en auriez envie et quand j'en aurais besoin. Même si je n'en avais pas envie.

Elle le regarda, les yeux grands ouverts, embarrassée, mais pleine d'espoir.

Il secoua la tête et recula d'un pas. Sa fiancée l'avait quitté parce qu'elle n'aimait pas l'aspect disciplinaire de leur relation. Mais c'était ce dont Bertram avait besoin, une relation de fessée complète, avec des fessées sexuelles et pas si sexuelles. Il avait besoin d'être aux commandes. Ce n'était même pas son côté loup qui réclamait cela. Son caractère dominant l'exigeait.

Et Jillian avait demandé à essayer cela, même si elle était nouvelle dans le milieu et venait de le rencontrer. Mais autant cela l'attirait, autant cela lui semblait juste, il devait la protéger avant qu'elle ne s'embarque dans quelque chose qui la dépasse. Peut-être pourraient-ils essayer plus tard, après avoir appris à mieux se connaître.

Il soupira.

— Tu demandes un type de relation spécial pour lequel, je pense, aucun de nous n'est prêt. Pas pour le moment.

— Très bien.

Ses yeux se rétrécirent.

— Je m'occuperai de mes propres besoins, merci. Je vais aller trouver maître Bram.

Elle le regarda d'un air boudeur.

Il grogna et la saisit brusquement par les épaules.

— Si tu vas voir maître Bram, que Dieu me vienne en aide, je vais te—

— Vous allez quoi ?

Elle se dégagea de son emprise et lui lança un regard perçant.

— Me fesser ?

Elle leva les yeux au ciel, souffla et se dirigea vers la porte.

— Jillian. Je ne veux pas brouiller les limites et t'embrouiller. Euh, c'est mauvais pour les affaires.

Il réalisa que c'était la pire chose à dire quand elle tourna son regard glacial vers lui.

— Je suis désolée que ma présence interfère avec vos affaires commerciales. Bonne après-midi, monsieur Wolfe.

Elle sortit de la pièce d'un pas raide et referma la porte derrière elle.

Merde.

✳

IL ARPENTA LE COULOIR EXTÉRIEUR, aboyant des ordres à des femmes de chambre affairées, en particulier à celle qui n'arrêtait pas de s'endormir au travail. Après trente minutes à faire les cent pas et à fulminer, il ne se sentait toujours pas calmé. En fait, il cria tellement qu'il fit peur au pauvre Pino, qui laissa une traînée de serviettes derrière lui en s'enfuyant à toutes jambes.

— Bon, ça suffit de terroriser les employés, Papa.

Redd lui sauta sur le dos et lui serra le cou en jouant.

Il la porta jusqu'au salon et la jeta sur un canapé, grognant en se penchant sur son corps. Il lui tira le bras vers le haut et enfonça ses doigts dans son aisselle, la chatouillant sans pitié.

— Arrête, Papa !

Ses cris perçants et ses rires résonnèrent dans la pièce.

— Essayons tes côtes, petite.

Il la chatouilla jusqu'à ce qu'elle s'étouffe en poussant des cris de joie pour demander grâce.

— Tu t'avoues vaincue, petite tueuse ?

Il lui adressa un sourire mauvais en regardant son visage de chérubin.

— On peut essayer ton ventre après.

— Non ! Noooon ! gloussa-t-elle en repoussant ses mains. Je m'avoue vaincue. Je m'avoue vaincue !

Il la prit dans ses bras et plaça la « petite » échevelée sur ses genoux, frottant sa joue rugueuse et qui gratte contre la sienne.

— Pas la barbe, Papa. Non, bouda-t-elle en lui gloussant au nez.

Ils reprirent leur souffle quelques instants et se blottirent l'un contre l'autre.

— Merci. J'en avais besoin. Maintenant, qu'est-ce que tu disais, Redd ?

Elle se poussa de ses genoux et lui lança un regard ferme.

— Tu as encore ce regard de fou. Comme quand tu te sens piégé et que tu es sur le point de te transformer en loup et de t'en prendre à tout le monde. Tu m'as dit de te le faire remarquer.

Elle mit les mains sur ses hanches.

— Un peu d'air frais te ferait du bien. Pourquoi tu ne ferais pas ton truc et n'irais pas chasser un moment ?

Il secoua la tête.

— Il neige assez fort dehors. Je n'aurai probablement aucune chance de trouver quoi que ce soit.

— Mais le changement d'« atmosphère », dit-elle en exagérant l'articulation du dernier mot, te ferait du bien. Peut-être que tu auras de la chance.

Elle haussa les épaules.

— Ok, merci de veiller sur moi.

Il se leva et lui ébouriffa les cheveux.

— Ce n'est pas seulement sur toi que je veille. Tu as encore fait pleurer Rory.

— Eh bien, elle devrait arrêter de s'endormir au travail,

marmonna-t-il. Bon, d'accord, je sors. Garde un œil sur la réception, s'il te plaît.

— Oui, Papa.

Elle lui lança un regard espiègle.

— Et cette fois, s'il te plaît, sèche-toi avant de t'approcher de moi. L'odeur de chien mouillé est tellement dégoûtante.

Elle poussa un cri aigu et sauta pour éviter la claque qu'il s'apprêtait à lui donner.

— Les femmes, grommela-t-il en se dirigeant vers la porte de derrière. Promenons-nous dans les bois…

Il chanta à voix basse en se glissant dehors dans le froid glacial.

CHAPITRE NEUF

Cade

Cade se leva et essaya de se retourner, mais d'une manière ou d'une autre, une de ses palmes s'emmêla dans l'autre, et il tomba pile sur le cul.

Faye gloussa.

Il plissa les yeux.

— Tu m'as fait faire ça avec ta magie ?

Elle agita les mains devant lui.

— Non, je n'ai rien fait, je te le jure.

Pincer les lèvres ne suffit pas à cacher son amusement.

— Ce n'est pas drôle, gronda-t-il en se relevant péniblement. Je devrais te donner une fessée pour avoir ri.

Elle couvrit son derrière.

— Oh non, je ne peux pas supporter une autre fessée, Cade, s'il te plaît. Je suis désolée d'avoir ri.

Il la foudroya du regard, mais marcha d'un pas lourd jusqu'au canapé et s'y jeta.

— Fais la vaisselle, dit-il avec un geste impérial.

Son ordre était inutile, car Faye était déjà à mi-chemin de la table, en train d'empiler efficacement les assiettes pour les porter jusqu'à l'évier. Elle lava et sécha chaque plat, rangea tout et essuya la table.

— Tu as un chien ? demanda-t-elle en montrant la petite porte découpée dans sa porte de derrière.

— J'en avais un, mentit-il.

— Ça devait être un gros.

— Ouais, un chien-loup. Alors, c'est quoi ton plan pour me rendre mes pieds ? demanda-t-il, son ego encore froissé par sa chute.

— Je… je vais juste faire quelques recherches avant d'essayer quoi que ce soit d'autre. Tu sais, pour ne pas me planter encore une fois.

— Et quel genre de recherches ?

— Euh, tu sais, chercher des informations.

Elle sortit un balai et commença à balayer son sol sans qu'on le lui demande.

Il avait du mal à y croire. Elle surpassait tous les fantasmes d'esclave qu'il avait pu avoir – et il en avait eu plus d'un. Des fantasmes, pas de vraies esclaves. C'était la première fois qu'il avait la chance de réaliser tous les rêves lubriques de sa jeunesse. Enfin, presque tous. Elle ne l'avait pas encore supplié de la prendre, ce qui figurait toujours en bonne place sur sa liste de choses à faire. Le thermostat de Faye Godmeyer s'affolait.

Pour l'instant, cependant, il avait l'impression qu'elle se moquait de lui.

— Où est-ce que tu cherches ça ?

— Dans un livre, d'accord ? lança-t-elle sèchement.

— Oh, non, tu n'as pas osé, dit-il en insufflant un avertissement tranchant dans sa voix.

Sa main vola vers son derrière.

— Désolée, maître.

Il la regarda d'un air menaçant.

— Tu as le livre avec toi ?

— Oui, maître.

Il entendit le léger sarcasme dans son utilisation de « maître », mais elle avait suffisamment flirté avec la limite pour qu'il ne la reprenne pas là-dessus.

— Alors, assez de ménage. Va chercher le livre.

— Laisse-moi juste passer la serpillière d'abord.

— Apporte-moi le livre et je regarderai pendant que tu passes la serpillière.

— Absolument pas, s'écria-t-elle, avant d'ajouter : maître.

— Pourquoi pas ?

— Parce que c'est un journal personnel, il n'est pas fait pour tes yeux.

— Faye, je perds patience avec toi. Va chercher le livre et trouve le sortilège.

Elle rejeta le balai dans le placard avec un cliquetis et sortit la serpillière et le seau.

— Ce n'est pas un sortilège, dit-elle entre ses dents serrées. Je ne suis pas une sorcière. Je suis une fée. Enfin, une demi-fée.

Les derniers mots furent marmonnés.

— Tu n'es qu'une demi-fée ? C'est pour ça que ta magie est nulle ?

Les lumières se mirent à clignoter, devenant vives puis s'atténuant. Bien qu'il neige dehors, il entendit un fort coup de tonnerre gronder dans la maison. Apparemment, il avait énervé la fée – non, la *demi-fée*.

Elle remplit le seau, ignorant son ordre de le laisser et d'aller chercher le livre, et elle commença à passer la serpillière si fort qu'il crut qu'elle allait arracher le carrelage.

— As-tu un plan pour régler ça, oui ou non ?

Elle ne leva pas la tête de sa tâche et ne lui répondit pas, mais continua simplement à frotter le sol avec des mouvements vigoureux jusqu'à ce qu'elle ait couvert chaque centimètre carré au moins trois fois.

— Je te parle, esclave.

Elle l'ignora, ramassa le seau et la serpillière et se dirigea vers sa salle de bain, où elle ouvrit le placard sous le lavabo et commença à en sortir des produits de nettoyage.

— Quel est ton plan, Faye ? demanda-t-il en élevant la voix pour qu'elle puisse l'entendre par-dessus le bruit de son frottement frénétique dans la salle de bain. Tu n'en as pas, n'est-ce pas ? Tu n'as pas la moindre idée de comment faire revenir mes pieds normaux.

Les lumières se tamisèrent.

— Tu as merdé, et tu ne peux pas le réparer.

Des gouttes de pluie commencèrent à tomber à l'intérieur, et le ficus en pot à côté du canapé se flétrit sous ses yeux.

Il se passa les doigts dans les cheveux, réalisant qu'il avait été trop dur. Debout, il palma jusqu'à la salle de bain où Faye frottait la baignoire. Son derrière rougi dépassait de sous la jupe rose et la vue dégagée sur sa chatte le fit bander. Il entendit un reniflement.

— Ok, assez de ménage, dit-il doucement. Viens ici, Faye.

Elle arrêta de frotter mais ne se retourna pas et ne bougea pas de sa position au-dessus de la baignoire. De toute évidence, elle n'avait aucune idée de l'air délicieux qu'elle avait de son point de vue, sinon elle ne mettrait pas son innocence en danger de cette façon.

— Viens ici, bébé.

Il réussit à se faufiler dans la petite salle de bain avec ses palmes géantes pour la relever de sa position à genoux et la faire rouler dans ses bras.

— Ne pleure pas. On va trouver une solution, ensemble, d'accord ? Viens là, ma douce.

Il retourna au salon et s'installa sur le canapé avec elle, blottie dans ses bras et en train de tremper sa chemise de ses larmes. Il lui caressa le dos, nichant sa tête contre sa poitrine. Quand elle cessa de pleurer, il demanda :

— Et les autres fées ? Tu as mentionné en parler à quelqu'un d'autre.

— En fait, je ne connais aucune autre fée.

— Mais tu as dit…

— J'ai menti. Je suis désolée… s'il-te-plaît-ne-me-donne-pas-la-fessée ? supplia-t-elle d'une toute petite voix en le regardant avec de grands yeux implorants.

Il lui aurait été impossible de lui refuser quoi que ce soit quand elle faisait ces yeux de chien battu.

— Je ne te donnerai pas la fessée, concéda-t-il. Merci pour ton honnêteté. Mais qu'en est-il de tes parents ?

— Ma mère est morte quand j'avais dix ans, avant que mes pouvoirs ne se manifestent, donc elle n'a pas eu la chance de m'apprendre à les utiliser.

— Ah. Et ton père est humain.

— Oui.

— Quand tes pouvoirs se sont-ils manifestés ?

— À la puberté.

— Donc tu essaies de te débrouiller toute seule depuis tout ce temps ? Quel âge as-tu ?

— Vingt-six ans. Oui. J'ai bien un livre, c'est le journal de ma mère. Ce n'est pas un mode d'emploi ou quoi que ce soit, mais ça me donne des idées sur la façon dont elle utilisait sa magie.

— Où est le journal ?

— Je l'ai apporté avec moi.

— C'est le livre que tu ne voulais pas que je voie ?

— Oui. Parce que c'est personnel.

— Je comprends. Ok, petite fée. Et si je t'apportais le journal et que tu faisais un peu de lecture ici sur le canapé avant de t'endormir ? Peut-être qu'une idée te viendra.

— Tu crois ?

Sa voix était pleine d'espoir.

— Je l'espère bien, marmonna-t-il avant de se dégager d'elle et de jeter le plaid sur sa petite silhouette.

Il trouva le journal et sortit également une boîte à chaussures de bijoux que son ex-petite amie avait laissés.

— Les fées utilisent des pierres magiques ? Tu sais, des cristaux et tout ça ?

FAYE

Elle se redressa pour regarder dans la boîte que Cade avait posée sur ses genoux. À l'intérieur se trouvait un tas de bijoux, la plupart avec de grosses pierres semi-précieuses. Elle sentit l'intelligence dans les pierres, les chants qu'elles chantaient. Sortant un pendentif en améthyste massif en forme de donut, elle le tint contre son cœur.

— Est-ce que ça aide ? demanda-t-il.

— Je ne sais pas, murmura-t-elle. Je crois. On dirait qu'elle me parle. Elle veut aider.

Cade haussa un sourcil, mais il ne fit aucun commentaire. Elle s'étonna de la facilité avec laquelle il avait accepté sa magie. Elle avait passé toute sa vie à cacher ses oreilles pointues et ses capacités aux humains qui n'auraient pas compris, et pourtant cela ne l'avait pas décontenancé.

— À qui appartiennent ces bijoux ?

Il haussa les épaules.

— À moi, je suppose. À toi, si tu veux quelque chose.

— À qui appartenaient-ils avant ? insista-t-elle, sentant une histoire.

— Je les ai achetés pour mon ex-petite amie, alors elle les a laissés quand elle a emménagé avec Pierre, Paul et Jacques.

— Les trois ?

— Ouais. Ils ont une sorte de truc polyamoureux, je ne

sais pas. Ce n'est pas mon délire. Je suis du genre à m'unir pour la vie, avec une seule femme.

Quelque chose dans ses paroles lui donna la chair de poule.

— Tu pensais qu'elle était ta partenaire pour la vie ?

Sa lèvre supérieure se retroussa et elle crut entendre un grognement sourd dans sa poitrine.

— J'ai fait une erreur, marmonna-t-il en se levant.

— Je suis désolée, je ne voulais pas toucher un point sensible.

Il secoua rapidement la tête.

— Ce n'en est pas un.

Il fit un geste vers la boîte.

— Sers-toi, prends-les tous si tu les aimes. Je préfère que tu en profites plutôt que…

Il secoua encore la tête rapidement, puis la regarda.

— Tu me plais, Faye. Je suis désolé d'avoir été un connard avec tout ça.

Elle ne savait pas pourquoi ses excuses devaient la faire rougir, mais son visage s'échauffa.

— Euh, merci, je crois.

Il la pointa du doigt, avec un retour de son regard diabolique.

— Ça ne veut pas dire que tu n'es plus assignée à résidence.

— Oui, maître.

Elle sourit. Malgré l'enfer qu'il lui avait fait vivre, le jeu du maître et de l'esclave la titillait autant que lui, et entendre qu'il était du genre « à s'unir pour la vie » plutôt que le playboy qu'elle avait supposé le rendait cent fois plus attirant.

Quand il disparut dans sa chambre, elle enfila son pyjama, se brossa les dents et retourna sur le canapé. Elle laissa le journal. La vérité, c'est qu'elle l'avait lu en long, en large et en travers, et il n'y avait rien sur les erreurs magiques dedans.

Elle se blottit sur le canapé, tenant la pierre violette contre son sternum, et elle ferma les yeux.

Elle se réveilla frigorifiée. L'obscurité imprégnait la maison de Cade, et il dormait clairement avec le thermostat baissé. Elle frissonna sous le mince plaid. Debout, elle se faufila à pas de loup jusqu'au placard où elle avait trouvé le drap pour servir de nappe, mais elle ne trouva aucune couverture. Peut-être que Cade en avait une de plus au pied de son lit. Elle entendit un léger ronflement provenant de sa chambre dont la porte était entrouverte.

Elle se glissa dans sa chambre, scrutant l'obscurité. Elle ne voyait rien. En heurtant le pied de son lit, elle tapota le matelas pour trouver les couvertures. Cade sursauta et, au même moment, elle entendit un grognement terrible, animal, et elle sentit le sol vibrer quand il atterrit à quelques centimètres d'elle.

Elle poussa un cri de surprise quand elle fut soulevée du sol par un bras épais autour de sa taille et se retrouva suspendue dans les airs.

— Faye ? Qu'est-ce qui se passe ? exigea-t-il d'une voix rauque et ensommeillée.

— Je suis désolée ! couina-t-elle. Je venais juste chercher une couverture, il fait froid sur le canapé.

Voir dans le noir ne semblait pas être un problème pour Cade, car son énorme paume atterrit en plein sur son cul, durement.

— Ne me surprends pas quand je dors, gronda-t-il. C'est dangereux de s'approcher de moi en douce.

Il la jeta sur son lit.

— Qu'est-ce que tu fais ?

Elle se mit à genoux pour essayer de partir. Grimpant derrière elle, il enroula un bras lourd autour de sa taille et la tira fermement contre son torse, la prenant en cuillère.

— Rendors-toi. Je vais te tenir chaud, marmonna-t-il, son souffle revenant déjà au lent soupir du sommeil.

Elle resta immobile pendant un long moment, débattant de la sagesse de dormir à côté d'un homme qu'elle trouvait bien trop attirant. Mais même si elle pouvait se dégager de l'étreinte de fer de Cade, elle ne voulait pas quitter la chaleur délicieuse de son lit… et de son corps. Elle était intensément consciente de chaque détail : le poids de son bras sur sa taille, la sensation de sa respiration gonflant sa poitrine contre son dos, son odeur tout autour d'elle. Elle devait être prudente. Au rythme où ils allaient, elle le supplierait de prendre sa virginité dès le lendemain, et alors tout espoir de réparer ses pieds serait perdu.

FAYE

Elle se réveilla avec la main de Cade qui enserrait son sein sous son haut de pyjama, ce qui se transforma en une torture délicieuse de son téton entre ses doigts. Elle tourna la tête pour regarder son propriétaire, seulement pour constater que ses yeux étaient toujours fermés, comme s'il la tripotait en rêve.

Ses yeux s'ouvrirent en papillonnant.

— Mmm, dit-il en lui adressant un large sourire.

— Tu n'étais même pas réveillé quand tu as commencé ! l'accusa-t-elle. Tu ne savais même pas qui tu tripotais, n'est-ce pas ?

— Et alors ? Je le sais maintenant, et c'est exactement sur elle que je veux avoir les mains, dit-il avec un grondement d'appréciation, sa main descendant sur le plat de son ventre, dangereusement près de son intimité.

Elle haleta, une partie de son cerveau lui hurlant de sortir du lit immédiatement, l'autre immobilisant son corps, ne voulant pas manquer une seule seconde des incroyables sensations que Cade provoquait.

Il poussa ses hanches contre elle, son sexe dur voulant se joindre à la fête. Elle se figea. Il recula ses hanches.

— Chut… ne t'inquiète pas. Je t'ai promis que je ne ferais rien que tu ne veuilles pas.

Son énorme paume enveloppa son mont de Vénus par-dessus son pantalon de pyjama.

— Oh… oh !

Elle se tortilla. Sa tête se baissa sur elle et sa langue effleura son téton exposé, faisant cambrer la plante de ses pieds et se recroqueviller ses orteils. Alors c'était de là que venait l'expression. Oh mon Dieu, il lui faisait vraiment prendre son pied.

— Faye.

Il releva la tête et souffla légèrement sur son téton.

— Oui ? croassa-t-elle.

— Je ne vais pas coucher avec toi. Je veux juste te donner du plaisir. Tu me laisses faire ?

Son esprit se vida. Rien en elle ne pouvait faire sortir le mot « non » de ses lèvres.

Cade reposa ses lèvres sur son téton, cette fois en l'aspirant profondément dans sa bouche.

Une lame de chaleur blanche fusa droit vers sa chatte, et elle eut le souffle coupé. Elle se cambra, la tête renversée d'extase.

— Mmm…

Sa main glissa à l'intérieur de son pantalon de pyjama.

— Ah ! cria-t-elle de surprise, de nouveau gênée par son manque d'épilation.

— Oh, Faye, murmura-t-il d'une voix profonde et sexy alors que son majeur entrait en contact avec sa fente glissante. Tu as une adorable chatte, n'est-ce pas ?

— Euh… qu'est-ce que tu veux dire ?

Elle dansait et se tordait sous son contact, sa respiration saccadée.

Cade retira sa main et elle réprima un grognement de déception, mais il rampa plus bas, saisit la taille de son pantalon de pyjama et le tira vers le bas. Son ventre s'agita d'une anticipation nerveuse.

— Oh… euh…

Ce n'est pas comme si elle n'avait jamais entendu parler du cunnilingus. Mais en entendre parler et en faire l'expérience étaient deux choses très différentes. Elle n'était absolument pas préparée au choc de la sensation quand sa langue toucha son clitoris. S'il n'avait pas maintenu son bassin, elle aurait probablement fait un bond d'un mètre en l'air.

— Waouh ! Waouh ! Aaahh… Cade ! Oh mon Dieu !

— Mmm-hmm, murmura-t-il en reprenant son souffle. Profite juste, Faye. C'est pour toi.

C'était idiot, mais elle se sentait indigne de ses attentions, considérant qu'elle avait transformé ses pieds en palmes et lui devait trois mille dollars. Ou peut-être était-ce parce qu'elle n'avait jamais pensé qu'elle éprouverait un tel niveau de plaisir, mais des larmes commencèrent à couler de ses yeux. Pas des larmes de tristesse. Les larmes de celle qui a enfin trouvé sa place.

CHAPITRE DIX

ORAL

Coral n'eut pas le temps de réagir que Jake se leva et la remit brutalement sur ses pieds. Il la poussa vers le banc de fessée, et elle jeta un bref coup d'œil en arrière pour le voir ramasser de nouveau la cravache. Ses mots résonnaient encore à ses oreilles. Venait-elle vraiment de lui demander de la punir ? Elle était sur le point de lui dire qu'elle pensait qu'il avait peut-être déformé ses paroles quand il la cloua sur place du regard.

— Baisse ton pantalon et penche-toi sur le banc, ordonna-t-il.

Elle ouvrit la bouche pour parler, mais il croisa les bras et s'approcha d'un pas.

— C'est le moment où tu obéis sans hésiter pour ne pas aggraver ta punition.

— Attends, ça ne se passe pas comme ça. On doit discuter de certaines choses. Tu as besoin de connaître mes limites, mon mot de sécurité, ce genre de trucs.

Il marqua une pause devant elle, puis un air amusé se dessina sur son visage.

— Les choses dont on discute avant de jouer ?

Elle hocha la tête avec insistance, son appréhension soulagée maintenant que la balle était de nouveau dans son camp.

— Tu es la soumise la plus autoritaire que j'aie jamais rencontrée.

Ses yeux pétillaient de malice et il se pencha tout près d'elle.

— Et aussi, je ne suis pas en train de jouer.

Elle eut envie de sursauter en arrière, son souffle chaud sur son oreille la fit frissonner.

— Je trouverai tes limites, et ensuite je les repousserai.

Il fit un cercle autour d'elle, lui donnant l'impression d'être prise au piège.

— Tu peux choisir un mot de sécurité, mais je doute que tu l'utiliseras.

— Plancton, murmura-t-elle.

— Très bien, dit-il en hochant la tête. Le pantalon, maintenant.

Il lui fit signe de se dépêcher.

— Ou alors, je peux retourner chercher cette jolie pagaie en bois que j'ai vue tout à l'heure.

Elle aurait juré qu'elle le voyait rire pendant que ses mains volaient vers l'avant de son jean, s'affairant maladroitement avec le bouton. Elle essaya de se rappeler de respirer. Elle poussa le pantalon jusqu'à ses genoux et avança d'un pas traînant vers le banc jusqu'à être juste à côté.

— Gentille fille. Maintenant, agenouille-toi sur le siège et allonge-toi dessus.

Elle savait quoi faire ; elle avait déjà utilisé ce banc. Toujours pour s'amuser, cependant. Elle regarda l'objet qui lui avait toujours procuré tant de plaisir et elle se demanda dans quel état cette séance la laisserait. Elle leva de nouveau les yeux vers lui, l'implorant du regard, mais il lui fit seulement signe de s'exécuter.

Avec un soupir résigné, elle s'installa sur le dessus. Ses genoux étaient serrés l'un contre l'autre par le jean entassé autour. Au moins, elle avait encore la légère protection de sa petite culotte en dentelle.

Elle passa ses mains vers l'avant pour atteindre le siège rembourré de l'autre côté. Jake fit le tour pour se placer devant elle, il lui releva le menton d'un contact doux de sa main, et elle fixa son regard sur son visage bienveillant.

— Coral, je ne vais pas te ménager. Je pense que tu sais aussi bien que nous tous que ton comportement distrait doit cesser.

Elle pensa un instant à argumenter, puis elle décida qu'elle n'était pas en bonne position pour le faire.

— La prochaine fois que tu te mettras en danger, ce qui inclut le fait de négliger tes responsabilités parce que tu es distraite ou de sortir en plein blizzard avec juste un sweat, je veux que tu te souviennes de cette punition. Et que dorénavant, il y en aura d'autres.

De la part de qui ?

Jake effleura une manchette en cuir à l'avant du banc.

— Ai-je besoin de t'attacher ? Ou puis-je te faire confiance pour rester en place ?

— Non, je n'aime pas les liens, dit-elle. Je peux rester en place. S'il te plaît, laisse-moi les mains libres.

Il passa son pouce d'avant en arrière sur sa joue et lui sourit.

— Bien sûr. Garde simplement tes mains devant et il n'y aura pas de problème. Tu es prête à commencer ?

Elle hocha la tête, mais comme il restait simplement planté là devant elle, elle comprit qu'il voulait une réponse.

— Oui, monsieur.

— C'est beaucoup mieux.

Il sourit, puis disparut de son champ de vision.

Sa main était chaude sur le bas de son dos nu. Son haut était remonté quand elle s'était allongée, exposant son dos. Un frisson parcourut sa colonne vertébrale quand sa main trouva le haut de sa culotte.

— Tu es déjà d'un joli rose tendre, commenta-t-il, puis il fit glisser sa culotte jusqu'à son jean.

Elle se raidit, et sa main revint se poser sur son dos. Il la caressait de haut en bas à un rythme apaisant.

— Tout va bien, Coral. Mais si tu reçois une punition, il n'y aura rien entre toi et moi. Pas même ce bout de dentelle qui te sert de sous-vêtement.

Elle grimaça quand son bras s'enroula autour de sa taille, la soulevant, tandis que son autre main poussait sa culotte et son jean jusqu'à ses chevilles. Puis il lui tapota l'intérieur de la cuisse, lui signalant d'écarter davantage les jambes. Elle aspira une bouffée d'air en obéissant.

— Maintenant, n'oublie pas de respirer, dit-il.

Elle expira de nouveau. Il l'avait mise dans un tel état qu'elle n'arrivait même plus à se souvenir de cette tâche si simple. N'était-ce pas pour cela qu'elle se retrouvait tout le temps ici ? Elle avait ardemment besoin de la discipline, d'une punition pour une infraction imaginaire qu'elle inventait dans sa tête. Elle se promenait ici les jours calmes, quand le donjon n'était pas si fréquenté, et se trouvait un dominant consentant pour la fesser ou la fouetter. Pour être à sa merci jusqu'à ce qu'il juge qu'elle était complètement punie.

Seulement, ce n'était jamais réel. Ils jouaient tous les deux des rôles. Elle trouvait ce dont elle avait envie, et cela l'aidait à calmer son esprit pendant un court moment. Mais elle constatait que ce besoin revenait plus fréquemment et avec encore plus de force.

Maintenant, elle était là, penchée sur le banc de fessée, son cul offert à un homme qui croyait qu'elle méritait vraiment d'être punie. Pas pour une infraction imaginaire, mais pour une véritable erreur dans la vie réelle. L'ampleur de la situation fit trembler ses jambes.

Elle n'avait pas peur de la cravache qu'il brandissait. Elle l'avait déjà sentie. Elle survivrait. Jake abattit la cravache sur ses joues déjà échauffées et elle poussa un cri. Il posa une main sur son dos, et le contact la rassura qu'il était toujours là.

Il frappa à nouveau, et une larme s'échappa, roulant sur sa joue. Jake avait raison, elle devait faire plus attention.

Un autre coup et elle gémit sous la force. Son esprit rejouait ses paroles, et elle vit leur vérité. Elle vivait dans un monde imaginaire. Quand les choses devenaient trop réelles, elle battait en retraite. Oui, elle avait été blessée, mais la vie avait continué, n'est-ce pas ?

Jake traça une ligne de feu juste sur le point sensible de ses fesses, et elle sursauta.

— Essaie de ne pas bouger, l'apaisa-t-il.

Sa voix la sortit de sa rêverie, et elle fut réconfortée de savoir qu'il se souciait d'elle.

— Tu te débrouilles bien.

Ses éloges comblèrent un vide en elle dont elle ignorait l'existence. Le désespoir ne la rongeait plus, et elle s'appliqua à bien prendre sa punition pour que Jake sache à quel point elle l'appréciait.

Elle anticipa le coup suivant et tendit son corps en attendant. Il tapota l'arrière de ses cuisses.

— Prends une grande inspiration.

Elle obéit.

— Et maintenant, expire.

Lors de son expiration, il asséna trois coups durs et rapides. Ses larmes coulaient maintenant à flots. Ses fesses lui donnaient l'impression d'être assise sur des braises ardentes.

— Jake !

Elle appela son nom au coup suivant.

Il répondit par des frappes plus rapides et plus dures.

Elle avait atteint sa limite ; elle ne pouvait plus le supporter. La panique montait en elle. Il ne la connaissait pas, il ne savait pas ce qu'elle pouvait endurer. Comment saurait-il s'arrêter ? Son corps tremblait, secoué de sanglots. Elle laissa tout sortir. Sa peur, sa déception – tout remonta à la surface et elle laissa couler.

Elle était vaguement consciente qu'il avait de nouveau contourné le banc et lui caressait le visage. Il lui murmurait des mots apaisants à l'oreille pendant qu'elle pleurait. Il essuya ses larmes avec son pouce, puis embrassa son front, lui moucha le nez, tint son menton et lui caressa les cheveux.

Au bout d'un moment, sa respiration ralentit.

— Tu es si belle.

Son commentaire la troubla ; elle était certaine d'être dans un état lamentable, et elle était embarrassée par sa crise. Ce n'était pas une fessée suffisante pour la mettre dans un tel état. Elle en avait supporté bien plus auparavant.

— Je suis désolée.

Elle s'étrangla avec ses mots, encore à bout de souffle à cause de la posture étrange et des pleurs.

Il fit de nouveau le tour derrière elle et la souleva par la taille. Il la posa sur le dessus du banc et le cuir frais sur ses fesses brûlantes la fit grimacer. Elle serra les jambes, réalisant l'humidité qui s'infiltrait sur ses cuisses. Son pantalon s'était détaché d'une cheville et pendait en un amas tordu de l'autre. Assise sur le haut du banc avec les pieds sur le siège, elle était à hauteur des yeux du bien plus grand Jake.

Il poussa son genou entre ses jambes et se posta entre ses cuisses, enroulant ses grands bras protecteurs autour d'elle. Elle nicha sa tête sous son menton.

— Je suis si fier de toi, lui dit-il.

Elle se recula et le regarda avec surprise.

Il lui sourit.

— Tu as bien encaissé. Tu es une femme tellement incroyable, Coral. Tu ne dois jamais l'oublier.

Elle haussa les épaules et voulut se blottir à nouveau contre lui, mais il se recula, la tenant à distance.

— Hausser les épaules n'est pas une réponse. Tout comme hocher la tête.

Il parlait maintenant d'un ton sévère, contrastant avec le ton câlin qu'il venait d'utiliser.

Elle faillit hocher la tête en réponse, mais se rattrapa.

— Je ne suis pas vraiment d'accord sur le fait que je suis une femme incroyable, mais j'apprécie le sentiment.

Les coins de sa bouche se relevèrent et il l'attira de nouveau à lui, passant ses mains le long de son dos.

— J'ai des moyens de te convaincre de voir les choses de mon point de vue.

Ses mains atteignirent le bas de son haut et le remontèrent pour le lui enlever par-dessus la tête. Il dégrafa son soutien-gorge d'une main et couvrit un mamelon fraîchement exposé de l'autre. Il approcha sa bouche de son sein, et elle cambra le dos en gémissant en réponse. En conséquence, ses fesses se frottèrent contre le banc recouvert de cuir, et elle haleta. Sa chatte s'humidifia à la fois par le souvenir de son châtiment et par la langue de Jake qui effleurait son téton durci.

Elle pressa sa chatte contre la dureté qu'elle sentait emprisonnée dans son pantalon. Elle voulait qu'il la prenne. Elle fit glisser ses mains tremblantes vers le bas, l'adrénaline pompant à travers elle, et elle tâtonna le bouton de son pantalon. Elle avait envie de lui, chose qui ne lui était pas arrivée depuis que son ex l'avait quittée.

Elle réussit à libérer sa verge et elle se cambra davantage, pressant son intimité contre lui alors qu'il continuait son assaut sur ses tétons. Elle était dépassée, et elle avait besoin qu'il l'emmène plus loin alors que son corps tremblait.

— C'est ce que tu veux ?

Il saisit sa verge dure dans sa main et la regarda avec des paupières lourdes.

Elle lui fit un signe de tête, et il gifla presque instantanément le côté de sa cuisse.

— Ah ! Oui, désolée… je veux dire, oui.

Il allait lui falloir un certain temps pour se souvenir de ne pas hocher la tête. Quelque chose lui disait qu'il ne verrait pas d'inconvénient à la corriger, et elle sourit à cette pensée.

Elle écarta davantage les cuisses pour lui donner un accès total. Il se recula, sortit un préservatif de la poche de son pantalon avant de pousser celui-ci et son caleçon jusqu'au sol. Elle le regarda dérouler le préservatif, lui demandant silencieusement de se dépêcher. Finalement, il amena l'extrémité de sa verge à son entrée, et elle pouvait presque se sentir jaillir autour de lui tant elle était prête.

— Tu es sûre ?

Il posa une main sur sa joue et l'embrassa doucement sur les lèvres.

— Oui, s'il te plaît.

Les mots étaient à peine sortis de sa bouche qu'il s'enfonça rapidement en elle, ses mains sur ses hanches étant la seule chose qui la maintenait droite sur le banc.

Un pincement de douleur momentané la traversa alors qu'elle s'adaptait à sa corpulence. Il resta immobile en elle et fronça les sourcils.

— Coral, tu es si étroite. Ça va ?

Elle acquiesça en réponse mais sentit une pointe de regret. Qu'avait-elle fait ? Jake se figea et elle s'inquiéta momentanément qu'il puisse lire dans ses pensées et connaître tous ses secrets. Elle essaya de basculer ses hanches vers l'avant pour l'inciter à bouger. Le léger pincement avait disparu, et maintenant elle se sentait simplement remplie et avait besoin qu'il bouge en elle. Elle cherchait une libération dont elle n'avait pas su qu'elle avait besoin.

— S'il te plaît, murmura-t-elle enfin.

Elle se balança de nouveau en avant, mais il la maintint fermement plantée sur le banc. Il se retira, puis s'enfonça de nouveau. Il allait à un rythme alarmant de lenteur, mais elle pouvait dire à sa respiration qu'il se contenait à peine.

— Plus vite, s'il te plaît, supplia-t-elle.

— Tu es si étroite. Je ne veux pas te faire de mal.

Elle essaya de cambrer le dos, d'écarter les jambes, n'importe quoi pour le prendre plus profondément. Elle gémit sous son emprise, et il laissa échapper un petit rire.

— Tu es très insistante quand tu veux quelque chose.

Il se retira d'elle et elle ouvrit la bouche pour protester, mais il la tira pour la mettre debout.

— D'abord, promets-moi de me dire d'arrêter si c'est trop.

— Oui, je te le dirai. S'il te plaît, prends-moi, c'est tout.

Elle se fichait de pleurnicher. Son besoin de lui était si fort qu'elle pouvait sentir son pouls battre dans ses oreilles.

Il la fit se tourner face au banc et la guida pour qu'elle s'allonge à nouveau dessus. Puis il écarta ses cuisses et entra rapidement. Elle haleta et se poussa en arrière contre lui.

Il imposa un rythme punitif, pompant dans et hors d'elle. Elle entendait vaguement les sons de leur union, le claquement de son corps contre le sien. À chaque poussée, il frôlait ses fesses encore brûlantes, ce qui ne faisait que la rendre plus humide. Elle se sentait complètement possédée par lui et entièrement punie de sa main, et maintenant qu'il prenait son plaisir, le trou dans son cœur se refermait un tout petit peu plus en étant rempli par lui.

Elle sursauta quand sa main se glissa contre sa hanche pour trouver son clitoris. Il joua avec le bouton alors qu'il continuait de s'enfoncer violemment en elle. Elle cria quand il l'amena à l'orgasme, hurla son nom, aimant la sensation de le prononcer. Aimant le fait qu'il lui ait fait ça.

Elle sentit son désir monter à nouveau alors que ses mouvements devenaient plus frénétiques et saccadés, et elle explosa une seconde fois au moment où Jake poussa un grognement derrière elle et qu'elle sentit ses genoux heurter l'arrière de ses jambes alors qu'il ployait sous sa propre libération.

Il s'effondra contre son dos, et ils restèrent là, haletants, à reprendre leur souffle. Elle avait l'impression qu'ils ne formaient qu'un seul être. Leurs cœurs battaient à l'unisson. Elle avait presque oublié qu'elle avait un cœur.

JAKE

Jake regarda Coral blottie dans ses bras. Il les avait déplacés du banc au canapé en cuir et avait enlevé sa chemise pour la draper sur ses épaules. Le cuir collait à ses cuisses, et il était sur le point de suggérer qu'elle les guide jusqu'à sa chambre. Il avait presque oublié qu'ils venaient de s'accoupler en public. Personne ne semblait vraiment jeter un œil dans leur direction, mais il y avait d'autres personnes dans le donjon, et il semblait y avoir de plus en plus de monde. Il aperçut sa sœur, Jillian, et une jolie blonde. Il préférerait s'éclipser sans qu'elle les remarque, sinon il devrait répondre à un million de questions.

Coral soupira et bougea, ses paupières se fermant en papillotant. Il embrassa ses cheveux, inhala son parfum et caressa sa peau douce du dos de ses doigts.

— Viens, montons nous laver.

Elle bougea pour se lever et il la vit grimacer.

— Coral ? Ça va ?

Elle lui sourit.

— Oui, juste un peu endolorie. Mais la première fois n'était pas aussi terrible que ce que mes sœurs avaient tenté de me faire croire.

— La première fois ? demanda-t-il.

Il sentit ses sourcils grimper jusqu'au plafond. Peut-être qu'elle parlait de la fessée, sûrement qu'elle ne voulait pas dire—

— Oui, tu étais mon premier, Jake.

Il la regarda, choqué, ne sachant pas comment répondre. S'il avait su, il ne l'aurait jamais fait. Une fureur non dissimulée le traversa, et Coral dut le remarquer car elle se leva rapidement et recula d'un pas. Elle resserra sa chemise autour d'elle et baissa les yeux vers le sol.

— Mais tu m'as dit que tu venais souvent ici, dit-il en essayant de garder un ton neutre tout en serrant ses mains en poings contre ses cuisses. Tu joues avec les clients, tu te trouves des doms.

Elle hocha la tête, ses yeux écarquillés lorsqu'elle croisa de nouveau son regard, et elle fit un pas de plus en arrière.

— Des mots, Coral.

Il ne put pas retenir la fureur dans sa voix, et il la vit essayer de joindre ses mains tremblantes.

— C'est vrai. Je descends ici. J'aime me trouver un dom pour me donner la fessée. C'est tout ce qui s'est toujours passé. Je n'ai jamais, euh… je veux dire, tu étais le premier, expliqua-t-elle.

Ses yeux brillaient de larmes non versées, et il se maudit de lui avoir parlé si durement.

Il poussa un soupir résigné et se leva du canapé. Elle tressaillit quand il tendit les bras pour la serrer contre lui, mais ensuite elle s'installa contre son torse.

— Nous allons avoir une conversation sur le mensonge et sur le fait que ne pas dire quelque chose, c'est la même chose que de mentir.

Il recula et lui prit le menton en coupe. L'adoration non masquée sur son visage la déstabilisa. Qu'était-il en train de faire ? Elle était complètement à sa merci, et il avait peur de tout gâcher et de la briser encore plus qu'elle ne l'avait été auparavant.

— J'ai autre chose à te dire, dit-elle doucement.

Il lui attrapa la main et la tira vers l'escalier en pierre.

— Allons-y. On va se laver, puis on parlera après.

CHAPITRE ONZE

ILLIAN

Jillian regarda l'horloge murale au moment où Belle-mère entra depuis la cabine d'essayage séparée par un rideau. L'horloge sonna une heure du matin. Comme d'habitude, elle était tout de noir vêtue : un bustier à la taille cintrée et ses longues bottes noires. Mais quelque chose clochait.

— Euh, Belle-mère.

Jillian n'était pas sûre de devoir dire quelque chose, surtout après la réaction de Cindy un peu plus tôt.

— Da. Oui, Jillian ?

— Tes, euh… vos cheveux.

Elle désigna maladroitement le chignon que la dominatrice portait encore – la coiffure que Cindy avait eue plus tôt.

— Oh.

Elle arracha les épingles et secoua la tête pour faire retomber ses longs cheveux blond platine sur ses épaules.

— J'ai été distraite.

Son accent prononcé s'épaissit.

— Excuse-moi.

— Belle-mère, est-ce que vous êtes au courant pour Cindy ? Je veux dire, est-ce que vous savez—

— Qu'elle et moi partageons le même corps, mais que c'est tout ce que nous avons en commun pour le moment ?

La femme lui sourit avec bienveillance.

— Oui, je sais.

Jillian tira sur le corset serré autour de sa taille. Elle se sentait si mal à l'aise, même si la gentille dominatrice lui avait dit qu'elle était magnifique.

— Comment en êtes-vous arrivée là ?

Belle-mère tira une chaise et s'assit dessus, posant sa botte sur le rebord de l'assise.

— Il y a deux ans, la douce jeune fille a eu un accident. De terribles blessures à la tête.

Elle secoua la tête d'un air malheureux.

— Elle serait morte sans le grand loup qui l'a sauvée.

— Un loup ?

Belle-mère fit un geste de la main vers elle.

— C'est une autre histoire, pour une autre fois, ma chère.

Elle se cala dans son siège et parut pensive.

— Je ne me souviens pas de grand-chose. Seulement que le maître nous a ramenées chez lui. Elle était mourante, je le savais au plus profond de mon cœur.

Une larme coula sur sa joue.

— La douce enfant a demandé mon aide, en disant qu'elle n'était pas assez forte. Alors je me suis élevée et j'ai pris sa place pour un court moment.

Jillian se pencha en avant, retenant son souffle dans l'ex-pectative.

Belle-mère passa ses doigts dans ses cheveux.

— Au bout d'un moment, j'ai décidé qu'il était temps de partir, mais elle ne voulait pas me laisser faire. Elle m'a suppliée de rester, alors j'ai accepté, de minuit jusqu'au matin, pour tenir les ombres à distance. Elle avait peur des monstres dans le noir, alors j'ai accepté de rester et de la protéger la nuit. Après quelques mois, elle a choisi d'oublier notre arrangement et l'a enfoui au plus profond de ses souvenirs verrouillés, avec toutes les autres terreurs.

— Donc elle ne sait pas que vous existez, dit Jillian.

Belle-mère secoua la tête tristement.

— Quelque part, au fond d'elle, elle le sait. Mais elle n'a pas assez confiance en sa force pour le reconnaître. Elle craint que ça ne donne vie à ses terreurs.

Elle se leva et s'affaira à disposer quelques instruments de fessée sur la table devant elles.

— Quand elle sera prête, elle le reconnaîtra. Pour l'instant, elle est la douce, la vierge, avec des espoirs aussi hauts que des montagnes alors qu'elle rêve du grand amour. Et je suis sa protectrice. Celle qui ne laisse entrer aucun mal. Je ne me prosterne devant aucun homme, et c'est comme ça qu'elle se sent le plus en sécurité.

Jillian se leva et fit les cent pas dans la petite pièce, la tête lui tournant avec tout ce qu'elle venait d'entendre.

— Mais si on pouvait juste lui faire voir—

— Non ! Quand elle sera prête, elle nous le fera savoir.

— Ça me semble plutôt lâche de se cacher derrière une carapace de soumission, si vous voulez mon avis, marmonna Jillian, en colère pour son amie et confuse.

— Ma chère enfant, lui dit Belle-mère en prenant son menton dans sa main, elle ne se cache pas parce qu'elle est faible. Elle est en train de bâtir sa force et d'attendre son heure. Quand la bonne personne viendra pour elle, elle déverrouillera la clé de ses souvenirs et de son cœur. Et elle renaîtra de ses cendres tel un phénix. C'est ça, la force, ma chère. Tu ne le vois peut-être pas, mais elle est plus forte que toi ou moi, et même plus forte que le grand loup lui-même. Tu comprends ?

Jillian sentit ses yeux s'écarquiller devant ce ferme châtiment et elle hocha la tête.

— Oui, Belle-mère.

Elle lui relâcha le menton et lui offrit un large sourire.

— Bien ! Maintenant, voyons un peu de quoi tu as l'air.

Jillian tourna plusieurs fois devant le miroir et inspecta sa nouvelle apparence. Elle avait emprunté des vêtements de Belle-mère. Le corset serré lui ceignait la taille, ce qui rendait difficile de respirer ou de se pencher, mais ses seins n'avaient jamais été aussi beaux. Elle prit une grande inspiration, les poussant vers le haut pour les presser contre le haut du tissu. Elle se retourna et observa son derrière se trémousser et onduler dans le déhanché le plus sexy qui soit. Il allait falloir qu'elle s'achète un pantalon comme celui-là. La seule chose qu'elle n'aimait pas, c'étaient les bottes à talons de sept centimètres qu'elle portait et qui lui arrivaient aux genoux. Elle était prête à parier qu'elle n'avait pas l'air sensuelle en vacillant sur le sol, à essayer de ne pas se tordre la cheville ou de retomber sur son derrière. *Quelle honte.*

— Belle-mère, est-ce que vous auriez des talons moins hauts à me prêter ?

La femme plus grande fit « tss » et lui lança une paire de bottes noires mi-mollet avec des talons de cinq centimètres.

— C'est le mieux que je puisse faire. Si tu enlèves les bottes, tu tues la tenue. Prends un peu de temps pour voir si tu peux t'y habituer. Sinon, tu pourras emprunter des chaussures plates de Cindy. Elle en a toujours quelques paires qui traînent.

Jillian se dépêcha de changer de bottes, se sentant légèrement moins chancelante dans les talons de cinq centimètres. Bon, cela expliquait la présence imposante de Belle-mère alors qu'elle la dominait de ses douze bons centimètres de plus.

— Viens, Jillian. Le fard et le rouge à lèvres. Je pense que le rouge ira très bien.

Jillian se sentit poussée dans une chaise et elle fit attention de ne pas bouger tandis que Belle-mère prenait le contrôle de son visage, de ses yeux et de ses lèvres. Elle l'avertit de ne pas bouger les yeux, de cligner quelques fois, et de pincer les lèvres. Et quand la femme plus grande la déclara prête, elle la fit tourner sur elle-même pour voir le miroir.

Nom d'un chien, quelle différence ! Le fard sombre du khôl faisait ressortir l'émeraude de ses yeux. Ses cils paraissaient longs et sombres, et ses lèvres n'avaient jamais été aussi rouges et pleines. Elle se sentait belle. Elle se demanda si Bertram aimerait son nouveau look, mais elle se souvint alors qu'il avait un harem rempli de soumises et d'une « petite ». Bertram n'en avait rien à faire d'elle, ou de son nouveau look. Elle se languissait du seul homme qui comprenait enfin ses désirs et pouvait combler ses besoins. L'homme qui faisait battre son cœur et palpiter son sexe d'un seul regard.

Elle chassa cette pensée d'un haussement d'épaules et se leva rapidement, ne vacillant qu'un peu cette fois. Il n'était pas intéressé par elle. Il était temps de passer à autre chose.

— Merci beaucoup, Belle-mère. Je me sens si belle, sexy et forte.

— Bien. Alors, préparons-nous pour notre soumise. Elle a dit que je pouvais te former en l'utilisant comme notre paire de fesses. Es-tu prête à être une domme, chère Jillian ?

— Oui, Belle-mère.

Elle releva la tête et croisa son regard. *Je suis assez forte. Je n'ai pas besoin de lui,* se dit-elle alors qu'elle entendait frapper doucement à la porte.

— Bien, alors commençons.

❄

BERTRAM

Bertram l'avait cherchée toute la nuit, espérant avoir une chance de lui parler, mais chaque fois qu'ils se croisaient, Jillian lui lançait un regard froid et s'éloignait. C'était évident, elle était contrariée qu'il ait dit non à sa demande. Ce genre d'intimité était quelque chose qu'il désirait aussi. Mais si elle changeait d'avis ? Et si elle décidait qu'il y avait quelque chose *ou quelqu'un* de mieux ailleurs ? Merde, Shana lui avait vraiment retourné le cerveau. Et puis il y avait son loup qui voulait la marquer comme sienne et ne jamais la laisser partir. Sa demande l'avait fait flipper. Heureusement, il était tombé sur Cindy, qui l'avait joyeusement informé que Jillian serait là ce soir avec Belle-mère. Il frappa doucement et entendit un sonore « Entrez », puis il ouvrit la porte.

Une femme d'âge mûr était attachée au banc de fessée, en train de recevoir une fessée à la main de la part de Belle-mère et... *Mais bordel, qu'est-ce que c'est que ça ?*

— Non, Jillian, tu dois surveiller ses signaux.

Belle-mère prit la petite pagaie en bois des mains de Jillian. Elle caressa les fesses de la femme et les serra avant de leur donner une claque.

— Elle cambre le dos et lève les fesses vers toi. Ça veut dire qu'il faut frapper avec plus de force ou avec des coups plus rapides. Ne te retiens pas. Elle en veut plus.

Elle caressa le visage de la femme et passa ses doigts dans ses cheveux, puis tira sa tête en arrière lentement.

— Tu en veux plus, ma petite ?

La femme attachée gémit et hocha la tête, tout en poussant ses fesses en l'air.

Il regarda Jillian lever la main et perdre son élan à chaque fois qu'elle frappait les fesses de l'autre femme. Elle chancelait et se balançait, et il ne pouvait pas dire si elle était plus mal à l'aise à cause de sa tenue ou de cette nouvelle tâche de domination.

— Ok, ma douce Jillian. Ce n'est pas grave si ce n'est pas ton truc.

Belle-mère tapota les fesses de la soumise et l'aida à descendre du banc de fessée.

— Merci pour ton temps. Si nous essayons à nouveau, nous te le ferons savoir.

La femme rabaissa sa robe sur ses fesses rouges, les remercia et sortit.

Bertram en avait assez vu. Jillian n'était pas une domme, et il n'y avait aucune raison de lui faire perdre son temps, ni celui de Belle-mère.

— Excusez-moi, Belle-mère, mais votre protégée est dépassée. Il serait peut-être temps de faire une pause.

— Vous avez probablement raison, maître Wolfe.

Elle hocha la tête et croisa son regard avec compréhension.

— Quoi ? Non, je peux le faire ! Je veux le faire !

Jillian, les yeux écarquillés, se tourna vers son mentor.

— S'il vous plaît, je peux être dominante ! Je ne suis pas faible !

Belle-mère secoua la tête tristement et caressa la joue de Jillian.

— Douce enfant, être soumise ne te rend pas faible. J'espérais que tu le comprendrais au fil de nos séances. Tu n'es pas faible. Et, ma très douce enfant, tu es une soumise. Accepte-le.

Elle se tourna vers Bertram.

— Je me retire pour la soirée. La pièce est à vous. Parlez, puis fessez, puis aimez. Da ?

Elle les regarda tous les deux et quitta la pièce. Alors qu'il se léchait les lèvres et se concentrait sur la brune sexy en face de lui, il devait admettre que Belle-mère était une femme très intuitive.

❄

JILLIAN

Jillian regarda le grand homme s'avancer vers elle, se sentant soudain comme sa proie. Elle frissonna et se mordit la lèvre par réflexe, puis le regarda se placer au-dessus du banc de fessée.

— Voyons ce que tu as dans le ventre, petite.

Elle trembla et tendit la main vers le pantalon de Bertram. Il était froid et rêche sous ses doigts.

— Euh, je crois que j'ai besoin que vous… que tu l'enlèves.

Il fit un clin d'œil et se redressa pour l'enlever.

— Le caleçon aussi ?

Elle vit le gros renflement tendre le tissu et sentit ses joues chauffer en hochant la tête.

— Utilise tes mots, Jillian, grogna-t-il. Montre-moi comment tu domines.

— D-D'accord.

Elle déglutit.

— Bertram, s'il te plaît, enlève ton, euh… tout.

— Tout ?

Il haussa un sourcil.

— Oui.

Il retira sa chemise, révélant son torse fort et musclé et ses poils sombres et bouclés.

Elle se lécha les lèvres et se penchée vers lui, avec l'envie irrésistible de passer ses doigts dans ses boucles.

— Tu peux toucher tout ce que tu veux.

Il devait avoir lu dans ses pensées.

— Tu as ma permission.

Elle frotta ses paumes sur son torse et passa les poils rêches entre ses doigts. Se sentant soudain audacieuse, elle attrapa une poignée de poils, la torsada et le foudroya du regard.

— Enlève le reste de tes vêtements et penche-toi sur le banc.

— Oui, maîtresse.

Il sourit et retira son dernier vêtement.

Sa virilité jaillit de ses entraves, massive et ferme, invitant sa caresse. Elle voulait le sentir, voir s'il était aussi lisse qu'il en avait l'air.

Il s'éclaircit la gorge.

— Quel est ton prochain coup, maîtresse, regarder ou jouer ?

Elle prit une profonde inspiration pour se calmer. Elle pouvait le faire. Elle lui montrerait qu'elle était plus forte qu'elle n'en avait l'air.

— Sur le banc.

Elle étala une serviette, se demandant où exactement il allait bien pouvoir se caser tout entier en se penchant sur ce truc.

Il s'allongea sur le banc et lui présenta ses fesses fermes et musclées. Oh, mon Dieu, elles étaient tendues et fermes. Elle passa ses doigts sur son derrière nu et s'émerveilla de la douceur souple qui se mêlait à la musculature ferme d'un homme qui travaillait de ses mains. Cet homme était de toute évidence très actif. Elle lui serra la fesse droite et la tapota doucement, adorant la légère rougeur qui envahit sa peau.

— Tu as bientôt fini de me peloter, maîtresse ?

Elle entendit la taquinerie dans sa voix.

— Oui, euh… quel est votre plaisir, monsieur Wolfe ?

— Surprends-moi. Et arrête de me vouvoyer.

Il se pencha davantage sur le banc et se détendit pour elle.

Elle ramassa la petite pagaie en bois. Fraîche et lisse au toucher, son poids semblait parfait à manier. Ni trop légère, ni trop lourde. Juste ce qu'il fallait. Elle la souleva dans les airs et l'abattit dans un bruit sourd et peu satisfaisant. *Quelle déception.* Il ne sembla pas le remarquer, alors elle leva l'instrument plus haut cette fois et le fit s'écraser au même endroit, laissant à peine une légère marque rose sur sa peau parfaite. Ça la frustra. *Belle-mère donnait l'impression que c'était si facile !*

— Si la maîtresse me permet de le dire, elle s'y prend mal, déclara-t-il d'une voix bourrue.

— Très bien ! Qu'est-ce que je fais de mal, alors ?

Elle fronça les sourcils et mit les mains sur ses hanches.

Il se leva, prit la main qui tenait la pagaie dans la sienne et la fit tourner doucement en cercles. Il frotta son poignet jusqu'à ce qu'elle desserre sa prise.

— Tu as des mains délicates et féminines. Tes coups ne viennent pas de la force et de la puissance, mais plutôt du plus petit centre de masse.

Il se retourna et positionna sa main qui frappait contre ses fesses. Il fit basculer son poignet pour qu'elle utilise de petits mouvements de haut en bas contre son derrière nu. Après 15 coups, il la relâcha et lui présenta ses « efforts ».

Sa fesse droite était chaude et rose. Elle sentait la chaleur qui émanait de l'endroit qu'elle venait de fesser si facilement.

— Ouah, ça fait une énorme différence.

Elle sourit et remarqua quelque chose d'autre qui était devenu assez énorme, et elle sentit la chaleur lui monter aux joues tandis que son pouls s'accélérait. Cet homme lui faisait un effet qu'elle n'avait jamais connu avant. Sa force et sa présence imposante l'attiraient.

— À ton tour.

Il enfila son pantalon et lui prit le petit instrument.

— Qu-quoi ? bafouilla-t-elle en trébuchant.

Satanées bottes.

— Je pense qu'il est juste de te laisser comparer les deux, de voir ce que tu préfères.

— J'aime être au-dessus.

Elle releva le menton et le fusilla du regard.

— Je ne suis pas faible, et j'aime avoir le contrôle, et ce n'est pas parce que tu ne me trouves pas attirante qu'il n'y a pas d'autres hommes qui—

Il empoigna sa queue de cheval et tira doucement sa tête en arrière pour qu'elle plonge son regard droit dans ses yeux sombres et agressifs.

— Qu'est-ce qui te fait croire que je te trouve faible ou que je ne te trouve pas attirante, petite ?

Il la relâcha brusquement et la chaleur envahit son corps alors qu'elle tremblait d'excitation.

— Tu ne voulais pas de moi, après, après…

Elle baissa les yeux vers le sol et regarda ses grands pieds poilus taper sur le plancher.

— Après quoi ?

Elle déglutit et croisa son regard.

— Après que tu m'as fessée. J'ai… j'ai ressenti quelque chose à l'intérieur, et tu n'as montré aucun signe que tu ressentais la même chose. Et puis tu as insinué que tu ne voulais pas être avec moi aujourd'hui. Je… je ne sais pas.

Elle secoua la tête et essaya de se dégager de son emprise.

— J'étais très excité par nos activités de la nuit dernière, mais je n'allais pas profiter de toi. Ce n'est pas comme ça qu'on m'a élevé.

Il lui saisit fermement le menton dans sa paume de fer.

— Je voulais aussi te laisser un peu de temps pour récupérer aujourd'hui et t'habituer à tout ça avant que tu ne prennes de décisions hâtives. Mais que les choses soient bien claires : si tu n'avais pas été épuisée et endolorie si récemment, j'aurais fessé ton petit cul nu d'une manière dont tu n'as même jamais rêvé. Ensuite, j'aurais ravagé ce petit corps tendu qui est le tien et je t'aurais revendiquée comme mienne.

Elle sursauta et couina, embarrassée par son intensité et le regard animal dans ses yeux.

— Tu es si méchant.

— Méchant, c'est mon deuxième prénom, ma belle.

Il lui montra ses dents.

Était-ce son imagination, ou ses dents étaient-elles en train de grandir ?

Elle chassa cette pensée et releva le menton pour affronter son regard, répondant à son intensité avec une férocité, une convoitise qui lui était propre.

— Montre-moi.

Il la saisit et l'embrassa violemment sur la bouche, pas le genre de baiser tendre et caressant, mais celui qui contenait la possession et la domination.

— Penche-toi et attrape tes chevilles, petite femme. Je vais t'apprendre à quel point la soumission consensuelle peut être sexy.

Elle fit glisser son pantalon et se pencha rapidement, se sentant à la fois gênée et immensément excitée.

— Gentille fille.

Il lui frappa tendrement les fesses de quelques petites tapes légères.

Elle cambra davantage son postérieur et l'entendit ricaner.

— Je crois que tu en veux plus, n'est-ce pas, petite ?

Elle hocha la tête.

— Aïe ! Pardon, euh… Oui, monsieur, j'en veux plus.

Il l'échauffa lentement avec sa main, prenant le temps de s'arrêter pour caresser et serrer de temps en temps. C'était une torture atroce. Bon sang, elle en voulait plus !

— Plus fort. S'il te plaît.

— Lève-toi.

Elle se releva si vite que le sang lui monta à la tête, mais il la stabilisa et la mena contre le mur.

— Enlève-moi ces saletés avant de te casser une cheville.

Il attrapa une botte, puis l'autre, et les jeta à l'autre bout de la pièce. Il positionna ses mains sur le mur au-dessus de sa tête.

— Écarte les jambes.

Il les tapota pour les écarter jusqu'à ce que sa position soit à son goût.

— Cambre les fesses.

Elle obéit rapidement.

— Gentille fille.

Il caressa ses fesses chaudes, s'approchant du pli entre ses jambes, et elle gémit.

— Ça me rappelle…

Il lui donna quelques tapes légères de plus.

— Je veux t'entendre. Chaque gémissement, chaque bégaiement, chaque cri, chaque hurlement. Tout. Élève la voix et fais-moi part de tes réactions à ce que tu reçois.

Elle secoua la tête, se sentant gênée et ridicule, et elle ferma la bouche fermement. Une pluie de feu s'abattit sur ses fesses alors qu'il lui administrait une douzaine des fessées, les plus dures qu'elle avait reçues jusqu'à présent.

— Aïe ! Ouille ! Aïïïïïïïïïe ! cria-t-elle.

Sa paume douce apaisa ses pauvres fesses.

— Gentille fille. Fais-moi entendre ta voix. Ça me procure du plaisir.

— Oui, monsieur, murmura-t-elle, le souffle court à cause de toute cette stimulation.

Elle cambra les fesses et accepta avec gratitude tout ce qu'il lui infligeait sur son derrière gonflé et brûlant.

Il semblait prendre un grand plaisir à la taquiner avec sa combinaison de tapes dures et de caresses douces. Elle gémit en sentant la chaleur s'accumuler dans son entrejambe et les premières gouttes de son plaisir couler le long de ses jambes. Puis il la surprit en s'agenouillant derrière elle et en pressant son visage contre ses joues brûlantes.

Il inspira profondément et gronda du fond de sa poitrine.

— Tu sens si bon, petite. Quand on aura fini, il faudra que je te mange.

— Mmm, ok. Oui, monsieur. Ce que vous jugerez le mieux.

Tout son corps frémissait.

Il la redressa d'un coup sec et pressa son dos contre lui, l'enveloppant de sa taille immense. Elle frissonna lorsqu'il déplaça ses cheveux de son cou vers son autre épaule.

Il lui mordilla doucement le cou, et elle eut la chair de poule alors que son corps hurlait de sensations. Aucun homme ne lui avait jamais fait ça, ne lui avait jamais fait ressentir ça.

— Puis-je essayer autre chose avec toi, Jillian ?

— Oui, monsieur !

Elle se sentit gênée par sa réponse exagérée.

— Parfait.

BERTRAM

Il frappa de nouveau ses fesses fermes, pour le plaisir, et il conduisit sa petite fessophile sexy jusqu'au banc. S'il avait encore le moindre doute sur le fait que cette femme était la sienne, sa compagne destinée, il avait maintenant disparu. Elle était à lui, et elle était sur le point de le découvrir.

— Ne porte plus cette tenue, gronda-t-il en arrachant le haut du corset loin de ses seins. Je te préfère en robe, et je veux que ces beautés…

Il attrapa ses seins gonflés dans sa main.

— Soient tenues à l'écart du regard de tous les autres mâles.

Il pinça son téton rose et pointu, prenant un plaisir pervers à la façon dont elle miaulait et se léchait les lèvres.

Oui, cette femme était à lui, et il ne la partagerait avec personne.

Il regarda son corps nu trembler devant lui et il sentit sa convoitise. Elle était trempée, à lui, prête à être prise. Un morceau juteux qu'il allait enfin goûter. Il la tira sur le banc et la fessa encore et encore.

Ses yeux écarquillés le firent s'arrêter un instant, il adoucit son visage et se pencha à son oreille.

— Quel est ton mot de sécurité, Jillian ?

— P-p-eter Piper, bégaya-t-elle.

— Tu le dis maintenant ?

Il priait pour que ce ne soit pas le cas, mais il voulait s'en assurer.

— Sûrement pas !

Elle releva la tête et le fusilla du regard.

— Si tu crois que c'est le cas, alors tu es encore plus stupide que Simplet !

Il gloussa, ne faisant qu'aimer cette femme encore plus. Elle avait vraiment une force en elle.

— Très bien. Les fesses en l'air, écarte les jambes.

Ses joues s'empourprèrent d'excitation alors qu'elle hochait la tête et s'allongeait de nouveau sur le banc.

Il attrapa le martinet qu'il avait fabriqué l'année passée et le fit siffler dans l'air. Il était fait de nombreux morceaux de corde de tente et c'était l'instrument parfait pour lui donner un peu de chaleur sans l'épuiser. Il fit claquer son poignet et fit glisser les extrémités de la corde sur ses magnifiques fesses rouges, encore et encore, se délectant de ses gémissements et de l'humidité qu'il voyait s'accumuler entre ses jambes.

Il la caressa entre les jambes, ses doigts trempés de ses fluides. Elle dansait, se déhanchait et gémissait alors qu'il alternait entre caresses et fessées. Il sentait son autre côté se manifester, exigeant que ses avances lubriques aillent plus loin, qu'il la revendique comme sienne. Il laissa échapper un petit grognement alors qu'elle était secouée par un orgasme puissant, son corps tremblant de plaisir.

— S'il te plaît, prends-moi ! cria-t-elle.

Revendique-la ! ordonna sa bête, et il perdit presque le contrôle alors que le loup menaçait de se manifester.

Il s'écarta d'elle d'un bond et se détourna de la vue de ses fesses rouges et de ses lèvres gonflées et humides.

— Qu'est-ce qui ne va pas ?

Elle se leva et se retourna, son visage maintenant un tableau de confusion blessée.

— Je ne peux pas. Pas maintenant, gronda-t-il.

Et il fuit la pièce aussi vite qu'il le pouvait. Mais pas avant d'avoir vu la douleur dans ses yeux. Mieux valait blesser ses sentiments que de lui faire peur à en mourir ou de la blesser en libérant son autre côté, n'est-ce pas ?

— Ah putain de merde ! jura-t-il en se dirigeant vers l'arrière du chalet.

CHAPITRE DOUZE

CADE

Amener Faye au comble de l'extase avait excité Cade plus qu'il ne l'avait pensé possible, même en comptant les folles années de sa puberté où il pouvait jouir en ne regardant rien de plus émoustillant qu'un épisode de *Friends*. Il lui suça le clitoris, savourant sa façon de se tortiller et ses petites exclamations de surprise. Avec son index, il frotta l'entrée de son intimité et le glissa aussi profond que son doigt le lui permettait, puis il le recourba pour chatouiller la paroi interne avant.

— Oh Pan, oh Pan, oh Pan ! hurla-t-elle, ses mains agrippées à sa tête alors que ses muscles intérieurs se refermaient sur son doigt.

— C'est ça, petite fée, l'encouragea-t-il.

Il releva la tête et continua ses va-et-vient avec son doigt.

— Oh, Cade, gémit-elle comme si elle avait mal.

Il leva les yeux et se figea en voyant des larmes sur son visage.

— Oh merde…

— Non ! pleura-t-elle, attrapant son poignet pour

enfoncer son doigt plus profondément en elle. Non, c'est incroyable. C'est le meilleur moment de ma vie.

Il obéit à sa demande et continua de la doigter jusqu'à ce que son orgasme s'estompe et qu'elle se rallonge sur son lit, épuisée.

— C'était si bon que tu en as pleuré ? demanda-t-il, essayant de comprendre si elle allait vraiment bien.

— Je n'ai pas pleuré !

Elle s'essuya le visage avec ses mains.

— Mes yeux ont juste un peu larmoyé, c'est tout.

Il songea à jouer au dominant et à lui donner la fessée pour avoir menti, mais vu sa fragilité apparente, il préféra s'installer à côté d'elle et lui embrasser le cou. Son sexe se tendit contre son caleçon et tressaillit au contact de sa jambe, ce qui écarquilla les yeux de Faye et raidit son corps.

— Euh, je crois que je vais aller prendre une longue douche, d'accord ?

Il s'écarta d'elle en roulant sur le côté.

— Ouais, d'accord.

Elle sauta du lit et courut pratiquement vers la porte.

— J'aime un petit déjeuner copieux le matin, esclave ! lui lança-t-il alors qu'elle s'éloignait.

— Ok. Prends donc une longue douche, et je vais te préparer quelque chose !

Il sourit, ne désirant rien de plus que de l'attraper, la jeter sur son lit et ne plus jamais l'en laisser sortir. Il la désirait plus qu'il n'avait jamais désiré une fille de sa vie. Mais l'attirance allait au-delà du physique. Il aimait tout chez elle : son caractère bien trempé, son intelligence un peu fofolle, sa cuisine. Avec Faye, il pourrait vraiment construire quelque chose. Et en tant que créature paranormale elle-même, elle accepterait peut-être son côté animal.

Il arracha son t-shirt et son caleçon, puis entra dans la douche. Enroulant son poing autour de son sexe, il ferma les yeux et laissa l'eau asperger son visage tandis qu'il caressait lentement sa verge, se repassant chaque instant de la scène qu'il venait de quitter. Il faillit éjaculer en se remémorant le moment où Faye avait joui, mais il se retint, voulant profiter un peu plus longtemps des images d'elle. Il appuya son dos contre le carrelage mouillé et se remémora chaque fessée qu'il lui avait donnée depuis qu'il l'avait fait entrer chez lui comme esclave. Quand il les eut toutes savourées, ses jambes tremblaient, son sexe tendu dans son poing. Il revint à la scène dans son lit, cette fois en imaginant qu'elle l'avait supplié de la prendre et au moment où il glissa son sexe dans son intimité imaginaire, il jouit dans un flot incessant, l'orgasme si puissant que la bête en lui faillit hurler de victoire.

Il sifflota en s'essuyant puis en s'habillant, impatient de voir ce que Faye avait préparé pour le petit déjeuner. Mais étrangement, son excellent odorat ne détecta aucune odeur de cuisine. Il sortit de sa chambre.

— Faye ? appela-t-il.

Elle n'était ni dans le salon ni dans la cuisine. Elle n'était pas non plus dans la salle de bain.

Putain de merde. Faye s'était enfuie. Pourquoi ? Il ouvrit la porte d'entrée et vit ses traces dans la neige qui était tombée pendant la nuit. Elles menaient à sa moto, s'arrêtaient, tournaient, puis se dirigeaient à travers sa propriété vers les bois. *Putain de bordel de merde.*

Il rentra, ferma la porte et retira ses vêtements. Après les avoir jetés dans une besace, il passa le sac sur son épaule et ferma les yeux pour se concentrer sur l'instinct de la chasse et initier la transformation. Il avait appris il y a longtemps comment sortir de son corps pendant les instants où ses os se brisaient lors de la métamorphose, évitant la sensation d'être déchiré en deux. Il retint son souffle et attendit de voir si les palmes resteraient sous sa forme de loup, mais quatre pattes parfaites touchèrent le sol, et il s'élança, ses griffes raclant le parquet alors qu'il se précipitait par la petite porte arrière dans la neige.

Suivant son odeur et ses traces, il courut aussi vite qu'il le pouvait, craignant que la neige qui tombait n'efface bientôt les deux. Il doutait que Faye connaisse son chemin dans les bois, même avec son sang de fée pour l'aider.

Pourquoi s'était-elle enfuie ?

Tout en courant à travers les arbres, il se repassa la scène de sa chambre, cette fois sans être excité. Elle avait pleuré. L'avait-il blessée ? Effrayée ? Avait-elle *trop* apprécié ? Il aurait aimé savoir.

Elle avait probablement une demi-heure d'avance, mais il pouvait courir bien plus vite qu'elle, tant qu'il ne perdait pas sa piste. Il ralentit lorsque les traces disparurent, la neige tombant trop vite. Tout ce qu'il voyait était une pure couverture blanche. Il baissa le museau, s'efforçant de capter son doux parfum de fée.

Elle allait mourir de froid ici s'il ne la trouvait pas bientôt. Ses traces ne suivaient pas un chemin droit et il s'inquiéta qu'elle soit perdue ou désorientée. Se souvenir à quel point le trajet à moto l'avait refroidie ne fit qu'accroître son inquiétude. Sa petite silhouette n'avait pas la moindre graisse superflue pour la garder au chaud.

Il s'arrêta, il avait complètement perdu son odeur. *Merde.* Il s'assit et leva son museau en l'air pour renifler la brise, ses oreilles sensibles tendues pour capter le moindre son.

Que ce soit l'odeur ou l'instinct, il perçut une impression de peur, le chasseur en lui se tapissant avant même qu'il ne réalise ce qui avait provoqué cette réaction.

Faye. Ce ne pouvait être qu'elle.

FAYE

Le destin.

Elle avait perdu tout sens de l'orientation. C'était grave. Très grave.

Les larmes lui piquèrent les yeux tandis qu'elle tournait sur elle-même pour essayer de se repérer. La tempête de neige l'empêchait de voir le soleil, les montagnes, ou quoi que ce soit d'autre qui aurait pu lui indiquer la direction de la lisière de la forêt la plus proche de chez elle. Elle avait le sentiment de s'être égarée à un moment donné.

Elle retira une moufle et fourra ses doigts gourds à l'intérieur de sa veste et sous son aisselle, maudissant la douleur des fourmis qui accompagnaient leur réveil. Pourquoi avait-elle cru qu'elle pourrait retourner chez elle à pied ?

Parce qu'elle était complètement folle, voilà pourquoi. Cade avait éveillé en elle un désir si indéniable qu'elle avait été sur le point de le supplier à genoux de la prendre. Et si elle cédait à son désir, elle perdrait tous ses pouvoirs, pour toujours. Et Cade ne lui pardonnerait jamais d'avoir transformé ses pieds en palmes et ruiné sa vie.

Elle appuya son front contre un arbre et retira sa main de son aisselle pour y mettre l'autre. Le craquement d'une brindille l'alerta une demi-seconde avant qu'elle n'entende un aboiement horrible et ne se retourne pour voir un énorme loup lui bondir dessus.

Elle poussa un cri digne d'un film d'horreur, un hurlement aigu, à briser les miroirs, qui ne cessa que lorsque ses cordes vocales lâchèrent. Recroquevillée et tremblante contre l'arbre, elle ouvrit les yeux et reprit son souffle pour voir pourquoi elle était encore en vie.

L'immense loup argenté se tenait à quelques centimètres d'elle, le museau baissé à la hauteur de ses épaules, comme s'il était amical.

Mais c'était impossible. Les loups n'étaient pas amicaux. Elle inspira d'une traite tremblante, sans bouger d'un pouce, ses yeux parcourant avec méfiance l'animal. Il avait une bague argentée à une oreille, comme s'il avait été marqué pour une étude à un moment donné. Elle glissa lentement la main dans la poche de son manteau pour en retirer sa baguette. Le loup grogna, ses puissantes mâchoires attrapèrent la baguette et l'arrachèrent de sa main tandis qu'elle émettait un autre cri assourdissant.

Il laissa tomber la baguette dans la neige et baissa à nouveau son museau pour lui donner un coup dans la cuisse.

Était-ce une autre bague au-dessus de son œil ? Ses yeux se levèrent et la fixèrent droit dans les siens. Des yeux dorés.

Elle eut un hoquet, ses pieds dérapèrent, et elle s'affala sur le sol enneigé, sous le choc.

— C-Cade ?

Le loup lui donna un autre coup de museau, cette fois sous le coude, comme s'il voulait l'aider à se relever.

— Cade ? répéta-t-elle.

Était-elle en train de perdre la raison ? Était-ce une hallucination due à l'hypothermie ? Ou est-ce que Cade Lupus était un métamorphe ? Ben voyons ! Bien sûr qu'il l'était. *Canis lupus.*

Il poussa un bref aboiement, et elle poussa un cri par réflexe, même si elle comprit qu'il lui répondait. Comme pour la rassurer, il se laissa tomber et posa sa tête sur ses genoux. Elle réalisa qu'il portait une besace en bandoulière, confirmation finale que ce loup était bien son propriétaire.

Elle laissa échapper un sanglot de soulagement et enfouit son visage dans sa fourrure tout en caressant son magnifique pelage.

Il fit une autre vocalise – juste un début d'aboiement, et il bondit sur ses pattes, regardant au loin avant de se tourner vers elle.

— Ok, renifla-t-elle en essayant de se ressaisir. Tu veux que je te suive ?

Il émit un petit grognement et trotta en avant, s'arrêtant pour la regarder. Elle ramassa sa baguette et trottina à ses côtés, reconnaissante de ne pas mourir de froid dans la forêt noire.

Il maintenait un rythme soutenu. Elle devait presque courir pour le suivre, mais cela ne la dérangeait pas, car ça l'aidait à se réchauffer. Elle pensait qu'il la ramènerait chez lui ou chez elle si c'était plus proche, mais à la place, ils se retrouvèrent devant un immense chalet, une grande enseigne annonçant son nom en lettres capitales.

Spa NK, boutique fétichiste et chalet ludique

Le loup monta les marches comme s'il était chez lui.

— Attends, je ne sais pas s'ils autorisent les chiens… euh, les loups.

La porte s'ouvrit et un employé dit :

— Bienvenue, monsieur Lupus. Bienvenue, madame.

Elle le dévisagea, surprise, puis suivit Cade qui entrait d'un pas assuré, comme si l'endroit lui appartenait.

— Salut, Cade ! le salua la réceptionniste enjouée.

Si Faye avait été un loup, elle aurait grogné contre cette fille insipide.

— Je suppose que tu veux ta chambre habituelle.

La réceptionniste tapa quelque chose sur son ordinateur.

Sa chambre habituelle ? Mais qu'est-ce que c'était que cet endroit, bon sang ? Elle jeta un coup d'œil autour d'elle et vit le genre d'articles qu'on pourrait trouver dans un sex-shop accrochés aux murs : des cravaches, des menottes, des bandeaux, des pagaies.

Son ventre se noua et sa bouche s'assécha. Où Cade l'avait-il emmenée ?

La réceptionniste la regarda pour la première fois et posa deux cartes-clés sur le comptoir.

— Chambre 38B, à l'étage et sur votre gauche.

Elle n'offrit pas à Faye le même sourire radieux qu'elle avait réservé pour Cade.

Essayant de paraître sûre d'elle, elle attrapa les cartes et s'avança, passant accidentellement devant les escaliers en gardant la tête haute. Elle se retourna et vit Cade, deux pattes sur les marches, qui la regardait comme s'il l'attendait.

— Oups, marmonna-t-elle.

Elle revint sur ses pas pour monter les escaliers avec lui. Elle regarda par-dessus la rambarde dans la grande salle du chalet. Deux femmes et un homme jouaient aux échecs. Quelque chose chez la femme rousse lui donna la chair de poule. *Un être surnaturel.* Peut-être une fée comme elle ? Non… quelque chose de différent. Elle ne pouvait pas en être sûre.

Cade lui heurta la jambe pour la presser, puis il la conduisit à leur chambre où elle utilisa la carte-clé pour entrer.

L'immense pièce était décorée avec une élégance rustique. La salle de bain à elle seule était aussi grande que sa chambre, avec une énorme baignoire au milieu, équipée de jets. La chambre n'avait qu'un seul lit king size.

Ça allait poser un problème.

À côté d'elle, un bruit écœurant d'os qui craquent la fit sursauter, et quand elle se retourna, Cade se tenait de nouveau sous sa forme d'homme. Elle déglutit. Un homme immense, musclé, sans le moindre vêtement.

Il secoua la tête comme un chien et fit craquer son cou. Elle essaya de ne pas laisser ses yeux descendre sous sa taille. Le regard noir de Cade la ramena à son visage.

Il montra l'immense salle de bain.

— Va là-dedans. Réchauffe-toi avec un bain chaud ou une

douche. Quand tu sortiras, tu feras un très long voyage sur mes genoux.

Son estomac fit une cabriole et elle resta clouée sur place.

Il fronça les sourcils, ses yeux ambrés parcourant son visage.

— Parle-moi, Faye. Tu vas bien ?

Elle hocha la tête, celle-ci vacillant sur son cou.

Il la poussa dans l'immense salle de bain et fit couler l'eau dans la baignoire.

— Je sais que je t'ai fait peur, dehors. Tu as un sacré cri. Tu as déjà auditionné pour des films d'horreur ?

Sa désinvolture lui rendit la parole.

— Ouais, tu aurais peut-être pu mentionner le détail où tu es un loup-garou.

Il ouvrit la fermeture éclair de sa veste et la lui retira, puis la laissa tomber par terre. Avant qu'elle ne puisse protester, il lui enleva son haut par-dessus la tête et passa la main dans son dos pour dégrafer son soutien-gorge, manifestement un expert pour retirer la lingerie féminine.

— Q-qu'est-ce que tu fais ? demanda-t-elle, ayant l'impression que tout l'air avait été aspiré de la pièce.

D'un instant à l'autre, ils seraient tous les deux nus comme des vers.

— Je te mets dans le bain. Et tu ferais mieux de t'habituer à être nue devant moi parce que tu as officiellement perdu tes privilèges vestimentaires, petite fée.

CHAPITRE TREIZE

*J*AKE

La journée avait été bonne, et la nuit, excellente. Jake n'arrivait pas à croire qu'il avait rencontré sa petite nymphe seulement vingt-quatre heures plus tôt. Hier, ils étaient à peine rentrés dans la chambre de Coral qu'ils s'étaient de nouveau jetés l'un sur l'autre, donc ils n'avaient pas eu l'occasion de parler, et puis ils avaient tous les deux des obligations. Il s'était glissé dans sa chambre tard la nuit dernière, mais elle était déjà profondément endormie. Quand il était monté dans le lit à côté d'elle, il s'était parfaitement moulé contre elle alors qu'elle enroulait son corps dans le sien.

Quand ils s'étaient réveillés ce matin, il l'avait entraînée sous la douche avec lui. Il avait savonné chaque partie de son corps avant de se laver. Il avait observé son corps réagir à son contact, et le simple fait d'y penser le faisait bander maintenant. Le temps qu'ils sortent et se sèchent, elle était de nouveau prête à lui sauter dessus.

Il n'allait pas la laisser avoir le dessus. D'où venait cette façon de penser ? Il ne s'était jamais considéré comme un dominant. Bien sûr, il aimait contrôler les choses et la fessée l'avait toujours excité, mais les choses qu'il voulait lui faire... Et le simple fait de savoir qu'elle le laisserait faire le rendait dur comme la pierre.

Mais aujourd'hui, ils allaient parler. Il lui avait promis hier qu'ils auraient une discussion à propos des mensonges, et il n'allait pas la laisser le distraire à nouveau.

Il ajusta sa verge dans son pantalon de costume tout en jetant un autre regard admiratif à sa petite nymphe qu'il avait mise au coin. Elle avait semblé surprise ce matin au réveil de le trouver là, mais le soulagement dans ses yeux quand elle lui avait dit bonjour ne lui avait pas échappé. Son soulagement s'était vite envolé quand il avait annoncé qu'ils allaient tout de même s'occuper de son mensonge, le fait qu'elle ne lui ait pas dit qu'elle était vierge. Il avait un plan, mais il n'allait pas encore la mettre dans la confidence.

Coral se tenait le nez au mur et passait nerveusement d'un pied sur l'autre. Il savait qu'elle le désirait encore, mais il lui avait promis qu'il y aurait des conséquences pour son mensonge. Se souvenant d'une conversation qu'il avait eue avec M. Wolfe sur la discipline et les formes de punition, il avait décidé qu'une fessée l'excitait trop et qu'un petit moment au coin lui rappellerait peut-être qu'elle devait tout partager avec lui.

Il se leva et s'approcha d'elle ; elle resta parfaitement immobile et se raidit à son approche. Il glissa ses mains autour de sa taille. Sa peau était chaude au toucher. Il avait appelé Pino pour qu'il fasse un feu dans l'âtre, car il savait qu'il ne voudrait pas que Coral couvre à nouveau son corps magnifique pendant qu'il l'aurait pour lui seul. Elle avait protesté quand il avait laissé l'homme entrer alors qu'elle se tenait nue dans le coin. Elle avait commencé à dire qu'il pouvait faire le feu lui-même, mais un seul regard sévère de sa part et elle s'était retournée vers le mur, faisant taire ses objections sans plus piper mot.

Jake laissa ses mains effleurer ses tétons, qui durcirent sous son contact. Il rit dans ses cheveux.

— Tu es si impatiente, dit-il. Tu apprécies ton séjour au coin ?

Elle secoua la tête.

— Non, je n'apprécie pas, et j'aimerais avoir des vêtements, s'il te plaît.

Il la relâcha et la tira vers le fauteuil. Elle le regarda avec méfiance et balaya du regard sa tenue. Il portait un pantalon de costume noir avec une chemise habillée blanche qu'il n'avait pas encore pris la peine de boutonner.

— Tu auras des vêtements quand nous en aurons fini avec ta punition.

Elle écarquilla les yeux en le regardant.

Il attrapa sa ceinture.

— Nous devons bientôt retrouver Redd. Je lui ai promis de lui montrer comment jouer aux échecs cet après-midi. J'ai bien envie de te fouetter, puis de te prendre par-derrière et de te faire descendre comme tu es, avec mes fluides qui coulent le long de tes jambes.

Il pouvait presque sentir sa verge pulser à cette image mentale. Mais la bouche de Coral s'ouvrit et elle essaya de s'éloigner de lui. Il garda une prise ferme sur son bras et la poussa sur le côté du fauteuil.

— Mais je ne le ferai pas, parce que je suis d'humeur clémente aujourd'hui.

Il réprima un rire en entendant son soupir audible alors qu'elle se tortillait pour trouver une position confortable sur l'accoudoir. Il plia la ceinture en deux et l'abattit au centre de ses fesses, sa peau ayant déjà retrouvé sa blancheur laiteuse depuis leur séance avec la cravache la veille.

Maintenant, la ceinture laissait une bande rouge contrastante au centre de son cul pulpeux. Il vit ses mains se serrer en poings sur le siège du fauteuil, mais elle ne fit aucun mouvement pour s'échapper. Il leva de nouveau la ceinture et frappa plus fort qu'avant. Le claquement résonna sur les murs, et Coral laissa échapper un petit cri. Il frappa de nouveau, traçant une zébrure juste en dessous de la dernière, pile sur le bombé de ses fesses, et elle se souleva sur la pointe des pieds.

— Je pense qu'à partir de maintenant, tu seras toujours honnête avec moi. C'est bien ça ?

Avant qu'elle ne puisse répondre, il la fouetta à nouveau, et elle eut un hoquet avant de crier :

— Oui, oui, je le serai ! Je n'oublierai pas !

Il laissa sa main effleurer les marques sur sa peau, et elle aspira une bouffée d'air. Son cul était brûlant au toucher. Il glissa sa main entre ses jambes, juste pour tester une théorie. Oui, mouillée, comme il s'en doutait. Une fessée n'était guère une punition pour elle. Le temps au coin était probablement plus efficace que ça. Mais ce n'était pas aussi amusant.

— Oh, ma petite nymphe. Je crois que tu t'amuses un peu trop.

Il passa sa main dans ses fluides et elle se tortilla contre lui.

— Peut-être que je ne vais pas te laisser jouir aujourd'hui. Ce serait peut-être une punition plus efficace.

Elle gémit et poussa son postérieur vers lui et ondulant ses hanches contre sa main.

Il fit claquer sa langue et cingla ses cuisses avec la ceinture, et elle poussa un cri. Il posa une main sur son dos pour la maintenir en place, et il abattit la ceinture sur son derrière nu – son cul magnifique, offert à lui comme un sacrifice. Elle n'était pas la seule à être excitée par la fessée.

— Encore six, et puis c'est fini, lui dit-il.

Elle répondit par un gémissement.

Il abattit la ceinture au centre de ses fesses, et elle se mit sur la pointe des pieds. Il attendit que ses pieds soient de nouveau à plat, puis il frappa plus bas, visant le pli sous ses fesses.

Elle hurla et cria quelque chose dans le coussin. C'était étouffé, mais il comprit suffisamment pour lui administrer deux coups supplémentaires, rapides et secs, sur le haut des cuisses.

— Ceux-là ne comptent pas dans les six, l'informa-t-il. Tu ferais mieux de surveiller ton langage.

Elle releva la tête du coussin.

— S'il te plaît, gémit-elle, je serai sage.

Il attrapa ses cheveux et tira sa tête encore plus en arrière pour faire taire ses supplications.

— Plus que quatre.

Elle cessa de se débattre contre lui, et cela lui procura plus de plaisir qu'elle ne le saurait probablement jamais.

Il croisa rapidement deux coups de ceinture au centre de son fessier, et elle n'eut pas le temps de crier. Puis il termina par deux coups secs sur le bombé de ses fesses.

Elle poussa un profond soupir et gémit alors qu'il relâchait ses cheveux.

Laissant tomber la ceinture par terre, il la tira pour la mettre debout devant lui et il embrassa les larmes sur ses joues. Puis il s'approcha d'elle et enroula ses bras autour d'elle, enserrant ses fesses brûlantes dans ses mains.

Elle lui sourit d'un air mutin. Maintenant, il savait qu'elle pensait la même chose que lui. Il plaça ses mains sur la ceinture de son pantalon.

— Ouvre ma braguette. Je veux être dans ta bouche.

Elle écarquilla les yeux et rencontra son regard alors que ses doigts tâtonnaient sur son bouton.

— Tu as déjà fait plaisir à un homme avec ta bouche ?

Elle le fixa.

— Non. Non, monsieur. Jamais.

Il ne savait pas pourquoi cela faisait déferler le sang dans ses veines. Elle libéra sa verge de son pantalon et il la guida pour qu'elle s'agenouille devant lui. Elle leva les yeux vers lui à travers ses cils, et il essaya de lui lancer un regard rassurant.

Elle ne semblait pas effrayée, juste incertaine de ce qu'il fallait faire ensuite.

— Ouvre la bouche, Coral.

Elle obtempéra et sortit la langue pour lécher le bout de son pénis. Il savait qu'il avait déjà commencé à suinter. Elle le toucha timidement avec sa langue, puis recula brusquement la tête.

— Tout va bien.

Il passa sa main dans ses cheveux pour la maintenir en place.

— Vas-y, ouvre la bouche.

Elle obéit de nouveau et leva les yeux pour établir un contact visuel. Il glissa doucement dans sa bouche sans jamais la quitter des yeux. Sa bouche était chaude, et sa langue léchait avec hésitation la base de son pénis.

— Respire par le nez. Tu te débrouilles très bien. Détends-toi.

Il la sentit expirer par le nez, et elle descendit un peu plus bas en obéissant à son ordre de se détendre. Il garda sa main à l'arrière de sa tête et commença à bouger ses hanches d'avant en arrière, cherchant son plaisir dans la bouche de sa petite soumise. Il ferma les yeux et gémit alors que la sensation chaude et humide de sa bouche le submergeait. Il était sur le point de jouir, sa langue frôlant son pénis à des rythmes étranges. Alors qu'il prenait de l'élan et poussait plus fort, elle résista et se retira, s'étouffant au passage.

Il la tira dans ses bras.

— Je suis désolé. C'était trop. Ça va ?

Elle hocha la tête alors qu'il s'asseyait dans le fauteuil et la tirait sur ses genoux. Elle rougit, semblant enfin réaliser ce qu'elle venait de faire.

— Oui, ça va. Je suis vraiment désolée.

— Non, tu as été super. Tu es si incroyable.

Elle baissa le menton sur sa poitrine, rougissant furieusement.

— Sois honnête avec moi. Tu es courbaturée ?

Elle le regarda, surprise.

— Un peu, oui.

Il lui sourit.

— Merci d'être honnête. Mais tu veux quand même jouir, n'est-ce pas ?

Elle enroula ses bras autour de lui et enfouit son visage dans sa poitrine.

— Allons, ma petite nymphe. Ne sois pas gênée.

Il l'encouragea à se redresser pour qu'il puisse voir son visage. Il la tourna de côté sur ses genoux de sorte que le bas de son dos soit contre l'accoudoir du fauteuil. Il glissa plus bas sur le siège pour que son pénis en érection se dresse entre eux. Elle baissa les yeux vers celui-ci, puis le regarda.

— Tu veux te détendre avant que nous partions ?

— Oui, s'il te plaît, dit-elle d'une voix rauque.

Il prit sa main et l'enroula autour de sa verge. Il serra sa main plus fort pour qu'elle ait une prise ferme, puis il lui écarta les jambes. Quand il posa sa main sur sa chatte, elle eut un hoquet.

— Je ne veux pas te faire mal. Je veux seulement te donner du plaisir. Tu dois me dire si je te fais mal.

— Ok, répondit-elle.

Il commença à taquiner ses replis et elle bougea sa main de haut en bas sur lui en retour. Plus il bougeait vite, plus elle pompait rapidement. Il se pencha pour capturer ses lèvres avec les siennes, et elle approfondit leur baiser et écarta davantage les jambes, se frottant contre la paume de sa main.

Il effleura son bouton et elle gémit dans sa bouche, sa prise se resserrant autour de sa verge alors qu'il continuait à taquiner ses replis. Soudain, elle rejeta la tête en arrière et se raidit dans ses bras, criant d'extase. Il se sentit ravi en voyant son visage s'empourprer, la couleur descendant jusqu'à sa poitrine nue. Elle ferma les yeux quelques secondes pour reprendre son souffle. Puis elle se redressa et lui adressa un sourire en recommençant à s'occuper de lui.

Il jouit rapidement après l'avoir vue atteindre son propre plaisir, et ils durent tous les deux retourner sous la douche avant de mettre leurs vêtements.

Il ne comprenait pas pourquoi il tombait si vite amoureux de Coral, mais c'était le cas. Tout ce qu'il savait, c'est que cela lui semblait juste.

CHAPITRE QUATORZE

JILLIAN

Ça faisait dix minutes qu'elle et Redd se disputaient pour des bêtises, et Jillian ne se souvenait même plus qui avait commencé. La pauvre Cindy, dépassée par la situation, les avait laissées se quereller dans le couloir.

— Sérieusement, Jillian, dit Redd en levant les yeux au ciel avec un ricanement, qu'est-ce qui te fait croire qu'il pourrait bien vouloir de toi ? Qu'as-tu à lui offrir qu'il n'ait pas déjà ?

Elle posa les mains sur ses hanches et la foudroya du regard.

— Il a une soumise... moi ! Et n'importe quelle combinaison de femmes à qui il peut donner la fessée quand il le souhaite.

Un regard calculateur apparut dans ses yeux.

— Il ne fait pas que leur donner la fessée. Tu le sais, n'est-ce pas ?

Jillian ne parvenait plus à respirer. Il était toujours avec d'autres femmes ? Sexuellement ? Voilà pourquoi il n'avait pas voulu d'elle quand ils jouaient dans la chambre de Belle-mère. Elle ravala la boule dure qu'elle avait dans la gorge et se mordit violemment la lèvre pour tenter de se calmer. Elle sentit les larmes lui monter aux yeux. Pas question de laisser cette petite garce la voir pleurer. Elle tourna les talons et s'enfuit dans le couloir, manquant de percuter un chariot de service lorsqu'une paire de bras puissants la souleva et la tira hors de sa trajectoire.

— Qu'est-ce que…

Elle leva les yeux vers le regard bienveillant et sérieux de son frère aîné.

— Je… je suis désolée, Jake.

Il la serra brièvement dans ses bras.

— Ça va, sœurette ?

Elle se dégagea de son étreinte et hocha la tête, retenant toujours ses larmes avec difficulté.

— Oui, oui, ça va.

Son regard devint froid, évaluant sa réponse.

— Tu es sûre de ne pas vouloir en parler, Jillybean ?

— Non ! Je veux dire, non, merci.

Elle ne voulait pas l'inquiéter.

— J'ai juste besoin d'un peu d'espace. Je vais aller prendre l'air. Aller voir les chevaux.

— Ok.

Il tira doucement sur une mèche de ses cheveux.

— Fais attention à toi. Et rentre dès que tu te sentiras mieux. L'accalmie va bientôt prendre fin. On va se faire pilonner par des vents du nord d'une violence inouïe et des tonnes de neige en plus.

— Comment tu sais ça ?

Il haussa les épaules.

— Je ne sais pas. Je le sens.

Son regard devint sérieux.

— Mais sache une chose, petite sœur, tu as intérêt à être

de retour dans ce chalet, bien au chaud à boire un chocolat quand le premier flocon tombera.

Elle leva les yeux au ciel et ne put s'empêcher d'esquisser un sourire.

— Cet endroit a une très mauvaise influence sur toi, grand frère.

— Ouais, je sais. Coral m'a dit la même chose hier, avec exactement la même expression sur le visage.

Il la poussa gentiment en direction du couloir.

— Va t'amuser et décompresser. On se parle plus tard.

— Je t'aime.

Elle lui fit un signe de la main par-dessus son épaule et descendit le couloir en petites foulées. Elle s'arrêta d'abord dans sa chambre pour prendre ses moufles, son écharpe et sa veste épaisse. Elle se dirigea vers l'arrière du chalet, concentrée sur son objectif : l'écurie. Peut-être que voir quelques chevaux l'aiderait à se sentir mieux.

Elle était tellement focalisée sur sa destination qu'elle ne les vit pas avant qu'il ne soit trop tard.

Bertram se trouvait plus loin dans l'autre couloir, en train de réprimander sévèrement une jeune domestique. Elle était penchée en avant, son derrière nu rougeoyant sous ses attentions, tandis qu'il la grondait sur la ponctualité et l'effort. Quand il eut terminé, il rabaissa sa jupe courte d'un geste vif, lui tapota le postérieur et la serra brièvement dans ses bras.

De là où elle était, Jillian ne pouvait pas voir son visage, mais elle pouvait imaginer l'amour et l'excitation qu'il devait ressentir à cet instant. Puis il attira doucement la jeune femme dans une chambre et referma la porte derrière eux.

C'était tout ce qu'elle avait besoin de voir. Les larmes coulaient maintenant librement, et elle eut l'impression d'avoir reçu un coup de poing dans l'estomac. Redd avait eu raison. Il n'y avait pas de place pour elle, ni dans ce chalet, ni dans son cœur.

Elle laissa échapper un petit sanglot et se précipita par la porte de derrière. Des haut-le-cœur déchirants, des balbutiements et des hoquets s'emparèrent de son corps. Elle courut à l'aveuglette, trébuchant et titubant à travers les bois et les collines. Un pied devant l'autre.

Son cœur pesait comme du plomb, et elle avait un mal de tête épouvantable.

Elle ne prêta aucune attention à son environnement jusqu'à ce qu'elle trébuche sur une racine cachée. Elle agita les bras, dévala la colline et glissa jusqu'à s'immobiliser au bord d'une falaise rocheuse. Son cœur remonta dans sa gorge tandis qu'elle reculait prudemment du bord. C'était si profond. Si elle était tombée… Elle frissonna à l'idée de ce qui aurait pu lui arriver si elle ne s'était pas arrêtée à temps.

Elle se releva et épousseta la terre et la neige qui s'accrochaient à son corps frigorifié. Depuis combien de temps courait-elle ? Elle ne voyait pas le soleil à travers les arbres et les nuages. Les premiers flocons de neige tombèrent autour d'elle, et elle frissonna. *Seigneur, Jake avait raison.* Elle se frotta les bras endoloris et tapa des pieds. Où était-elle ? Elle s'en voulait tellement d'être sortie comme ça sans faire attention à son chemin. *Quelle idiote. Quelle idiote.*

Non. Elle n'était pas faible. Et elle n'était certainement pas stupide. Elle allait déterminer de quelle direction elle venait en cherchant ses empreintes de pas et d'autres indices, puis elle repartirait dans la direction opposée. *Un jeu d'enfant.*

C'est alors qu'elle entendit les grognements.

CHAPITRE QUINZE

CADE

La rougeur sur les joues de Faye alors qu'il la déshabillait rendait ses yeux encore plus brillants. Cade n'arrivait pas à décider ce qu'il voulait faire en premier : l'embrasser ou lui donner la fessée.

— Tu aurais pu me parler de cette histoire de loup. Je veux dire, je suis une créature paranormale, moi aussi.

Elle avait l'air blessée, comme si elle avait considéré qu'ils étaient assez proches pour partager des secrets. Cela lui remonta le moral. Peut-être qu'elle tenait un peu à lui.

— J'avais prévu de te le dire, je n'avais simplement pas encore trouvé le bon moment.

Il déboutonna son jean, sentant ses tremblements. Il lui baissa son jean et sa culotte et tint les jambes du pantalon pour qu'elle puisse en sortir. Ses tremblements s'intensifièrent.

— Tu es gelée, Faye ?

Il pencha la tête et effleura ses lèvres des siennes.

— Entre dans la baignoire. Je l'ai remplie d'eau tiède, ça ne devrait pas te brûler trop fort.

Elle prit la main qu'il lui tendait et entra dans la baignoire, sifflant lorsque ses pieds touchèrent l'eau et se débattant comme si elle l'ébouillantait.

— Je sais, bébé. Tu as vraiment froid. Tu es restée dehors un long moment.

Il laissa son regard errer sur sa poitrine, où ses tétons pointaient, durs. Elle rougit de nouveau, ses mains montant pour les couvrir.

— Non, murmura-t-il.

Elle s'enfonça dans l'eau et y glissa son fessier jusqu'à ce qu'elle soit assise. Son regard se posa sur sa queue, dressée promptement pour recevoir son attention. Elle déglutit et fit glisser son regard plus bas, vers ses palmes.

— Peut-être que ma magie n'a pas bien fonctionné sur toi parce que tu es un métamorphe, dit-elle, la voix étranglée.

Il hocha la tête.

— Oui, j'y ai pensé.

— Tu aurais pu dire quelque chose.

Son ton était de nouveau blessé. Elle semblait si vulnérable, si perdue. Il avait eu l'intention de la réprimander sévèrement avant de lui donner la fessée, mais il se retrouva incapable de lui parler durement. Il retourna à l'entrée, là où il avait laissé tomber sa sacoche, et en sortit son caleçon et son jean. Assis sur le bord de la baignoire, il plia les palmes en deux pour les faire passer dans les jambes du pantalon. Il s'attendait à ce que Faye se moque, mais au lieu de ça, elle le regardait, l'air troublé.

— Cade ? Tu avais raison la nuit dernière. Je ne sais vraiment pas comment réparer tes pieds. Et si je n'y arrivais jamais ?

Il referma la fermeture éclair de son jean et s'accroupit à côté de la baignoire.

— Faye, tu as beaucoup de pouvoir. Tes émotions ont fait pleuvoir dans mon salon et ont fait faner mes plantes. Tu avais une magie assez puissante pour transformer mes pieds à la base, donc je sais que tu peux les réparer.

Elle l'étudia, mais ne répondit pas.

— Pourquoi es-tu partie, Faye ?

Son regard s'enfuit et elle s'enfonça plus bas dans l'eau.

— J'avais juste besoin d'espace pour réfléchir à la façon de réparer mon erreur, marmonna-t-elle, dans un mensonge évident.

— Tu as si peur de moi ?

La façon dont ses yeux se tournèrent brusquement vers son visage lui fit expirer un souffle qu'il n'avait pas réalisé retenir.

— Non… Un peu peur, admit-elle.

Il sourit.

— Un peu peur, ce n'est pas grave. Alors… c'était si horrible que ça ?

Le muscle de sa joue tressaillit de nouveau.

— Non, dit-elle, la voix étranglée par les larmes.

— Alors pourquoi ?

— Cade.

Ses yeux s'emplirent de larmes tandis que son corps s'enfonçait plus bas dans l'eau. Elle prit de l'eau dans le creux de ses mains et s'aspergea le visage.

— C'est quoi cet endroit, au fait ? demanda-t-elle.

Il la laissa changer de sujet.

— C'est un club fétichiste. Il appartient à mon cousin.

— C'est quoi, un club fétichiste ?

— C'est un endroit où les fantasmes sexuels des gens peuvent se réaliser.

— Un peu comme l'île fantastique pour adultes ?

— C'est ça.

— Ton cousin est un métamorphe, lui aussi ?

— Oui. Bertram B. Wolfe.

— Comme le grand méchant loup ? Vous n'êtes pas très créatifs avec vos noms, hein ?

Il lui lança un regard assassin.

— Et ça vient d'une fée qui s'appelle Faye ?

— Touché.

— Allez, ma fée.

Il se leva.

— Tu as mariné assez longtemps.

Il attrapa une serviette et la déploya pour elle.

— Sors de là.

Il s'abreuva de la vue lorsqu'elle se leva, son corps nubile parfaitement proportionné – les petits seins aux pointes couleur pêche bien fermes, ses hanches rondes, et ses longues jambes sur sa petite silhouette. Sa queue se dressa de nouveau, pressant contre son jean.

Il la sécha avec la serviette, surpris qu'elle se tienne docilement et le laisse faire.

— Pourquoi es-tu si gentil avec moi ? demanda-t-elle.

Il lui tourna les épaules pour qu'elle lui fasse face.

— Faye.

Il sentit une douleur dans sa poitrine. Il voulait lui dire qu'il tenait à elle, à quel point il avait eu peur quand il l'avait crue perdue dans la tempête. Mais il craignait d'avoir déjà été trop pressant avec elle. Après tout, elle s'était enfuie. Ce n'était pas le moment de lui dire qu'il voulait la marquer comme sienne et s'accoupler pour la vie.

— Tu ne le penseras peut-être plus quand je commencerai à te donner la fessée, lança-t-il plutôt d'un ton blagueur.

Il laissa tomber la serviette et la conduisit hors de la salle de bain.

— Va te mettre au coin.

Il lui donna une claque sur le cul.

— Je peux au moins garder la serviette ?

Il fait trop froid, se plaignit-elle.

— Pas de serviette, pas de vêtements. Tu vas rester nue pendant tout le temps où nous serons ici. Ne t'inquiète pas, je vais réchauffer la pièce.

Il disposa des bûches dans la cheminée et froissa du papier journal pour le fourrer sous la grille.

— Même en bas ? demanda-t-elle depuis le coin.

Il leva les yeux, souriant à la vision qu'elle offrait, son postérieur tourné vers l'extérieur, prêt pour sa correction, son front reposant là où les deux murs se rejoignaient.

— Non, quand tu descendras, je t'autoriserai à porter des vêtements, mais tu n'auras pas le droit de quitter la chambre sans moi.

Il alluma le papier et le feu vrombit. Traînant la causeuse, il l'arrangea devant les flammes rougeoyantes. Il appela le service de chambre et demanda qu'on leur monte un kit de punition basique, du cidre chaud et des sandwichs, puis il retourna dans la salle de bain, où il avait repéré une brosse à cheveux en bois idéale. Il l'apporta près de la causeuse et s'assit.

— Viens ici, Faye.

Elle regarda par-dessus son épaule, ses ondulations couleur de miel balayant son dos nu.

— Non, merci.

— Tout de suite, Faye.

— Pourquoi es-tu si méchant ?

Elle se tourna et s'approcha.

Il sourit.

— Tu vois ? Je savais que tu changerais d'avis sur moi.

Il tapota ses genoux.

— Si tu coopères, je n'aurai peut-être pas à utiliser les instruments qui arriveront bientôt dans ton kit de punition.

FAYE

Faye frissonna et prit la main que Cade lui offrait pour l'aider à s'installer sur ses genoux. Être complètement nue sur ses genoux habillés augmentait son sentiment de vulnérabilité et d'exposition, même s'il avait déjà eu une vue complète de son cul nu auparavant. Elle ferma les yeux très fort, retenant sa respiration. Le plat de la brosse à cheveux en bois s'abattit sur une de ses fesses avec un claquement sec.

— Aïe !

Cade utilisa cette stupide brosse avec enthousiasme, martelant son derrière frétillant de claques qui la firent haleter.

— Pourquoi t'es-tu enfuie, Faye ? exigea-t-il, la fessant à un rythme bien trop rapide pour qu'elle puisse reprendre son souffle, et encore moins lui répondre. Hein ?

— Arrête !

Il la fessa encore plus fort, frappant le même endroit encore et encore, juste au milieu du bas du dos, tout en attrapant ses deux fesses en même temps.

Elle gémit.

— Vas-tu t'enfuir de nouveau ?

— Non !

— Non, quoi ?

— Non, maître ! S'il te plaît, Cade !

Il s'arrêta et posa la brosse contre son postérieur.

— Tu as été une très vilaine fée.

Elle attendit, tendue, que la fessée reprenne.

— N'est-ce pas, Faye ?

— Oui, maître.

Il lui administra une autre volée de claques, puis s'arrêta de nouveau.

— Pourquoi es-tu partie ?

— Je ne sais pas !

Il recommença à la fesser, encore plus fort. Elle hurla en donnant des coups de pied.

— Je ne te crois pas. Tu es partie pour une raison. Tu es sortie en plein blizzard.

— Non, s'il te plaît ! Je ne sais pas !

Il diminua l'intensité mais maintint son rythme régulier, martelant son autorité dans son postérieur palpitant.

— Arrête, Cade, s'il te plaît !

— Dis : « Je serai une gentille fille ».

— Je serai une gentille fille !

— Dis-moi que tu ne partiras plus jamais.

— Je ne le ferai pas, je le promets !

— Dis-le.

— Je ne te quitterai plus jamais.

— Plus jamais, Faye ?

Elle s'immobilisa, ses mots s'insinuant en elle. *Je m'accouple pour la vie.* Était-il en train de lui dire quelque chose ?

Il arrêta de la fesser, et on frappa à la porte.

— C'est ton kit de punition. Va te remettre au coin.

Il la souleva pour la mettre sur ses pieds.

— Mais ils vont me voir !

— Je ne les laisserai rien voir. Tu mets ton nez dans le coin comme une gentille fille.

Elle gémit à la claque qu'il lui donna sur le cul et se précipita au coin, non pas pour obéir, mais pour s'assurer qu'elle était hors de la ligne de vue de la porte.

— Bonjour, signore Lupus, quel plaisir de vous revoir ici.

— Merci, Pino.

— J'ai monté votre repas et le kit de punition que vous avez commandé.

— Merci. Je vais le prendre, Pino.

— Monsieur… vous étiez dehors dans la tempête ?

— Oui, le temps est exécrable, dit-il.

Elle entendit l'impatience dans sa voix.

— Une des invitées spéciales de Signore Wolfe est sortie, et a disparu. Il est en train d'organiser une équipe de recherche. Vous ne l'auriez pas vue, par hasard ?

— Non. Où est Bertram maintenant ? demanda sèchement Cade.

— À l'écurie.

— Merci, Pino.

Elle entendit le bruit de la porte qui se fermait.

— Faye, je vais devoir aider à retrouver une autre femme perdue dans la tempête.

Son ton était maintenant purement professionnel.

— Viens ici.

Elle revint vers lui, regardant la caisse sur le chariot roulant avec suspicion.

— Ta punition n'est pas terminée, mais tu as de la chance. Tu as droit à une pause. Monte sur la causeuse, à genoux et sur les coudes.

Elle le fixa, confuse.

— Quoi ?

— Tu m'as entendue.

Il leva la main comme pour la frapper de nouveau, et elle sursauta en arrière et grimpa sur la causeuse comme demandé.

L'humiliation de la position la fit grincer des dents. Elle savait qu'elle exposait non seulement son cul, mais aussi sa chatte à sa vue. Elle entendit le clic en plastique d'un couvercle et sursauta quand un gel frais atterrit sur son anus. Elle se jeta en avant, effrayée, mais Cade la rattrapa dans sa poigne puissante et lui donna plusieurs claques sèches sur le postérieur.

— Je vais te mettre un plug anal pour te rappeler à qui tu appartiens pendant mon absence. Tu n'as pas le droit de l'enlever. Tu n'as pas le droit de mettre de vêtements, ni même de t'envelopper dans une serviette ou une couverture. Quand je reviendrai, tu seras penchée sur le bord du lit, pour me montrer à quel point tu as bien gardé ton plug.

— Cade… gémit-elle.

Il lui donna une claque sur le postérieur.

— Ai-je besoin de te donner quelques coups de canne avant de partir ?

— Non, maître !

La pointe froide du plug en acier inoxydable toucha son intimité et elle la serra.

— Ouvre-toi, Faye. Sois une gentille fille et accepte ta punition.

Elle gémit mais relâcha ses muscles. Au moment où elle se détendit, il poussa le plug vers l'avant, l'étirant largement avec une brûlure à l'entrée et une sensation écrasante de plénitude à l'intérieur.

— Oh, Cade, gémit-elle, puis elle referma sa bouche, embarrassée de la lascivité de sa propre voix.

— Gentille fille.

Sa voix était devenue rauque.

— Je serai de retour dès que possible. Mange le sandwich que j'ai commandé pour toi ou appelle pour autre chose, mais ne quitte pas cette chambre avant que je revienne, compris ?

— Compris, haleta-t-elle.

— Tu peux te relever maintenant.

Ses jambes tremblaient à cause de la punition, et le plug dans son cul transformait ses entrailles en lave en fusion. Cade retira son jean et son caleçon, et la vue de sa virilité lui fit tourner la tête. Il leva les yeux quand il eut fini de tirer la deuxième jambe du pantalon par-dessus sa palme et il vit qu'elle le fixait.

— Faye, je suis désolé de te laisser comme ça.

Il ouvrit les bras. Elle se blottit contre lui, se demandant ce qu'il avait vu en elle pour lui offrir son réconfort. Il lui embrassa le sommet de la tête.

— Je serai de retour dès que possible. Sois une gentille fille.

— Je le serai, marmonna-t-elle.

— Ouvre-moi la porte et laisse la carte-clé sous le paillasson à l'extérieur.

Dans un mouvement flou, il se laissa tomber à quatre pattes, redevenant le majestueux loup argenté.

Elle plongea une main dans la fourrure de sa nuque en marchant à ses côtés. Il lui lécha les doigts avant de trotter par la porte qu'elle ouvrait. Elle s'accroupit et glissa la carte-clé sous le paillasson, terrifiée que quelqu'un la voie nue avant qu'elle ne referme la porte.

Elle se releva, hébétée. Son postérieur la lançait. La brosse à cheveux lui avait infligé une véritable correction et Cade ne l'avait pas ménagée. Le plug à l'intérieur pulsait d'une manière différente – exigeant une sorte de libération. Elle marcha avec raideur dans la chambre, chaque pas secouant le plug et lui rappelant sa punition.

Par la flûte de Pan, Cade avait bouleversé son monde.

Elle se sentait profondément changée – comme si elle ne pourrait jamais redevenir Faye, la fée idiote qui essayait de changer le foin en or. Elle ne voulait jamais redevenir cette ancienne version d'elle-même. Elle voulait être l'esclave de Cade pour toujours, possédée, dirigée, punie et comblée de plaisir. Et que lui avait-il fait promettre ? Qu'elle ne le quitterait plus jamais ? Voulait-il la garder, lui aussi ?

Elle poussa le chariot roulant jusqu'à la causeuse et s'assit délicatement, retenant son souffle à la sensation du plug qui s'enfonçait plus profondément. Une fois assise, ça allait, tant qu'elle ne bougeait pas. Elle ouvrit les plats couverts et prit un sandwich, son estomac gargouillant d'anticipation. C'était son préféré : dinde, bacon, avocat. Ils avaient des goûts similaires en matière de nourriture, c'était de bon augure, n'est-ce pas ? Elle secoua la tête. Elle ne devrait pas gaspiller chaque pensée à se demander si elle serait la petite amie de Cade. Elle devait garder la tête froide et trouver comment retransformer ses pieds avant d'écarter les cuisses et de le supplier de la prendre.

Elle mangea chaque bouchée du sandwich et des frites et sirota le cidre chaud, mais manger ne la calma pas. Elle avait besoin d'une libération. Elle se leva, haletant à la secousse du plug à l'intérieur d'elle. Elle se dirigea vers la salle de bain et se tint devant le miroir en pied. Elle se retourna et se tordit le cou pour voir son cul. Ses fesses étaient encore rouges de la correction à la brosse, et le plug en acier inoxydable était magnifique au milieu de son postérieur. Un point de ponctuation à sa punition. Elle passa la main derrière et toucha la base ronde. Elle la saisit et bougea le plug à l'intérieur d'elle, ce qui fit flageoler ses genoux.

Pan, dieu de la Nature, comment vais-je surmonter ça ?

Elle se dirigea vers le lit et y grimpa, s'allongeant sur le ventre avec les doigts entre les jambes. Sa chatte n'avait jamais été aussi humide. Elle fit glisser ses doigts de haut en bas sur ses plis moites, taquina son clitoris et pompa des hanches. Chaque fois qu'elle serrait les fesses, le plug la secouait de son intrusion. Elle se mit à enfourcher sa main avec plus d'excitation, désespérée de se libérer. L'orgasme la submergea en une marée ondulante, ses jambes convulsant tandis que son pelvis se contractait.

Elle resta allongée, haletante, épuisée, mais pas détendue. Elle en voulait plus. Elle le voulait encore, et elle soupçonnait fortement qu'elle désirait ardemment la vraie chose – le S-E-X-E en lettres majuscules.

Avec Cade Lupus.

Mais cela signifierait perdre son pouvoir de retransformer les pieds de Cade. Et alors, il ne lui pardonnerait
jamais.

CHAPITRE SEIZE

BERTRAM

Bertram n'arrivait pas à se défaire du malaise qu'il ressentait depuis une heure. Il sentait que quelque chose n'allait pas. Il trouva Redd devant la cheminée, en train de jouer à un jeu avec Coral et Jake.

— Vous avez vu Jillian ? demanda-t-il à tout le groupe.

— Je l'ai vue il y a environ une heure. Je suis tombé sur elle alors qu'elle filait vers les écuries.

Jake leva les yeux de son jeu.

— Elle était assez contrariée par quelque chose et avait besoin de prendre l'air.

Il fronça les sourcils et se leva brusquement.

— Elle n'est pas encore rentrée ?

Bertram regarda par la grande baie vitrée la neige qui tombait rapidement.

— Je ne sais pas. Je ne la trouve pas, et personne d'autre ne l'a vue.

Il se tourna vers Redd, qui s'agita sur son siège, une expression coupable envahissant ses joues.

— Il s'est passé quelque chose ce matin, Redd ?

Elle refusa de croiser son regard.

— Je ne sais pas.

— Jeune femme… gronda-t-il, surprenant tout le monde dans la pièce.

— Ok. Ne te mets pas en colère, mais nous nous sommes disputées ce matin.

— À quel sujet ?

Il s'avança vers la petite femme et la domina de sa haute taille.

— On s'est juste disputées.

Des larmes emplirent ses yeux.

— Je suis désolée. J'ai peut-être dit des choses assez méchantes pour lui faire croire que tu ne tenais pas à elle.

— Quoi !! beugla-t-il, et elle se recroquevilla tandis que Jake tirait Coral derrière lui.

Elle se mit à pleurer.

— J'ai dit que tu avais déjà une soumise, et j'ai peut-être insinué que tu donnais la fessée et couchais avec les autres femmes du chalet. Je suis désolée.

— Va. Dans. Ta. Chambre.

Il était si en colère qu'il avait peur de la toucher. Son sang ne fit qu'un tour, son cœur s'emballa et ses griffes s'allongèrent.

Redd sortit de la pièce en sanglotant.

Il pointa Jake et Coral du doigt.

— Vous deux, fouillez le chalet et faites-moi votre rapport dans dix minutes. Je vais vérifier les environs et l'écurie.

Il sortit du chalet en trombe et inspira profondément. S'il lui était arrivé quelque chose… Il secoua la tête. Il ne pouvait supporter cette pensée. En contournant le chalet pour passer derrière, il perçut une faible bouffée de son odeur. En direction du nord. Il hurla de rage et regarda le blizzard gagner en intensité autour de lui.

Il était sur le point d'utiliser sa magie et de se transformer quand il entendit du mouvement derrière lui.

Jake, vêtu de sa parka et portant son sac et son épée, s'avança vers lui, le regard féroce et déterminé. Redd le suivait de près, l'air nerveux et bouleversé.

— Elle n'est pas dans le chalet, confirma Jake en pointant la direction où il avait trouvé sa piste. Elle est partie par là.

— Merci. Restez ici tous les deux et occupez-vous du chalet. Je reviendrai dès que je l'aurai trouvée.

Bertram se retourna, mais sentit une poigne ferme sur son épaule. Il se raidit pour ne pas arracher la tête du plus jeune homme et se contenta de grogner à son visage.

— Écoute, Wolfe.

La voix de Jake était basse et mortelle, et il était passé au tutoiement sans aucune hésitation.

— C'est ma sœur qui est là-dehors, et tu ne m'empêcheras pas de la chercher. Je peux la sentir. Elle est une partie de moi.

Il regarda la neige qui tourbillonnait autour d'eux et fronça les sourcils.

— D'ailleurs, vu comment la neige tombe, ton autre facette ne pourra pas la pister sur plus de quelques centaines de mètres.

Cela le surprit.

— Tu sais ce que je suis ?

— Bien sûr que je le sais. L'endroit est infesté de magie et d'êtres surnaturels. Il faudrait être stupide pour ne pas le comprendre.

Cet homme lui plaisait bien. Il se retourna pour saisir fermement ses épaules.

— Tu es un homme bien, Jake Hill.

— Je te donne la permission d'épouser ma sœur.

Jake lui serra la main, puis prit le cheval que Coral lui

avait amené. Il l'embrassa et enfourcha ensuite le pur-sang gris.

— Qu'est-ce qu'on attend ?

Il se tourna et poussa le cheval dans la direction que Jillian avait prise.

— Coral, tu restes ici et tu gardes un œil sur le chalet. Plus de problèmes pendant mon absence, d'accord ?

Elle hocha la tête.

— Oui, monsieur. Soyez prudent.

Elle s'empressa de retourner à la chaleur du chalet.

— Toi.

Il baissa les yeux sur Redd.

— Nous discuterons de ça plus tard.

Redd acquiesça solennellement et se retourna pour repartir d'un pas lourd vers le chalet.

— Attends.

Elle se figea à son ordre aboyé.

— Va chercher ton équipement.

— Papa ?

La confusion était évidente dans ses yeux tristes.

Il l'attira dans une étreinte serrée.

— Tu es la meilleure dans ce que tu fais, c'est-à-dire pister, tuer et combattre. J'ai besoin de toi.

— Je pensais que tu ne me faisais pas confiance là-dehors, Papa.

Sa lèvre inférieure trembla.

— Ce n'est pas parce que je crains pour ta sécurité que je ne te fais pas confiance.

Il lui donna une petite tape affectueuse sur le menton.

— Tu as envie de m'aider à sauver une demoiselle en détresse, petite tueuse ?

Il vit la fierté joyeuse qui brillait dans ses yeux à ses paroles.

— Prépare-toi et rattrape-nous. Je vais me changer pour mettre quelque chose de plus… confortable.

Elle sourit et courut vers le chalet.

Il se tourna pour voir le grand loup argenté aux yeux dorés émerger du côté du chalet.

— J'ai entendu dire que tu étais arrivé. Tu as toujours eu le nez pour te fourrer dans les ennuis, cousin. Allons-y.

Il se déshabilla rapidement, puis prit une profonde inspiration et puisa dans la magie au cœur de son être. Il ressentit une sensation chatoyante et crépitante alors que le monde se fondait et tourbillonnait autour de lui.

Un instant plus tard, il sentit un étrange calme l'envahir alors qu'il embrassait sa vraie nature, la bête. Il poussa un hurlement et ils s'élancèrent pour rattraper Jake.

JILLIAN

Elle allait mourir ; elle le savait.

Elle longea le bord de la falaise jusqu'à ce qu'elle ne puisse plus avancer. Dos à la grande paroi rocheuse et lisse d'une montagne, avec une falaise de l'autre côté, une meute de loups grondants l'encerclait. Elle était piégée, et ils le savaient tous. Elle appela à l'aide, sachant que ce serait inutile, mais c'était tout ce qu'elle pouvait faire. Elle ramassa un gros bâton, éprouvant une étrange sensation de déjà-vu face à la situation.

Ils étaient huit et ils avançaient lentement, les crocs découverts, leur fourrure sale et emmêlée, tandis qu'ils grondaient et rampaient vers elle. Elle étouffa le sanglot dans sa gorge et agita le bâton en l'air en leur hurlant de s'en aller. On aurait presque dit qu'ils riaient, qu'ils jouaient avec elle.

Le chef de la meute s'avança, à seulement trois mètres d'elle, il pencha la tête et plissa les yeux. Si elle ne devenait pas complètement folle, on aurait presque dit qu'il la reconnaissait. Ce n'étaient sûrement pas les mêmes loups que lors de son voyage avec son frère ?

Il s'accroupit sur ses pattes arrière et se tendit pour bondir, et elle sut que son heure était venue. Elle prépara son corps à l'impact, s'agenouillant et couvrant instinctivement sa tête avec ses mains alors qu'il sautait dans les airs. Mais son agresseur fut stoppé en plein vol, à quelques mètres de l'endroit où elle était blottie, quand un loup plus grand sortit de nulle part et le plaqua au sol. Tandis qu'ils grondaient, se battaient, roulaient et se mordaient, elle vit les autres apparaître du coin de ses yeux embués.

Un autre grand loup, argenté celui-ci, atterrit entre elle et ses agresseurs et s'en prit rapidement à plusieurs d'entre eux. Les autres loups furent affrontés par une petite humaine, vêtue de Lycra rouge, qui se déplaçait avec une épée, donnant des coups de taille et d'estoc si vite que ses yeux peinaient à suivre. C'était une femme. Elle pouvait le dire à sa petite carrure, à ses courbes et à sa longue queue de cheval.

— Redd ? lâcha-t-elle, confuse et terrifiée par la bataille qui l'entourait.

La petite femme se tourna vers elle et sourit tout en frappant derrière elle pour tuer l'un de ses adversaires. Il gisait sur le côté, saignant et s'étouffant, et elle abrégea ses souffrances d'un rapide coup de poignard dans le cœur. Jillian grimaça et essaya de ne pas vomir.

— Jillian !

Elle reconnut cette voix et se précipita dans les bras de son frère. Il l'éloigna du combat.

— Je suis si contente de te voir ! dit-elle d'une voix tremblante.

Il l'examina rapidement pour vérifier qu'elle n'avait pas de blessures.

— Ça va ?

Son regard était inquiet.

— Oui, oui, ça va. Mais qu'est-ce qui se—

Sa question fut interrompue par le hurlement d'un loup qui bondit dans les airs directement vers eux. Jake la poussa au sol et empala la bête avec son épée alors que le loup atterrissait dans un bruit sourd sur lui.

— Jake ! cria-t-elle en se précipitant à ses côtés.

Il avait l'air un peu sonné mais autrement indemne alors qu'il essayait de faire rouler le loup mort pour se dégager.

— Mon Dieu, ces trucs sont lourds, marmonna-t-il en sortant enfin de dessous. Je te jure, si je m'en sors avec une autre blessure à la tête, tu vas m'entendre.

Elle sourit à travers ses larmes et se jeta sur lui.

— Je suis si contente que tu ailles bien. Je suis désolée.

Il les releva tous les deux, juste au moment où le combat autour d'eux semblait se terminer.

Cinq loups gisaient morts ou saignaient abondamment sur le sol enneigé, et deux autres s'étaient enfuis en jappant, la queue entre les jambes, ne laissant qu'un seul loup, le chef de la meute.

Les deux loups « amicaux » se mirent en tandem, leurs longs crocs blancs découverts, leur pelage argenté se reflétant sur la neige. Ils grondaient contre le loup dominant, le défiant. Ils se placèrent entre Jake et Redd, qui se tenaient de chaque côté d'elle, leur épée dégainée. Elle regarda le loup gris plus petit et sale gronder, montrer les crocs, puis se retourner et s'enfuir à travers les arbres.

C'était fini. Elle ne savait ni comment ni pourquoi, mais elle se sentait en sécurité. Redd nettoya son épée, et Jake siffla pour appeler les chevaux. Mais elle ne pouvait pas quitter des yeux le plus grand des deux loups argentés. Il lui semblait si familier, comme si elle devait le connaître. Il marcha lentement vers elle et leva la tête pour croiser son regard. Les yeux marron foncé avec des éclats d'ambre qui rencontrèrent les siens lui étaient familiers.

Elle trébucha et sentit son souffle se couper en tendant une main hésitante vers lui.

— Bertram ?

Il hocha la tête et poussa son museau sous sa main. Elle sentit ses poils argentés et gris rêches, vit les mouchetures poivrées et la ligne de fourrure sombre le long de son oreille gauche. C'était vraiment lui ! Elle jeta ses bras autour de son cou et sanglota en caressant sa fourrure douce et mouillée. Il était venu pour elle.

Redd retira son épée du dos d'un des loups morts et croisa son regard. Une expression de compréhension mélancolique apparut sur le visage de l'autre femme, et elle hocha la tête en signe d'acceptation.

Elle le serrait toujours fort contre elle quand il poussa un grognement soudain et tourna la tête en se tendant. Elle regarda comme au ralenti le loup sombre bondir vers eux, les crocs découverts, les griffes tendues. Son loup d'argent la fit rouler sous lui pour la protéger alors que les griffes le frappaient dans le dos. Il hurla de rage, mais garda son corps pour l'abriter. Elle le martela de ses poings.

— Protège-toi, espèce de grand balourd !

Elle cria alors que le loup sombre ouvrait la gueule, ses crocs brillant, se préparant à déchiqueter le cou de Bertram. Elle le regarda se jeter en avant et gronder, puis ses yeux s'écarquillèrent et il vacilla. Il trébucha sur le côté et elle vit l'épée de Jake profondément enfoncée entre ses omoplates.

Jake apparut en jurant. Ses yeux sombres et furieux.

— C'est mon futur beau-frère, connard !

Il la prit dans ses bras et l'éloigna de l'autre loup alors que Bertram relâchait son emprise sur elle. Jake l'entraîna plus loin dans les bois, vers les chevaux.

— Où allons-nous ?

Elle peinait à suivre ses longues enjambées furieuses.

— Crois-moi, tu ne veux pas voir ce qui va se passer.

Elle se boucha les oreilles, mais ne put pas empêcher les sons des hurlements, des morsures et du carnage. Elle frissonna en entendant les cris d'agonie, le déchirement des muscles et des tendons, et le grondement de ce qui ne pouvait être décrit que comme un festin.

Où était Bertram ? Elle ne se pardonnerait jamais s'il avait été blessé à cause de sa folie. Elle ne pouvait plus respirer, et son estomac se nouait d'effroi. Jake la tint fermement jusqu'à ce que tout devienne soudain silencieux.

Redd les rejoignit, la démarche guillerette, une lueur vive dans les yeux.

— C'était génial !

Cela sembla être la goutte d'eau pour son pauvre estomac. Elle se retourna et vomit dans les buissons, expulsant tout, se sentant étourdie, en surchauffe, et regrettant vraiment d'avoir eu l'estomac si plein.

— Beurk, c'est tellement dégoûtant.

Elle entendit le commentaire aigu de Redd.

Jake lui tapota le dos et gloussa.

— Sérieusement, Redd. Après tout ça. Un peu de vomi te dégoûte ?

Elle s'essuya la bouche et leva les yeux alors que les deux grands loups argentés avançaient péniblement vers eux. Épuisée, couverte de sang et de Dieu sait quoi d'autre, elle frissonna et eut une autre nausée, reconnaissante que son estomac soit enfin vide.

Elle regarda le plus grand des deux, son loup, s'approcher de Redd et lui donner un coup de museau dans la jambe.

— Il veut qu'on retourne au chalet au plus vite, expliqua Redd. Ils vont nous suivre pour ne pas effrayer les chevaux.

Elle se pencha et murmura :

— Il t'aime, tu sais ?

Jillian remarqua enfin les vents tourbillonnants et la neige qui tombait abondamment autour d'eux.

— Viens, Jillybean, tu peux monter avec moi.

Jake l'aida à marcher sur ses jambes tremblantes jusqu'à son cheval.

— Qu'est-ce. Que. Tu. Es ?

Elle tourna ses yeux fatigués vers le plus grand loup derrière eux.

Il pencha la tête et hocha le museau.

Ce fut la dernière chose qu'elle vit avant que le monde ne devienne blanc, puis noir.

CHAPITRE DIX-SEPT

ERTRAM

Bertram faisait les cent pas devant l'infirmerie pendant que chacun de ses guerriers était soigné puis relâché. Il s'était déjà en grande partie soigné tout seul et n'avait plus qu'une légère douleur dans le haut du dos.

Elle lui avait fichu une sacrée peur. Heureusement qu'elle s'était évanouie, ça lui avait donné un peu de temps pour réfléchir. Il ne voulait pas la fesser à chaud. Il vérifia le reste du chalet et fut ravi que Coral l'ait gardé en sécurité, à l'abri des pilleurs avides cette fois. Bien sûr, le fait que Belle-mère ait fait une apparition anticipée pour s'assurer que tout se passe bien pendant leur absence avait aussi aidé.

Jake sortit et lui prit la main.

— Merci.

Ses yeux accrochèrent ceux de Bertram un long moment, lui disant plus que les mots ne l'auraient jamais pu.

— Si elle te veut, je te donne ma bénédiction.

Il lui tendit une petite bourse de pièces et lui adressa un signe de tête solennel.

— Je n'ai pas besoin de ton argent, Jake.

Il essaya de le lui remettre dans la paume, mais le plus jeune secoua la tête.

— C'est la tradition.

Il haussa les épaules.

— À moins que tu préfères un cochon ?

Il sentit le rire lui monter, son premier moment de légèreté de la journée.

— Ok, d'accord. Merci.

Il regarda la porte close de l'infirmerie où Jillian se reposait.

— Pour tout ça.

— Prends soin d'elle, Wolfe, dit Jake avant de s'éloigner dans le couloir.

Bertram appuya sa tête contre la porte de l'infirmerie, respirant son odeur, se remplissant d'amour. Et s'il ne l'avait pas trouvée à temps ? Il frémit à cette idée. Et qu'est-ce qui l'avait vraiment fait fuir ? Ça ne pouvait pas être seulement les mots de Redd. Non, bon sang, c'était sa faute. Ses tentatives de la protéger ne l'avaient qu'effrayée. Et la vérité, c'était qu'il l'aimait.

Il repensa à la première fois où il l'avait vue, en train de défier des loups qui l'attaquaient. Il repensa à la façon dont son cul rond se tortillait et prenait cette nuance parfaite de rouge quand il la mettait sur ses genoux. Il repensa à l'intensité de ses émotions et de son désir, et à la façon dont elle rosissait de plaisir quand il la caressait et la fessait. Tout cela formait les parts d'une femme vraiment formidable. La femme qu'il aimait et qui deviendrait sa compagne. Si elle acceptait. Allait-elle se détourner de lui, dégoûtée et effrayée ? Il poussa un profond soupir et frappa à la porte. Il était temps de le découvrir.

Quand il entra dans la petite infirmerie, il vit Jillian à moitié allongée, à moitié assise, tandis que sa petite brossait avec amour les longs cheveux bruns de Jillian. Elles cessèrent de parler et braquèrent sur lui de grands yeux ronds.

— Mesdames.

Il garda une expression neutre.

— Est-ce que vous allez bien toutes les deux ?

— Oui, monsieur, répondit Jillian.

— Oui, Papa, dit Redd.

— Des blessures ?

— Non, le doc dit qu'on va toutes les deux très bien, répondit Redd. Jillian était juste secouée par ce qu'elle a vécu. Alors il a dit qu'on pouvait rester ici jusqu'à ce qu'elle se sente mieux. On a, euh, parlé de beaucoup de choses.

Elle leva vers lui un regard nerveux.

— Et ?

Il s'assit sur le tabouret du médecin en face d'elles.

— Eh bien, j'ai peut-être été un peu jalouse de sa présence.

Redd se mâchouilla un ongle et se tortilla, mal à l'aise.

— Un peu ?

Il dut lutter pour ne pas laisser filtrer le sarcasme de sa voix.

Jillian gloussa nerveusement, mais quand il braqua sur elle tout son regard, elle déglutit et détourna les yeux.

— Qu'est-ce qui t'a pris de partir comme ça ? demanda-t-il à Jillian en desserrant les poings, essayant de ne pas l'effrayer avec la colère qui montait en lui.

— Je t'ai vu fesser une femme de chambre, et quand tu l'as emmenée dans la pièce, j'ai cru que tu allais coucher avec elle.

Des larmes brillèrent dans ses yeux émeraude meurtris.

Il passa une main dans ses cheveux, frustré.

— Je n'ai pas de relations sexuelles avec mes employés, Jillian.

— Je sais. Redd m'a tout expliqué.

— En revanche, je fesse quand une soumise a besoin d'un

partenaire ou qu'elle a besoin qu'on lui rappelle son travail. Je ne lésine pas sur les punitions. Vous le savez toutes les deux.

Il regarda les deux femmes se tortiller, mal à l'aise, sous son regard.

— Eh bien, ça paraissait logique sur le moment !

Les yeux de Jillian lancèrent des éclairs.

— Tu as joué avec moi hier soir, et puis… tu es parti ! Sans explication ! Tu crois que je me suis sentie comment ?

Il passa une main dans ses cheveux et soupira.

— Tu as raison. Je suis désolé. Je ne voulais pas te faire peur, ni pire, te blesser. Est-ce que tu comprends ce que je suis ? Mon loup te veut pour compagne. J'avais du mal à le contrôler et je ne voulais pas te marquer sans ton consentement.

Elle hocha la tête, et il décida de laisser passer pour cette fois.

— Redd m'a tout expliqué. J'aurais dû deviner après certains trucs que Cindy et Belle-mère ont dits, mais honnêtement, ça semblait tellement fantastique que je n'y ai pas cru.

— Est-ce que ça te va, de savoir ce que je suis ?

— Ça ne change pas l'homme que tu es, l'homme que j'aime.

Elle lui adressa un sourire timide et planta ses yeux dans les siens.

Il était tellement fou de joie qu'il avait envie de hurler et de faire la roue.

— Je t'aime aussi.

Il se pencha, prit ses lèvres sucrées entre les siennes et laissa échapper un léger grognement.

Puis il s'agenouilla devant elles et serra leurs mains à toutes les deux.

— Je vous aime toutes les deux, et sauf si vous me dites le

contraire, je n'ai aucune intention de laisser partir l'une ou l'autre. Jamais.

Il resserra sa prise et ses yeux s'assombrirent, leur arrachant à toutes deux un halètement.

Il caressa la joue de Redd.

— Tu es ma petite, la prunelle de mes yeux. Il n'y en aura jamais une autre comme toi. Bouillante, forte, puissante, compatissante, courageuse. Mon désir est de t'aimer aussi longtemps que tu voudras de moi dans ta vie. Je te protégerai de tes démons et de toi-même. Je te tiendrai quand tu feras des cauchemars. Je mettrai une nouvelle nuance de rouge sur tes fesses chaque fois que tu feras quelque chose qui ne reflète pas la bonne personne que tu es. Tu es bonne et gentille. Et je t'aime.

Les larmes de Redd coulèrent vite, et il les essuya avec sa manche.

— Un jour, petite Redd, un homme viendra pour toi. S'il est vraiment l'homme qui peut te donner ce dont tu as besoin et envie, alors je lui donnerai ta main. D'ici là, je tuerai tous ceux qui ne seront pas à la hauteur.

Elle gloussa à sa dernière déclaration.

Il se tourna ensuite vers Jillian et lui embrassa la main.

— Jillian, tu es la femme la plus sexy que j'aie jamais vue. Tu es forte, sûre de toi, belle, intelligente, et ta soumission est le plus beau cadeau que tu pourrais m'offrir. Mon côté loup te veut pour compagne. Mon côté humain te veut comme amante pour toujours, ma partenaire, la femme qui portera mes enfants, la femme qui se soumettra à moi parce qu'elle en a envie. Je t'aime, douce femme, et je te veux dans ma vie.

Il fit une pause, puis reprit.

— Est-ce que vous pouvez toutes les deux accepter ces termes, et arrêter cette jalousie pour savoir qui a mon cœur ? Vous l'avez toutes les deux, différemment.

Elles donnèrent toutes les deux leur accord, en larmes, et

l'enlacèrent, s'excusant encore pour le drame des derniers jours.

— Alors, le médecin vous a examinées toutes les deux et vous a déclarées aptes à toutes les activités ?

Elles semblaient toutes les deux comprendre ce qu'il sous-entendait. Étaient-elles prêtes à être punies ?

— Oui, maître, répondirent-elles.

— Très bien. Redd, je te retrouve dans ta chambre dans quinze minutes. Sois prête pour moi.

— Oui, Papa.

Elle hocha la tête et se jeta dans ses bras.

Il la serra fort contre lui et tapota le dos de son legging alors qu'elle passait la porte.

— À tout de suite.

Il regarda sa petite partir, puis il se tourna vers Jillian.

— Tu es sûre que ça va ?

Il prit sa joue dans sa main et la caressa.

— Oui. Je suis désolée de vous avoir tous inquiétés.

Elle baissa la tête, triste.

— Je ne te laisse plus partir. Je prendrai en main cette relation et je te donnerai la fessée quand tu me désobéiras ou quand j'estimerai que tu en as besoin. Mais je t'apprendrai aussi le plaisir et le jeu, et je t'aimerai plus que tu n'as jamais été aimée.

Il retint son souffle et attendit sa réponse.

— J'accepte tes conditions, maître Wolfe, à une seule condition.

Ses yeux brillèrent de malice.

— Je veux pouvoir te donner la fessée.

— Juste pour jouer, petite.

Il gronda face à son petit rire.

— Et c'est moi qui choisis ta tenue.

Il fit danser ses sourcils d'un air taquin.

— J'ai quelques idées qui t'iront à la perfection. Surtout avec deux paires de jolies joues roses.

Il hocha la tête vers son rougissement. Il aimait tellement à quel point elle était belle quand elle était gênée.

— Nous devons encore parler de ce que tu as fait aujourd'hui. Es-tu en état d'accepter ta punition, ou as-tu besoin d'un peu plus de temps pour te remettre ?

— Je préfère en finir tout de suite, s'il te plaît.

— D'accord. Je viendrai dans ta chambre dans une heure. Je veux que tu sois à genoux devant le lit, avec seulement ta culotte et ta nuisette. J'ai un passe-partout et je peux entrer. Je vais m'occuper de ma petite coquine puis préparer quelques choses pour toi.

— Bertram ?

Sa voix était si douce et si tendre.

— S'il te plaît, ne sois pas trop dur avec elle. Moi non plus, je n'aurais pas voulu te partager, à sa place. Je ne te partagerai pas avec une autre amante.

Ses yeux lancèrent des éclairs.

— Je comprends.

Il l'embrassa sur le front.

— Je le prendrai en compte. Pour l'instant, préoccupe-toi de ton propre cul.

Il lui fit un clin d'œil et partit.

BERTRAM

Il retourna dans sa chambre et prit la bouillotte électrique de sa trousse de premiers secours. Puis il s'arrêta à la cuisine et prit à part Mme Hubber, la cuisinière.

— Veuillez envoyer un bol d'eau et de la racine de gingembre préparée dans la chambre de Mademoiselle Hills

dans une heure. Laissez cela devant sa porte, en toute discré-
tion bien sûr.

La femme âgée hocha la tête et fit une révérence, une
légère teinte rose colorant ses joues.

— Oui, monsieur.

— Assurez-vous que le gingembre ne soit pas trop frais.
Disons une à deux semaines. Merci.

Il quitta la cuisine d'un pas décidé en direction de la
chambre de Redd.

Il comprenait sa jalousie. Après tout, elle était fille unique.
Mais ses actes étaient inacceptables. Son rôle de tueuse
impliquait compassion et protection des autres. Ce qu'elle
avait fait aujourd'hui n'avait pas protégé les émotions de
Jillian. Et il savait qu'elle serait déchirée et blessée par sa
propre transgression. Bien qu'elle soit une tueuse puissante,
la petite fille en elle avait besoin d'amour, de douceur et de
pardon.

Il était temps de l'aider à libérer ses démons. Il frappa
trois coups et resta impassible quand elle ouvrit la porte. Son
cœur se serra. Elle avait l'air si triste et vulnérable.

Il referma la porte d'un coup de pied derrière lui et l'attira
contre lui, la serrant fort contre sa poitrine. Après quelques
minutes de câlins, il lui caressa la tête et embrassa ses
cheveux.

— Alors, petite Redd, tu as besoin que ce soit court et
intense, ou long et lent ?

Elle le regarda avec des yeux pleins de larmes et renifla.

— J'ai besoin que ce soit plus long, s'il te plaît. Je me sens
affreuse.

— Très bien.

Il la remit sur ses pieds.

— Penche-toi sur le lit. On va faire quelque chose que
nous n'avons encore jamais fait.

Il vit ses yeux s'agrandir et se dilater tandis qu'elle tremblait et obéissait aussitôt. Il baissa son pantalon et donna une petite tape sur sa culotte.

— Ok, ne bouge pas.

Il récupéra le petit tube de capsaïcine dans le tiroir de sa table de chevet. Il était encore scellé et avait servi de menace à plus d'une reprise.

Elle agrippa la couette et son corps trembla quand il descendit sa culotte jusqu'aux cuisses. Il pressa un peu de capsaïcine dans sa paume. Il n'en aurait pas besoin de beaucoup. Il massa soigneusement chaque centimètre de ses fesses et de ses cuisses nues, en prenant garde d'éviter ses parties intimes, puis il remonta sa culotte sur ses fesses et lui donna une petite tape.

— C'est tout ? murmura-t-elle dans l'oreiller où elle avait enfoui sa tête.

Il ricana.

— Ce n'est pas fini.

Il brancha la bouillotte électrique, la régla sur chaleur moyenne et la posa sur ses fesses.

— La chaleur va monter vite avec la bouillotte. Et ensuite, elle restera pendant plusieurs heures. N'essaie pas de te laver, la prévint-il. Ça ne ferait qu'empirer. Reste là encore quelques minutes.

— Oui, Papa.

Elle se cala contre le lit et attrapa M. McBeakington.

Il prit une liasse de feuilles et quelques crayons et les posa sur le petit bureau dans le coin. Il ne fallut pas longtemps avant qu'elle ne se tortille et ne gémisse sur la couette.

— La chaleur monte ?

Il retint un rire pour ne pas paraître cruel.

— Ohhh, oui, Papa. Est-ce que ça va empirer ?

— Oui, ça va continuer à monter. Et ensuite, ça ne s'atténuera pas avant un bon moment. Tu es coincée avec les fesses en feu pour le reste de la soirée, petite.

Elle se tortilla encore et étouffa un autre gémissement.

— D'accord, Papa.

Après quelques minutes à la voir changer d'appui et crisper le linge de lit, il décida qu'elle en avait assez de la bouillotte. Il la retira, débrancha l'appareil et donna quelques petites claques sur son derrière.

— Va au coin.

Il la fit se lever, la conduisit jusqu'au bureau et l'installa sur la chaise en bois à dossier dur, tout en observant sa tentative de cacher sa grimace.

— Aïe.

— Voilà du papier et des crayons. Tu vas écrire une lettre d'excuses de 1 000 mots à Jillian et à toutes les personnes concernées, y compris à toi-même.

Il lui tapota la tête avec le crayon.

— Commence par quelque chose comme : « Je suis une femme bien qui mérite d'être aimée. » Ensuite, je veux que tu listes tes qualités et comment tu peux être proactive dans la gestion de tes émotions à l'avenir. Tu es une bénédiction pour beaucoup. Mets-le par écrit. Tout.

Elle saisit le crayon et fronça les sourcils.

— Je ne peux pas utiliser un stylo ?

— Les petites filles coquines qui sont punies utilisent des crayons de papier n° 2, bien taillés, avec gomme. Si tu fais une erreur, tu l'effaces. Tu fais en sorte que ce soit propre et soigné. Sinon, je te donnerai la fessée avec la pagaie et je te ferai tout réécrire. Compris ?

— O-oui, Papa.

L'expression de soumission sur son visage lui fit presque fondre le cœur. Elle se sentait en sécurité. Il le voyait. Alors il ne se sentit pas trop coupable de sa punition sévère.

Il l'embrassa sur le front.

— Quelle gentille petite fille. Je suis fier de toi et je sais que tu y mettras tout ton cœur. J'ai encore deux ou trois choses à régler, puis je reviendrai te voir dans un moment quand je viendrai te chercher pour le dîner.

— Jillian.

Ce n'était pas une question. Et il ne sentit aucune animosité dans sa déclaration.

— Oui. Tu es d'accord avec cet arrangement ?

— Oui, Papa. Je suis vraiment d'accord. Elle sera une bonne compagne pour toi.

Elle sourit et l'enlaça par le cou.

— Merci pour ta bénédiction. Ok, au travail. On se voit au dîner.

CHAPITRE DIX-HUIT

ADE

Cade rentra de la chasse pour retrouver Jillian avec quelques blessures à l'épaule. Il garda sa forme de loup jusqu'à leur porte, ne voulant pas traverser le chalet avec ses pieds palmés, même s'il réalisa qu'il devrait le faire tôt ou tard, à moins que Faye ne trouve un moyen de les réparer. Il se métamorphosa devant leur porte et saisit la carte magnétique que Faye avait glissée sous le paillasson.

La chambre était surchauffée, et l'odeur de l'excitation de Faye fit grogner le loup en lui. Elle attendait dans la position qu'il lui avait demandée, sa pose soumise était si séduisante qu'il en eut le vertige. Il dépassa la cheminée, puis s'arrêta en la regardant. Il n'y avait plus de bûches, et pourtant les flammes rugissaient dans l'âtre. L'air dans la pièce semblait dense, et la lumière paraissait teintée de rouge.

Son cœur lui monta à la gorge. Était-ce le signe que Faye était furieuse ? Avait-elle trouvé sa punition injuste ? Ou lui en voulait-elle d'avoir été laissée au milieu de tout ça, sans la moindre attention après ? Le sub-drop l'avait-il retournée contre lui ?

Il posa la main sur son dos.

— Faye ?

Elle frissonna à son contact et tourna son visage vers lui. Ses joues étaient rouges, ses yeux dilatés. Il vit le désir dans son expression. Les flammes étaient celles de la passion.

Il ne parvint pas à réprimer le grognement qui monta de sa poitrine. Ses yeux s'écarquillèrent, mais il ne vit aucune peur dans son expression, seulement de la surprise. Son regard se posa sur les balafres de son épaule, et elle eut un hoquet de surprise en relevant la tête.

— Une bagarre de loups… ce n'est rien. Les Lykae guérissent très vite.

— Une bagarre de loups-garous ?

— Non, des loups normaux. Ils avaient acculé Jillian, la femme qui avait disparu.

— Alors tu l'as retrouvée ?

— Oui, elle est de retour au chalet.

Il tendit la main et lui caressa les cheveux. Il la désirait désespérément. Mais il devait d'abord comprendre pourquoi elle était partie ce matin.

— Écoute, Faye, dit-il, j'ai besoin que tu me dises la vérité sur la raison de ta fuite.

Elle gémit, replongeant son visage dans les couvertures.

Il lui frappa la fesse.

— Je vais te donner la fessée jusqu'à ce que tu craches le morceau.

Comme elle ne disait rien, il appuya sa main dans le bas de son dos et commença à frapper ses fesses magnifiques. La rougeur d'avant s'était estompée pour ne laisser qu'une légère teinte rosée, mais elle poussa un cri comme si elle avait encore mal.

— C'était à cause de ce qui s'est passé dans mon lit ?

Il frappa la chair sous le plug anal.

— Oui ! haleta-t-elle.

— Tu ne voulais pas que je te touche de cette façon ?

— Si !

— Alors, quoi ?

— J'ai peur ! gémit-elle.

Oh, douce petite fée. Il arrêta de la fesser et massa la zone.

— De quoi est-ce que tu as peur ?

— De coucher avec toi, avoua-t-elle, des larmes dans la voix.

Il eut envie de se frapper lui-même. Il se pencha sur le lit à côté d'elle pour voir son visage, qui était enfoui dans les couvertures. En tirant sur ses cheveux, il tourna son visage vers lui. Elle fondit en larmes.

— Je pensais que tu avais apprécié le plaisir que je t'ai donné ce matin.

— C'est le cas.

— Alors, pourquoi est-ce que c'est effrayant ?

— Parce que, sanglota-t-elle, je vais perdre mes pouvoirs, et alors je ne pourrai plus jamais retransformer tes pieds, et comment pourrais-tu me pardonner ?

Oh. Oh, putain. Il n'en avait aucune idée. Pas étonnant qu'elle lui envoie des signaux contradictoires à propos du sexe.

— Chut. Ne pleure pas, ma belle.

Il essuya ses larmes avec son pouce. Il lui embrassa le front, la joue, le nez.

— Qu'est-ce que tu veux dire par « perdre tes pouvoirs » ?

Elle renifla.

— Les fées perdent leurs pouvoirs quand elles font l'amour.

Il plissa les yeux.

— Qui t'a dit ça ?

— Mon père.

— Mais ton père n'est pas une fée, n'est-ce pas ?

Elle se redressa sur ses avant-bras avec un air de frustration.

— Oui, mais il était marié à une fée !

— Donc ta mère n'a jamais eu de pouvoirs, dans tes souvenirs ?

Elle parut confuse.

— Eh bien…

— Y a-t-il quoi que ce soit dans son journal sur les fées qui perdent leurs pouvoirs après avoir fait l'amour ?

— Non…

— Quel âge avais-tu quand ton père t'a dit ça ?

Elle fronça les sourcils.

— Quatorze ans, je suppose.

— Mm-hm, dit-il.

— Quoi ?

— Faye… si j'avais une fille qui te ressemblait à quatorze ans, j'inventerais peut-être aussi une histoire pour l'empêcher de coucher trop tôt.

Faye parut indignée.

— Tu penses que ce n'est pas vrai ?

Il haussa les épaules.

— Encore une fois, je dois souligner que le souverain des fées est Pan, le dieu de la débauche.

Il posa sa main sur sa fesse et caressa ses courbes alléchantes. Il laissa ses doigts effleurer sa chatte mouillée.

— Quand je suis entré, j'ai senti ton excitation, Faye, dit-il d'un ton bas et séducteur.

Elle gémit, son corps s'immobilisant comme si elle guettait son contact.

— Tu ne sais pas à quel point je te veux.

Il glissa son doigt sur sa fente, étalant son nectar tout autour. Il sentit ses jambes commencer à trembler et ses fesses se cambrer pour lui donner un meilleur accès.

— Est-ce que tu me veux aussi, Faye ?

— Ouiii.

— Dis-le.

— Je te veux, Cade. S'il te plaît.

Il adora le besoin dans sa voix. Il se leva pour prendre un préservatif dans son portefeuille et elle se retourna pour le regarder.

— Mais si je perds mes pouvoirs ?

— Quelle partie du sexe, selon toi, provoquerait ça ? Parce que tu as déjà eu un orgasme, et tu ne les as pas perdus. Et je t'ai pénétrée avec mes doigts, et tu ne les as pas perdus. Qu'est-ce qui te fait penser que ce sera différent avec ma bite ?

Le pli entre ses sourcils se creusa.

— Peut-être que c'est le sperme ? Peut-être que tu ne devrais pas jouir en moi ?

Il rayonna et leva le préservatif.

— Dans ce cas, je m'occupe de tout.

— Ok, mais pour tes pieds ? Et si je perds mes pouvoirs et que je ne peux pas les retransformer ? Ou même si je ne perds pas mes pouvoirs, mais que je ne trouve jamais comment réparer mon erreur ? Alors ?

Ses yeux se remplirent de nouveau de larmes.

Il se pencha de nouveau sur le lit à côté d'elle et lui prit le visage en coupe.

— Alors on trouvera une solution, ensemble. On trouvera une autre fée, ou je me ferai opérer. On s'en sortira. Je te pardonne, que tu puisses le réparer ou non.

— Tu es sûr ?

Il lui attrapa l'arrière de la tête et fit ce qu'il mourait d'envie de faire depuis qu'il avait ramené Faye chez lui. Il prit possession de sa bouche, l'embrassant profondément. Ses lèvres s'entrouvrirent pour lui, glissant sur les siennes, avec hésitation. Il glissa sa langue dans sa bouche et elle gémit.

Elle roula sur le dos et enroula ses bras autour de son cou, l'incitant à continuer. Le feu crépitait et rugissait dans la cheminée. La pièce semblait rougeoyer de rose.

Son loup était juste à la surface, impatient de s'approprier la petite fée. Un grognement monta dans sa gorge. Il se détacha et la repoussa sur le ventre.

— Si j'attends plus longtemps, je vais exploser.

Il la plaça de nouveau sur le bord du lit.

— Écarte ces longues jambes, petite esclave. Je te prends par-derrière, parce que je suis un homme à fesses, si tu ne l'avais pas deviné.

Elle laissa échapper un rire rauque et remua ses fesses d'un côté à l'autre, rendant la bête en lui folle de désir.

Après avoir enfilé le préservatif, il se glissa dans son canal étroit et humide, prenant son temps pour lui permettre de s'habituer à l'étirement.

— Ça va, petite fée ? demanda-t-il quand il fut complètement entré.

Il commença à bouger, glissant d'avant en arrière dans un rythme lent.

— Oui, souffla-t-elle.

Il ferma les yeux pour se forcer à garder le contrôle, mais les sensations étaient trop bonnes. Être en elle rendait son loup fou.

Il alla un peu plus vite, un peu plus fort.

Elle cria ce qui semblait être du plaisir, mais il devait vérifier.

— Ça va toujours, ma belle ?

— Oui ! Baise-moi, Cade. Baise-moi plus fort.

Quoi ? Merde. Apparemment, les fées *adoraient* le sexe.

Son loup devint fou.

Il rugit, attrapa une poignée de ses cheveux et se rua contre elle, oubliant la douceur dans son élan instinctif pour la posséder.

— Oui !

Grands dieux. Elle était en train de le tuer. Il lui fallut toute sa volonté pour ne pas laisser la bête sortir et la marquer comme sienne. Il ferma les yeux et pompa en elle tout en essayant d'inspirer de profondes bouffées d'air purifiant.

— Pas de préservatif ! Pas de préservatif, pas de préservatif, pas de préservatif, Cade !

Il hésita, son cerveau enregistrant lentement ses mots. Il avait mis le préservatif. Oui, il se souvenait très bien de l'avoir mis. Avait-il glissé ?

— Hein ?

— Enlève-le ! Je ne veux pas du préservatif. Baise-moi pour de vrai, Cade.

Oh, grands dieux.

Il pencha son torse sur son dos et passa ses bras autour d'elle pour lui pincer les deux tétons en même temps.

— Qu'est-ce que tu as dit ? souffla-t-il dans son oreille.

FAYE

— Tu m'as entendue, haleta Faye.

Elle ne pouvait pas l'expliquer, mais quelque chose en elle lui hurlait de retirer cette barrière de leur chemin.

— Faye.

Il y avait un grognement animal dans sa voix. Il lui pinça les tétons plus fort, faisant spasmer sa chatte tandis qu'elle poussait un cri aigu.

— Faye, je ne peux pas me retenir. Si j'enlève ce préservatif, je vais te baiser pour de vrai, et tu n'as aucune idée de ce que ça veut dire.

— Je m'en fous. Je veux qu'il soit enlevé. Baise-moi pour de vrai.

Il lui tira de nouveau la tête en arrière par les cheveux.

— Faye, grinça-t-il à son oreille, je vais te marquer avec mes dents… je vais faire de toi la mienne, pour toujours.

Il se retira et percuta de nouveau ses hanches, martelant sa paroi intérieure de toute sa longueur.

Ses yeux se révulsèrent de plaisir.

— Les loups s'accouplent pour la vie, ma douce fée. Ça veut dire que je ne te laisserai jamais, jamais partir. Plus jamais. Tu comprends ?

Il enfonça de nouveau sa bite en elle.

— Maintenant, Cade, sanglota-t-elle. Fais-le maintenant !

Avec une vitesse animale, il s'arracha d'elle, jeta le préservatif par terre et entra de nouveau, la pénétrant si fort qu'elle crut qu'il allait la fendre en deux.

— Fais-le, Cade, pleura-t-elle, incertaine de ce que « le » signifiait, mais le voulant de chaque fibre de son être.

Il la pilonnait, ses reins frappaient ses fesses, ses doigts agrippaient ses hanches avec une force qui allait lui laisser des bleus.

Elle entendit un terrible grondement et des dents se refermèrent sur son épaule, une prise bien trop large pour une mâchoire humaine. La prise ne perça pas sa peau, mais l'immobilisa, son corps entier devenant flasque et docile tandis que Cade continuait de la percuter, chaque coup enfonçant plus profondément le plug anal en même temps que sa bite la remplissait. Son besoin avait atteint une ardeur fiévreuse, mais la prise du loup lui donna la sensation d'être hors de son corps, si bien qu'elle ne pouvait pas réagir.

Juste au moment où elle pensait qu'elle allait mourir si elle n'obtenait pas de libération, il gronda et planta ses dents dans sa chair, perçant sa peau. Ça ne fit pas mal du tout – son corps l'enregistra comme du pur plaisir.

La pièce sembla se remplir d'une vive lumière blanche. Son corps entier se cambra alors que des vagues successives de libération orgasmique le secouaient. Cade jouit en elle, la remplissant de flots de son essence brûlante.

Elle frissonna et se contracta autour de sa bite, la trayant pour en obtenir plus.

Cela sembla durer des minutes. La pièce tournait. Quand l'orgasme cessa enfin et que son corps devint mou, Cade se retira et grimpa sur le lit pour la tirer dans ses bras. Elle enfonça ses ongles dans sa peau et convulsa encore.

Quand l'apogée s'estompa, le son du petit rire de Cade lui fit ouvrir les yeux. Elle eut un hoquet de surprise. On aurait dit un rêve. Ils flottaient à près d'un mètre dans les airs. Ou plutôt, le lit flottait avec eux dessus. En fait, il semblait que tous les meubles de la pièce flottaient. Sa béatitude avait tout rendu léger.

— Alors, qu'en penses-tu, Faye ? gloussa Cade. Tu as perdu tes pouvoirs ?

Elle cligna des yeux. Pour tester, elle envoya l'intention que tout sauf le lit retourne à sa juste place dans la pièce. Une série de chocs et de claquements suivit alors que les meubles obéissaient instantanément.

Sa bouche tomba et elle regarda Cade, un large sourire sur le visage.

— Où est ma baguette ? murmura-t-elle.

Il glissa du lit et franchit la distance jusqu'au sol, puis il alla chercher sa baguette qui gisait toujours dans la salle de bain avec son tas de vêtements. Quand il revint, il sauta sur le lit. Elle prit la baguette et retint son souffle, appelant le pouvoir par le sommet de sa tête, remplissant son cœur, s'écoulant dans son bras et à travers la baguette. Elle visualisa ses pieds, entièrement restaurés, et projeta l'image par le bout de la baguette avec une énorme bouffée de pouvoir.

Cade poussa un cri de douleur et elle eut un hoquet de peur, mais les palmes se transformèrent en pieds sous leurs yeux. Il remua les orteils en fronçant les sourcils.

— Euh.

— Oh, merde ! dit-elle, réalisant que son pied gauche sortait de sa jambe droite et vice versa.

Elle réessaya, envoyant l'image la plus claire qu'elle pouvait produire par sa baguette.

Quand elle ouvrit les yeux, Cade rayonnait.

— Tu as réussi. Tu vois ? Tu as une magie puissante, dit-il.

— Tout ce dont j'avais besoin, c'était toi.

— Tu es si parfaite. Tu es tout ce dont j'avais besoin, moi aussi.

Il prit son visage dans ses mains et l'embrassa doucement.

— Tu es à moi maintenant, Faye. J'espère que tu le comprends.

Elle hocha la tête, sa vision devenant floue avant qu'elle ne cligne des yeux.

— Je suis à toi.

Il sourit.

— Tu peux toujours m'appeler « maître » si tu veux.

Elle lui frappa le bras et il la tira sur ses genoux pour lui donner quelques petites fessées avant de retirer doucement le plug. Il le jeta sur le sol bien plus bas et tira sa compagne dans ses bras.

— Tu devras faire attention à ce que tu fais parce que comme tu l'as peut-être deviné, maître/esclave est un jeu que j'aime beaucoup.

— Toi, tu devras faire attention sinon tu te retrouveras avec des pieds palmés, le taquina-t-elle en retour.

Il la retourna et commença à la fesser jusqu'à ce qu'elle se tortille.

— Je peux toujours donner la fessée avec des pieds palmés. Tu aurais plus de chance en faisant disparaître mes mains.

Elle rit en essayant de couvrir ses fesses.

— Arrête, méchant !

Il se pencha et lui embrassa la fesse, sa barbe piquant sa peau attendrie.

— Je t'aime, Faye.

Elle se redressa et s'assit à califourchon sur son homme en jetant ses bras autour de son cou.

— Savais-tu que j'ai le béguin pour toi depuis le premier jour où tu m'as montré mon logement ? C'est pour ça que je me transformais toujours en gourde bégayante chaque fois que tu approchais.

Il sourit.

— Tu venais m'écouter jouer.

Elle se redressa.

— Tu me voyais ?

Il hocha la tête.

— Pourquoi est-ce que tu ne m'as jamais parlé ?

Elle secoua la tête.

— Tu avais toujours des groupies qui te collaient.

— Tu ne vas pas être jalouse, j'espère ? Parce que tu n'as pas besoin de l'être. Je ne m'accouple qu'avec une seule femme.

— Alors, est-ce que tu... tu n'as pas fait ça à quelqu'un d'autre ?

Il secoua la tête.

— Non, je n'ai marqué aucune autre femme. Faye, tu portes mon odeur maintenant, donc tous les autres loups sauront que tu es mienne. Je te protégerai au péril de ma vie, je t'honorerai, je prendrai soin de toi, je te chérirai... et je te donnerai la fessée.

Il remua les sourcils.

Elle se pencha en avant et l'embrassa.

— Alors, maintenant que tu peux montrer tes pieds en public, tu vas me laisser sortir de cette chambre ?

— Absolument.

Il se dirigea vers le bord du lit, puis s'arrêta.

— Oh.

Elle rit et se concentra pour faire descendre le lit. Il tomba à une vitesse alarmante, et elle poussa un cri strident en s'agrippant au bras de Cade.

— Ça demande un peu de pratique, la taquina-t-il en balançant ses jambes par-dessus le bord du lit.

Il ramassa le plug anal par terre.

— Je vais prendre une douche rapide pour nettoyer ces blessures. Ça te dit de me rejoindre ?

Elle dévora des yeux son magnifique corps musclé, s'imaginant le savonner.

— Et comment !

Elle passa en courant devant lui en claquant ses fesses musclées.

CHAPITRE DIX-NEUF

J ILLIAN

Vêtue de sa chemise de nuit et agenouillée comme il le lui avait ordonné, Jillian attendait Bertram dans sa chambre, se tordant les mains nerveusement. Le bruit de la porte qui s'ouvrait la fit sursauter. Il entra, referma derrière lui et la souleva dans ses bras.

— J'ai eu peur, aujourd'hui. J'ai cru que je t'avais perdue.

Il lui serra si fort la taille qu'il lui broya presque les côtes, et elle eut du mal à respirer.

Elle prit une profonde inspiration et se blottit dans ses bras lorsqu'il relâcha enfin son étreinte.

— Je suis désolée de t'avoir fait peur. J'étais complètement perdue, et je n'ai pas réfléchi. J'ai juste pris la fuite.

Il l'embrassa sur le front.

— Ma douce, je suis vraiment désolé pour tout ça.

— Tu aurais dû me dire la vérité et me laisser prendre ma propre décision.

Elle le foudroya du regard.

— Tu as raison. Nous devons être francs l'un envers l'autre. Désolé pour ça, dit-il.

— Enfin, je sais que j'ai surréagi. J'aurais dû venir te voir plus tôt.

— À partir de maintenant, parle-moi quand tu as un problème et—

— Et j'utilise mes mots, c'est ça ? l'interrompit-elle en souriant devant son expression satisfaite.

— C'est exact, ma petite. Des mots. Tu m'as donné quelques cheveux blancs aujourd'hui.

Elle gloussa devant son air faussement renfrogné.

— Bon, finissons-en avec ça, soupira-t-il en remontant ses manches au-dessus de ses poignets, jusqu'à ses biceps massifs. Penche-toi sur le lit, Jillian.

Elle posa le haut de son corps sur le lit et écouta pendant qu'il se préparait pour sa punition. Elle savait qu'elle la méritait et accepterait tout ce qu'il ferait, mais elle se tendit lorsqu'il s'avança derrière elle, souleva sa chemise de nuit et abaissa sa culotte en coton jusqu'à ses genoux. L'air était froid, elle frissonna malgré elle et se raidit immédiatement quand elle sentit quelque chose de frais et d'humide entre ses fesses.

— Détends-toi.

Il posa sa large paume sur son fessier, le massa et le pressa en écartant doucement ses joues.

Elle gémit et tenta de rester détendue pendant qu'il explorait délicatement sa zone la plus intime. Personne n'avait jamais vu ni touché cette partie de son corps, et la sensation était étrange. Elle déglutit et essaya de calmer sa respiration. Elle sentit quelque chose de froid et d'humide glisser le long de la raie de ses fesses et elle serra les fesses.

— Pas de ça, vilaine fille, la gronda-t-il en lui donnant une volée de petites fessées.

Elle se détendit et le sentit de nouveau presser contre elle. C'était froid, ferme et lisse.

— C'est une racine de gingembre, expliqua-t-il nonchalamment en la faisant glisser lentement dans son trou étroit.

— Oh !

Elle se tortilla et essaya de relâcher ses muscles alors qu'il l'enfonçait plus loin jusqu'à ce qu'elle soit complètement en place. Elle contracta son anus autour de l'objet et sentit la chaleur monter progressivement. Elle se sentait rougir, vulnérable et si chaude. Son corps tout entier s'échauffa tandis que la racine la réchauffait de l'intérieur.

Il lui donna quelques petites tapes et se pencha pour l'embrasser sur le front.

— Ne bouge pas de cette position, ma petite. Je reviens.

Puis il se releva et quitta la pièce. Il l'avait laissée ! Penchée sur un lit, les fesses nues à la vue de quiconque pourrait entrer. Et elle avait une racine profondément enfoncée dans son derrière. S'il existait un moyen de se sentir encore plus vulnérable, elle ne voyait vraiment pas lequel.

La chaleur continua de monter en elle rapidement, et elle gémit en se frottant contre le doux édredon. Elle sentit le filet de liquide chaud couler le long de sa jambe alors que ses deux endroits les plus intimes s'échauffaient. Elle était si excitée, mais cela devenait aussi intense. Combien de temps pourrait-elle encore tenir ? Elle ondula ses hanches de haut en bas, essayant de soulager une partie de cette pression brûlante. *Combien de temps encore ?* Elle gémit à voix haute et tenta de reprendre son souffle affolé.

Quand il ouvrit la porte et la vit serrer les fesses et se frotter au lit, il eut un petit rire et la gronda.

— Vilaine fille. Ta punition t'excite ?

Elle tourna la tête vers lui.

— S'il te plaît.

Il caressa son derrière brûlant avec amour et lui donna une claque sèche.

— S'il te plaît, quoi ?

— S'il te plaît, fais-moi jouir, maître.

Elle pouvait entendre la supplication dans sa propre voix.

— Je ne sais pas. Tu es plutôt sexy avec ce morceau de gingembre qui sort de ton cul de vilaine fille et ta chatte qui dégouline d'excitation.

Il étala les fluides et pressa un doigt dans son intimité humide.

— Oh mon Dieu, s'il te plaît, Bertram ! Je serai sage, s'il te plaît. C'est trop chaud. Je n'en peux plus. Je dois… Je dois…

— Ceci est une punition, Jillian.

Il haussa un sourcil.

— Il ne s'agit pas de ton plaisir, mais du mien. Tu m'as fait du mal en t'enfuyant aujourd'hui.

— Je suis désolée, sanglota-t-elle.

— Plus jamais ça, Jillian.

— Non, maître. Plus jamais. Non, maître !

Lorsqu'il retira le morceau de son postérieur incandescent, elle faillit pleurer en s'affaissant sur le lit.

BERTRAM

Il avait voulu que ce soit une punition, mais il était impossible pour lui de se retenir plus longtemps. La vue de son cul nu en train de se contracter autour du gingembre, de ses jambes luisantes de ses jus, et la façon dont elle avait frotté sa chatte gonflée contre le lit… il devait être en elle. Maintenant.

Il caressa sa peau douce et claqua une fesse, puis l'autre, regardant le rose monter sur son magnifique derrière pendant qu'elle se balançait d'avant en arrière. Elle donna des coups de pied et gémit, et il vit sa belle chatte suinter, suppliant d'être libérée. Il se pencha en avant et prit une profonde inspiration, s'imprégnant de l'odeur de son excitation. Il effleura son bouton gonflé, et elle cria d'extase.

Il la jeta sur le dos et regarda ses pupilles se dilater alors qu'il attrapait ses poignets pour les presser contre le matelas au-dessus de sa tête. Elle frissonna et déglutit difficilement, et l'odeur de son excitation s'intensifia.

— Je te veux, Jillian, gronda-t-il.

— Je… je te veux aussi, balbutia-t-elle dans un état mêlant excitation et autre chose.

De la peur ?

— Si je te prends maintenant, ça va être brutal, dur. J'ai besoin de m'accoupler avec toi, de te revendiquer comme mienne.

Il marqua une pause pour évaluer sa réaction, mais son regard ne vacilla pas.

Elle releva la tête et le regarda droit dans les yeux.

— Je suis à toi, tu peux me revendiquer.

— Pour toujours ? Jusqu'à ce que la mort nous sépare ?

— Que dirais-tu de « et ils vécurent heureux » ? rayonna-t-elle, ses yeux brillant d'amour.

Il gronda et se frotta contre sa joue.

— Merci. Cette partie va satisfaire mes pulsions animales. Je vais te marquer et te revendiquer comme mienne.

— Je comprends, acquiesça-t-elle.

— Je te promets que je ne te ferai aucun mal.

Il sentit sa peur.

— Revendique-moi, Wolfe, souffla-t-elle en pressant son entrejambe contre le sien.

Il gronda et déchira sa chemise de nuit par le milieu, livrant son corps nu à sa merci. Il baissa son jean et son sexe jaillit. Ses instincts animaux prirent le dessus, exigeant de conquérir et de revendiquer ce qui était à lui.

Sa. Compagne. Destinée.

Il garda à peine le contrôle en saisissant ses hanches et en la tirant vers lui. Le loup en lui l'appelait, plus fort que jamais, à tout abandonner sauf le besoin. La voix de sa compagne chantait pour lui, le suppliant de la conquérir de toutes les manières possibles, et son sang se mit à bouillir tandis que son corps tremblait d'une rage passionnée.

Il croisa son regard et, d'un seul coup de reins, empala son fourreau étroit. Ses cris furent aussi forts que ses propres hurlements alors qu'il pompait en elle, ne connaissant plus rien d'autre que son côté animal. Il lui tira la tête sur le côté, enfonça profondément ses crocs dans son cou, et inspira son essence. Elle s'affaissa sur le matelas pendant qu'il léchait sa blessure et la baisait, mêlant son âme à la sienne. Il rugit en jouissant, la pénétrant avec force et rapidité, jusqu'à ce qu'il n'ait plus rien à donner et s'effondre sur elle.

Ils étaient accouplés.

Il retira ses crocs et pressa ses lèvres sur l'endroit qu'il avait mordu. Elle frémit et gémit doucement tandis que ses sens revenaient peu à peu. Il se retira d'elle avec précaution et la regarda grimacer.

— Désolé.

Il embrassa ses yeux rouges et remplis de larmes.

— Ça va ?

— Oui, oui, acquiesça-t-elle, essayant toujours de reprendre son souffle. Tu avais raison.

Une vague de terreur glacée le submergea. Elle le détestait, détestait ce qu'il était, ce qu'il lui avait fait.

— Je suis tellement désolé, Jillian.

Il se dégagea de son corps et tenta de s'asseoir, mais elle le ramena rapidement à elle.

— Regarde-moi, dit-elle avec une autorité qui rappelait leur moment dans la salle de jeux de Belle-mère. Je ne suis pas en colère. Tu m'avais prévenue de ce que ce serait. Et oui, ça a fait très mal.

Il grimaça.

— Mais ça ne m'a pas blessée.

Elle le regarda au plus profond des yeux et le tira vers elle pour pouvoir l'embrasser sur le front.

— Je vais bien.

Il sentit quelque chose de salé sur ses lèvres et sentit les gouttes chaudes glisser sur ses joues.

— Je ne peux pas être quelque chose que je ne suis pas. Parfois, j'aurai peut-être besoin de—

Sa tête fut brusquement tirée en arrière par la poigne ferme de Jillian dans ses cheveux.

— Je le sais, Wolfe. Et parfois, j'aurai besoin d'être fessée ou punie. Ça ne veut pas dire que ça ne fera pas mal. Mais je sais dans mon cœur que tu ne me blesseras jamais vraiment. Tu comprends ?

Il rit et pleura à la fois devant la beauté de ce qu'elle venait de dire. Sa partenaire était parfaite pour lui.

— Oui, maîtresse. Je comprends.

Elle relâcha ses cheveux et l'embrassa avec faim, dévorant ses lèvres.

— Bien. Maintenant, ressaisis-toi. Et prends-moi comme j'ai besoin d'être prise.

Son regard s'abaissa et elle grimaça.

— Un peu plus doucement cette fois ? murmura-t-elle.

— Je serai doux, ma petite.

Il la prit dans ses bras et la serra fort contre son corps.

— Je serai doux.

JILLIAN

Elle leva le regard vers les yeux sombres de son nouveau mari, son partenaire, et elle sentit l'amour l'envahir. Elle avait été si farouchement opposée au mariage quand Jake et elle avaient commencé leur périple la semaine précédente. Mais tant de choses avaient changé depuis, et elle avait finalement eu la chance de trouver un homme qui était aussi fort qu'elle.

Elle tendit le cou et gloussa alors qu'il la mordillait et l'embrassait, parcourant ses oreilles, sa gorge, jusqu'à sa bouche. Cet homme était fort et courageux, et aussi compatissant et gentil. Elle aimait les éclats ambrés qu'elle voyait dans ses yeux quand il était en colère ou excité, les rides autour de ses yeux et de sa bouche quand il souriait, le son magnifique de son rire. Il était à elle. Et il savait comment la faire réagir d'un seul regard. D'un seul contact. Et sa domination, la façon dont il la fessait, était quelque chose qu'aucune entremetteuse n'aurait jamais pu trouver pour elle. Était-ce un rêve ?

Elle ferma les yeux et miaula de plaisir lorsqu'il s'agenouilla entre ses jambes et embrassa son point sensible. Sa langue était rêche et délicieusement merveilleuse alors qu'il léchait et caressait son chemin vers son premier orgasme foudroyant.

— Désolé que tu n'aies pas eu droit à ça la première fois.

Il releva la tête d'entre ses jambes et mordilla l'intérieur de sa cuisse.

Elle gloussa et appuya sa tête pour la ramener là où elle voulait son attention.

— Tu en veux encore ?

Il lâcha un grondement rauque et lécha le centre de son intimité.

— Oui. S'il te plaît, gémit-elle alors qu'il prenait l'un de ses tétons et commençait à le faire rouler entre ses doigts tout en la léchant et la caressant de sa langue.

Quand il prit son bouton sensible dans sa bouche et le suça fort, elle cria et vit des étoiles. *Incroyable.* Une telle sensation, alors que des vagues de plaisir la submergeaient les unes après les autres.

Elle aimait à quel point il était attentif à ses besoins. Il semblait lire chaque miaulement, chaque cambrure de son dos, chaque gémissement lascif. Elle le voulait de nouveau en elle. Elle tira sur lui, et il glissa sur son corps, léchant et embrassant lentement son chemin jusqu'à sa bouche.

— Tu es prête, ma douce ?

Elle hocha la tête et écarta les jambes en une invitation ouverte, aimant le regard approbateur qu'il lui lança. Il se lécha les lèvres et la dévora des yeux, la faisant se sentir désirée et belle. Puis il se positionna au-dessus d'elle, cette fois en gardant son poids hors de son corps alors qu'il pressait lentement contre son entrée sensible.

— Ça va ?

Ses yeux brillaient d'inquiétude.

— Oui, sourit-elle. C'est comme un conte de fées.

Il entra en elle et lui fit lentement l'amour en l'embrassant, ses yeux ne quittant jamais les siens. Elle se délecta de la sensation de sa chaleur et de sa force alors qu'il prenait lentement ce qu'elle offrait. Son corps, son âme et son cœur étaient à lui, à commander, à protéger, à aimer.

Et quand elle redescendit enfin des hauteurs vertigineuses de l'émotion, elle pleura dans ses bras. C'était vraiment son moment « et ils vécurent heureux », en sécurité dans les bras de l'homme qu'elle aimait.

ELLE SE RÉVEILLA quelques heures plus tard et le vit sortir de la douche. Son partenaire avait l'air paisible, heureux et sexy en diable avec rien de plus qu'une serviette, son corps encore dégoulinant et les boucles sombres sur sa poitrine scintillantes.

— Bonjour, madame Wolfe.

Il s'avança et l'embrassa sur les lèvres.

— C'est l'heure de dîner. Tu veux aller manger ?

Elle gémit et se tourna sur le côté. Son corps était endolori par les activités de la journée.

— Ça te dérange si je reste ici ? Je suis un peu fatiguée.

Il lui caressa la joue.

— Bonne idée. Tu as eu une journée assez longue.

Il lui embrassa le front.

— Je vais nous chercher quelque chose à manger, et on pourra dîner au lit.

— En fait, si ça ne te dérange pas, j'aimerais vraiment dormir. Va dîner, vois comment vont les invités, fais tout ce que tu as à faire. Je vais rester ici, d'accord ?

Elle sentait déjà la fatigue s'accumuler de nouveau dans son corps plein de courbatures, mais amoureusement utilisé.

— D'accord. Je remonte dans un petit moment, et je t'apporterai quelque chose au cas où tu te réveillerais.

— Merci. Je t'aime.

Elle se blottit de nouveau dans les couvertures.

— Je t'aime aussi…

Il commença à dire autre chose, mais elle ne l'entendit pas. Elle rêvait déjà de puits et de collines, de meilleurs amis, et d'un bel homme loup qui la fessait et lui donnait l'impression d'être la plus belle femme du monde. C'était son conte de fées à elle.

CHAPITRE VINGT

FAYE

Cade et Faye sortirent de leur douche, bien savonnés et bien plus intimes qu'ils ne l'étaient avant d'y entrer. Ses vêtements avaient séché depuis que Cade les lui avait arrachés ce matin, et elle les remit, se sentant nerveuse à l'idée de descendre.

— Ne t'inquiète pas, dit Cade, sentant son appréhension. Reste avec moi, d'accord ?

Elle toucha du bout des doigts le pendentif en améthyste qu'il lui avait donné et elle hocha la tête, le laissant la guider hors de la chambre, la main posée au creux de ses reins. Quand ils arrivèrent en bas de l'escalier, il la conduisit dans une salle à manger. Un bel homme s'approcha avec un large sourire.

— Voici mon cousin Bertram, le propriétaire des lieux. B, je te présente Faye.

Bertram lui prit la main et elle le dévisagea, se demandant s'il était un métamorphe comme Cade. Il lui serra la main et la renifla, répondant à sa question.

— Tu es liée, dit-il d'un air surpris, ses yeux se tournant vivement vers le visage de Cade.

Cade afficha un sourire penaud.

— Ouais. Ça vient de se faire. Je ne suis pas sûr qu'elle sache dans quoi elle s'embarque, mais elle est à moi, que ça lui plaise ou non.

Il passa la main derrière elle et lui pressa la fesse.

Elle lui donna un coup de coude dans les côtes en rougissant.

— Ça me plaît, marmonna-t-elle.

— Bienvenue dans la famille, Faye, dit Bertram.

Il se tourna vers Cade.

— Je viens de me lier aussi.

Cade parut aussi stupéfait que Bertram.

— Jillian ?

Le métamorphe hocha la tête.

— Comment a-t-elle survécu à sa frayeur d'aujourd'hui ?

— Elle dort maintenant après toutes ces émotions, mais je vous la présenterai demain. Venez vous joindre à ma table ce soir, vous pourrez rencontrer certains des autres invités.

Bertram les conduisit à une grande table dans la salle à manger, où plusieurs personnes étaient déjà assises.

— Voici Jake, mon nouveau beau-frère, indiqua-t-il en désignant le beau jeune homme qui se leva pour leur serrer la main. Il a pris Coral comme soumise.

Une superbe rousse dans une robe moulante au décolleté plongeant se leva et leur serra la main. Elle semblait nerveuse, les pupilles dilatées et les joues rouges.

— Cade, tu connais déjà Redd, ma « petite ». Redd, voici Faye, la compagne de Cade.

— Bien combattu aujourd'hui, Cade, dit la fille en Lycra rouge avec un grand sourire, lui proposant un check du poing.

Elle fit un petit signe de la main à Faye.

— Enchantée de te rencontrer, Faye.

Les mains de la fille glissèrent vers son derrière comme si elle venait de recevoir une fessée. Ce qui, vu l'endroit où ils se trouvaient, semblait fort probable.

Une jolie serveuse blonde s'approcha.

— Voici Cindy, dit Bertram.

Faye leva les yeux vers la jeune femme, une sensation de picotement parcourant son corps.

Cindy fit une révérence.

— Salut ! lança-t-elle. Enchantée de vous rencontrer !

Elle était puérile, sans pour autant être une enfant. Faye ressentit un instinct maternel et protecteur très net envers elle.

— Comment va Jillian ? demanda Cindy avec inquiétude.

— Elle va bien. Elle se repose après toutes ces émotions, répondit Bertram.

Faye observa la jeune femme à l'air innocent, elle pouvait sentir quelque chose de sombre dans son passé.

Elle est brisée. La pensée lui traversa l'esprit sans raison. *Elle est brisée et tu dois l'aider à se réparer.*

CHAPITRE VINGT-ET-UN

ORAL

Coral se redressa sur sa chaise et essaya de trouver une position confortable qui ne laisserait pas paraître qu'elle avait un problème. Elle jeta un coup d'œil autour de la table et remarqua que Redd la dévisageait avec curiosité. Elle sentit son visage s'empourprer et détourna le regard.

Elle était assise à table à côté de Jake, en compagnie de M. Wolfe et de Redd. Un autre couple les avait également rejoints, mais Coral n'arrivait pas à se souvenir de leurs noms pour le moment. Une petite blonde et un type baraqué au look de rockeur. Ils avaient l'air sympathiques, mais elle n'arrivait pas à se concentrer sur la conversation. Elle comprit que l'intention de Jake avait été de retenir son attention, mais sa méthode la laissait plus déconcentrée que d'habitude. Elle aurait dû tenir sa langue.

Avant de quitter la chambre pour le dîner, elle avait commencé une dispute avec Jake. Elle ne pouvait pas expliquer ce qu'elle avait ressenti, mais elle était d'humeur massacrante et s'était emportée. Elle était si soulagée que Jake soit revenu indemne, surtout après avoir entendu parler de la bagarre avec les loups, mais son soulagement s'était changé en colère à l'idée qu'il ait pu être en danger. Trop d'émotions en une seule journée pour une fille qui aimait régulièrement se déconnecter de la vie réelle. Cet homme la forçait à ressentir des émotions avec lesquelles elle n'était pas à l'aise. Elle avait vraiment besoin de lui parler, mais elle avait gâché sa chance avant le dîner.

Il faisait de son mieux pour paraître outré par sa réaction excessive, mais elle voyait l'amusement danser dans ses yeux. Comme ils étaient déjà en retard, il avait décidé qu'une punition créative serait de lui faire porter des pinces à tétons pour le reste de la soirée. Alors voilà où elle en était. Ses fesses lui faisaient encore mal à cause de la ceinture, sa chatte était endolorie par leurs ébats précédents, et maintenant ses tétons lançaient sous sa robe décolletée.

La main de Jake se posa sur sa cuisse et la serra. Il était en pleine conversation avec M. Wolfe, et elle n'avait pas la moindre idée de ce dont ils parlaient.

Redd croisa de nouveau son regard et lui fit signe de la suivre.

— Je dois aller au petit coin, dit-elle à M. Wolfe. Coral, viens avec moi.

— Je peux me joindre à vous ? Je ne sais pas où c'est, intervint la blonde.

Jake et M. Wolfe leur firent un signe de tête, interrompant à peine leur conversation, mais le petit ami rockeur de la blonde l'attrapa, la tira vers lui et lui murmura quelque chose avant de la relâcher. Elle lui sourit en se levant. Coral connaissait ce sourire, et elle se détourna, ayant l'impression de s'immiscer dans un moment d'intimité.

Redd lui attrapa le coude et la guida vers l'entrée de la salle à manger, la blonde les suivant de près.

— Qu'est-ce qui t'arrive ce soir ?

— Rien ! Pourquoi ? On dirait qu'il y a un problème ? demanda Coral.

Redd ricana à sa réponse.

— Oui, un tout petit peu. Tu as à peine dit deux mots de toute la soirée, et tu n'arrêtes pas d'avoir ce regard langoureux et ailleurs.

— Oh, désolée. Je suis juste fatiguée, mentit-elle.

— Ils peuvent être épuisants, dit la blonde en levant les yeux au ciel, et Coral éclata de rire.

— Comment tu t'appelles, déjà ? demanda Coral.

— Faye. Faye Godmeyer.

Elle lui tendit la main pour la serrer.

— Cade est le cousin de M. Wolfe.

Coral prit sa petite main dans la sienne, reconnaissante de ne pas avoir à s'humilier une deuxième fois en demandant le nom du rockeur.

— Je suis Coral. Jolies chaussures.

Elle hocha la tête dans sa direction.

— J'aime bien tes tatouages, répondit Faye.

— Ok. Maintenant qu'on se connaît toutes et qu'on a plein d'amour sororal ! Revenons à nos moutons, lui sourit Redd. Alors, tu l'aimes, hein ?

C'était une véritable amie, elle voyait toujours au-delà des mensonges de Coral.

— Est-ce que je l'aime ?

Coral le dit à voix haute. Autant pour elle-même que pour Redd. Était-ce cela qu'elle ressentait ?

— Oh mon Dieu ! Il t'a dépucelée ! cria Redd, attirant les regards curieux des serveurs qui passaient en coup de vent.

— Chut ! Arrête de crier !

Coral essaya de calmer son amie qui sautillait et gloussait devant elle.

— Oh non.

Les gloussements de Redd cessèrent et son visage devint sérieux.

— Qu'est-ce que ça signifie pour ton pacte ? Elle va te trouver maintenant ?

— Je ne suis pas sûre, et je ne sais pas encore quoi faire. S'il te plaît, garde ça pour toi pour l'instant, le temps que j'essaie de trouver une solution, implora Coral. On pourra se voir plus tard ? J'aurai peut-être besoin de votre aide à toutes les deux.

— Quelqu'un arrive, murmura Faye en reculant de quelques pas.

— Je dois y aller. Je ne peux pas me permettre d'avoir d'autres ennuis aujourd'hui.

Redd serra Coral dans ses bras pour une étreinte rapide avant d'attraper le bras de Faye et de la ramener vers la salle à manger.

Coral essaya de se ressaisir avant de se retourner. Elle attendit trois longues secondes, puis se tourna lentement pour croiser le regard brûlant de Jake.

— Qu'est-ce que vous maniganciez, les filles ?

Jake plissa les yeux en la regardant.

Elle secoua la tête et il leva les yeux au ciel.

— On peut en parler plus tard ?

Elle jeta un coup d'œil autour d'elle, voyant qu'il y avait toujours un flux constant de personnes entrant et sortant de la salle à manger. C'était une conversation qu'elle préférait avoir en privé.

— Tant qu'on en parle. Ne me cache rien, l'avertit-il.

— Bien sûr que non.

Elle lui offrit son sourire le plus assuré, mais elle ne pensait pas qu'il l'ait complètement cru. Elle avait juste besoin de gagner du temps. La sorcière des mers saurait maintenant qu'elle n'était plus vierge, et alors elle la trouverait, et Jake aussi. Sa vie était maintenant en danger à cause d'elle. Si seulement elle pouvait bien y réfléchir, peut-être qu'elle pourrait élaborer un plan et s'assurer qu'il soit en sécurité.

Elle était perdue dans ses pensées tandis que Jake la ramenait à la table. Il tira sa chaise et s'assit le premier. Coral allait s'asseoir, mais il la tira sur ses genoux. Elle sentit son visage s'enflammer et elle sut qu'elle rougissait de gêne. M. Wolfe lui fit un clin d'œil et Redd lui lança un regard de sympathie.

— Jake, je peux m'asseoir sur ma propre chaise, lui murmura-t-elle à l'oreille.

— Je préfère que tu restes assise juste ici. Il se passe quelque chose dans cette petite tête, et je préfère de loin t'avoir là où je peux te garder à l'œil.

Son bras était comme une chape de plomb autour de sa taille et elle laissa échapper un soupir, résignée au fait qu'elle passerait le dessert perchée sur les genoux de son bel homme. Cela allait certainement mettre un grain de sable dans son plan d'essayer d'obtenir des conseils de Redd. Jake entendrait tout ce qu'elle disait. Elle jeta un coup d'œil à Redd, qui était en train de s'agiter sur sa chaise à la perspective du gâteau au chocolat. Elle demandait déjà à être resservie avant même qu'on leur ait servi leur première part. Coral rit en voyant la petite fille insouciante que Redd se sentait à l'aise de devenir quand elle était avec M. Wolfe. Elle ne voyait jamais cette facette de son amie à aucun autre moment.

Si la journée s'était terminée différemment et qu'elle n'avait pas rencontré Jake, elle serait restée assise ici, à ruminer en silence sur les interactions de M. Wolfe et Redd. Elle s'était surprise à être de plus en plus jalouse de leur relation, mais maintenant qu'elle avait Jake, elle était capable d'apprécier ce qu'ils avaient. Pas une relation amoureuse, mais il prenait soin d'elle et elle se sentait à l'aise de laisser tomber tous ses problèmes. Il y avait quelque chose de très doux et d'authentique là-dedans.

Maintenant, si seulement Coral pouvait se libérer de l'emprise de Jake, elle pourrait trouver comment le sauver du destin funeste qui les attendait. Elle se tortilla dans ses bras et essaya de glisser de ses genoux, mais il répondit en resserrant sa prise et en la rapprochant de lui.

— Qu'est-ce qui ne va pas ? lui demanda-t-il en commençant à couper le gâteau au chocolat avec sa fourchette.

— Rien, dit-elle en essayant de rester calme. J'ai juste besoin de parler à Redd. J'allais m'asseoir à côté d'elle pour ne pas vous déranger, toi et M. Wolfe.

— Quoi que tu aies à dire, tu peux le dire d'ici. Tu ne nous déranges pas, n'est-ce pas ?

Jake se tourna vers M. Wolfe, qui hocha la tête en signe d'accord tout en versant à Redd un grand verre de lait d'un pichet.

Redd leva la tête de son gâteau d'un air interrogateur, et Coral lança un regard noir à Jake.

— Laisse tomber, ce n'était pas important.

Elle prit sa fourchette et écrasa distraitement le glaçage sur le bord du gâteau de Jake, créant une petite montagne de glaçage sur le côté de l'assiette pendant qu'elle réfléchissait à ses options. Elle pouvait attendre que Jake s'endorme, puis s'enfuir. Peut-être que la sorcière des mers laisserait Jake tranquille si elle devait traquer Coral. Mais le blizzard continuait, et elle savait qu'elle ne tiendrait pas longtemps si elle essayait.

Sa seconde option consistait à essayer de recruter Redd pour l'aider à se battre. Mais elle serait probablement réticente à l'aider. Coral savait qu'elle avait déjà eu des ennuis plusieurs fois cette semaine pour avoir contrarié M. Wolfe, et elle détesterait mettre son amie dans l'embarras.

Elle fut tirée de ses sombres complots et sursauta lorsque

la main de Jake commença à jouer avec son téton hyper-sensible.

— Jake !

Elle repoussa sa main d'une tape.

— Où es-tu ? lui murmura-t-il à l'oreille. M. Wolfe essayait de te parler, et tu ne répondais pas du tout.

Coral leva les yeux et vit M. Wolfe, Redd, Faye et Cade qui la regardaient tous avec attente.

— Désolée, désolée. Quoi ? demanda Coral précipitamment. Je suppose que je suis un peu distraite ce soir.

— Je pensais m'en être occupé, dit Jake alors que sa main effleurait à nouveau son téton.

— Arrête, siffla-t-elle en repoussant de nouveau sa main.

— Allons, allons Coral, ce n'est pas une façon de se comporter envers ton dom, la réprimanda M. Wolfe.

Ses yeux pétillaient de malice et si elle n'avait pas craint les conséquences, elle lui aurait jeté son verre d'eau au visage.

Jake attrapa habilement ses deux poignets d'une seule main et plongea l'autre dans le décolleté de sa robe. Elle se figea. Tous les yeux à table étaient sur elle, et elle crut qu'elle allait mourir de honte. Sa main trouva la chaîne reliant ses deux pinces à tétons, et il la tira hors de sa robe en donnant une traction ferme. Elle se tortilla et gémit en sentant la traction sur ses tétons et dans son intimité humide presque simultanément.

— S'il te plaît, Jake, lui murmura-t-elle frénétiquement.

— C'est impoli de ne pas prendre part à la conversation.

Jake tira à nouveau et elle serra les cuisses en essayant de ne pas se tortiller ouvertement sur ses genoux.

— Aah…

Elle avait eu l'intention de dire quelque chose, mais c'est tout ce qui sortit. Maintenant, elle ne pouvait vraiment plus penser.

— Sois une gentille fille et je te laisserai finir ton dessert avant de te mettre au lit.

Ses yeux scintillaient d'amusement.

Elle ne pouvait pas manger dans un moment pareil. Il lâcha la chaîne et prit sa fourchette, et en se penchant sur elle pour atteindre le gâteau, il fit glisser son bras d'avant en arrière sur sa poitrine. Elle frissonna contre lui, son souffle sortant en petits halètements. Il porta une bouchée de gâteau à sa bouche, mais elle n'avait qu'une envie : faire disparaître ce sourire niais de son visage.

Elle prit la bouchée qu'il lui offrait, mais cela aurait aussi bien pu être de la sciure. Elle ne pouvait pas se concentrer et elle ne pouvait pas manger. Si Jake n'allait pas la laisser réfléchir, alors il allait l'aider à trouver quoi faire. Elle n'avait plus d'options.

Elle déglutit, puis dit :

— Il faut qu'on y aille.

M. Wolfe lança un regard entendu à Jake.

— Tu as entendu la demoiselle.

Il lui donna une tape dans le dos.

Coral cligna des yeux, expira et fit de son mieux pour ne pas lever les yeux au ciel. Elle poussa le bras de Jake qui entourait toujours sa taille.

— S'il te plaît ? On peut y aller ? plaida-t-elle.

Il la regarda dans les yeux et il dut voir son sérieux.

— Oui, bien sûr.

Ils leur souhaitèrent bonne nuit, puis elle le pressa de remonter dans la chambre.

JAKE

Jake attendit d'être de retour dans la chambre de Coral et

que la porte se soit refermée derrière eux pour commencer à la harceler de questions.

— Dis-moi ce qui se passe. De quoi est-ce que toi et Redd avez parlé ? Ça a l'air de t'avoir contrariée.

Il retira sa veste de costume, la posa sur le dossier de la chaise de bureau avant de traverser la pièce pour rejoindre Coral qui se tenait près de la fenêtre. Elle fixait la tempête qui faisait rage.

— Est-ce que ça va s'arrêter un jour ?

Elle pencha la tête sur le côté.

Il passa son bras autour de sa taille et remarqua la fraîcheur de sa peau.

— Éloigne-toi de la fenêtre, dit-il, et il la guida vers la cheminée. Assieds-toi là un moment.

Il l'installa dans le fauteuil et se tourna pour prendre une couverture sur le lit. Quand il se retourna, elle avait baissé le devant de sa robe. Ses tétons étaient rouges autour des pinces.

— On peut faire quelque chose pour ça ?

Elle tendit ses seins pleins vers Jake.

— Je peux penser à plein de choses à faire avec ça, rit-il, mais un coussin passa en sifflant près de son oreille.

— Je suis sérieuse ! gémit-elle.

Il la rejoignit en un éclair.

— Moi aussi.

Il la fit se lever et dézippa sa robe dans le dos. Puis il la fit glisser sur ses hanches et la laissa s'amonceler sur le sol autour de ses pieds. Elle commença à retirer les talons qu'elle portait, mais il l'arrêta.

— Laisse-les.

Il recula pour l'admirer de la tête aux pieds. Des talons argentés vertigineux assortis à sa robe de soirée. Des bas cuissardes couleur chair qui s'arrêtaient juste en dessous de ses fesses parfaites en forme de cœur. Elle ne portait rien d'autre. Sa peau était d'un blanc immaculé, à l'exception de ses fesses, qui portaient encore quelques marques de la ceinture. Mais elles aussi s'estompaient rapidement. Il lui avait fait retirer sa culotte quand ils se préparaient ; il aimait savoir qu'elle était nue et prête pour lui sous sa robe.

Il s'approcha par-derrière, lui embrassa le cou, et elle gémit et se pencha en arrière contre lui.

— S'il te plaît, Jake. On peut les enlever ?

Elle prit de nouveau ses seins dans ses mains et poussa ses fesses contre son sexe dur.

Il répondit par un grognement qui lui était propre.

— Très bien, petite nymphe, à genoux sur le fauteuil.

Il la poussa vers l'assise du fauteuil, et il sourit quand elle n'hésita même pas.

Elle posa les deux genoux sur l'assise et ses mains sur le dossier de la chaise, puis elle se tourna et le regarda par-dessus son épaule.

— Les yeux devant, lui dit-il, et elle tourna brusquement la tête vers l'avant.

Il s'approcha derrière elle et lui massa les épaules, puis fit glisser ses mains le long de son dos, ses pouces descendant le long de sa colonne vertébrale. Arrivé à ses fesses, il prit chaque joue dans une main.

— Mes marques ont presque disparu, lui dit-il. Ça fait encore mal ?

— Un peu.

Sa voix était basse.

— Mais je crois que tu y es allé doucement avec moi.

— Ah oui ?

Il ne put s'empêcher de sourire. Il fit glisser ses mains vers l'avant, posant l'une d'elles sur sa légère toison de boucles tandis que l'autre trouvait la chaîne des pinces.

— S'il te plaît, Jake, je ne plaisantais pas. C'est trop. S'il te plaît, enlève-les. Je ferai n'importe quoi.

Sa voix devint frénétique.

— N'importe quoi ?

Il s'approchait déjà sur le côté et posa ses doigts sur la glissière pour desserrer la pince.

— Oui, n'importe quoi, affirma-t-elle.

Puis elle leva les yeux vers lui, et il pouvait voir toutes les émotions qui la traversaient. Il ravala sa salive. À en juger par son regard, il crut qu'elle ferait n'importe quoi pour lui, et ça lui donna une peur bleue.

— D'accord, je vais le desserrer. Ça va faire mal, mais ça ne durera qu'un instant. Est-ce que tu me fais confiance ?

À son léger hochement de tête, il desserra complètement la pince et la retira. Coral eut le souffle coupé et il prit son téton dans sa bouche tout en plaçant sa main sur son clitoris. Il lécha son téton avec sa langue, essayant d'aspirer la douleur cuisante que la pression accumulée avait laissée, il le savait.

Il procéda de la même manière sur son autre téton, et avant qu'il ne s'en rende compte, elle s'était affaissée contre lui, des larmes coulant sur ses joues.

— Tu les as détestés à ce point ? demanda-t-il en parlant au-dessus de sa tête alors qu'elle se blottissait contre son torse.

— Oui ! Ça faisait mal !

Elle se recula et le regarda. Des traînées de larmes marquaient son teint parfait.

— Mais après, c'était délicieux.

Elle se mordit la lèvre et sourit.

— Est-ce qu'on peut aimer et détester quelque chose en même temps ? Parce que je crois que c'est ce que je ressens pour ces trucs.

Il rit, la prit dans ses bras, la déposa sur le lit et l'attira vers le bord.

— J'ai passé une soirée merveilleuse.

Elle le tira pour qu'il s'assoie à côté d'elle.

— Il faut que je te dise quelque chose.

Son humeur insouciante s'était tout à coup envolée. Remarquant son ton sérieux, il s'assit à côté d'elle et tira la couverture du lit pour l'enrouler autour de ses épaules.

— Il y a beaucoup de choses que tu ne sais pas sur moi. Et je sais que nous n'avons pas vraiment discuté de quoi que ce soit.

Elle hésita.

— On vient de se rencontrer, et je ne veux pas que tu aies l'impression que je te déverse une tonne de problèmes sur les bras. Mais, eh bien, j'ai beaucoup de problèmes.

Elle laissa échapper un petit rire incertain, mais il eut du mal à trouver la force de sourire.

Il posa une main sur sa joue.

— Je t'écoute.

CORAL

Elle tripotait le bord de la couverture, détournant les yeux des siens.

— Je t'écoute, petite nymphe.

Jake passa une main dans les cheveux qui tombaient le long de son dos.

Elle leva vers lui des yeux écarquillés.

— Eh bien, c'est la première chose. Je ne suis pas une nymphe.

— C'est juste la première chose qui m'est venue à l'esprit quand je t'ai vue.

Il lui sourit.

— Tu es comme une petite fée enchantée.

Elle attrapa sa main et entrelaça ses doigts avec les siens.

— En fait, je suis une sirène.

Elle se redressa, l'observa, et eut l'impression de voir sa déclaration tournoyer dans sa tête pendant qu'il l'assimilait.

Il fixa leurs doigts entrelacés et ses sourcils se haussèrent, puis il leva les yeux vers elle avec un grand sourire.

— Tu t'occupes des poissons. Je me suis dit que tu devais vraiment tenir à eux pour sortir en plein blizzard juste pour vérifier s'ils allaient bien. Tu peux être ma petite nymphe aquatique.

Elle lui rendit son sourire, heureuse qu'il se fiche de ce qu'elle était. Puis il fit un geste en direction de ses jambes.

— Oui, ça, c'est l'autre partie de l'histoire.

Elle resserra la couverture autour d'elle et se décala sur le côté pour faire face à Jake. C'était maintenant ou jamais. Elle pouvait continuer à fuir et à se cacher, ou elle pouvait affronter ses démons.

— Il y avait un prince qui se noyait dans l'océan. Je lui ai sauvé la vie, et je suis tombée amoureuse de lui.

Ses yeux se remplirent de larmes en se rappelant la première fois qu'elle avait posé les yeux sur Derrick.

— Mais il y avait un problème.

— Ta queue de sirène ? demanda Jake.

Elle leva les yeux vers lui et hocha la tête.

— Alors, comment as-tu obtenu ces jambes magnifiques ?

Il souligna sa question en remontant sa main le long de sa cuisse. Elle rougit et baissa le menton sur sa poitrine face au compliment.

— C'est là que mon manque d'attention aux détails nous met un peu dans le pétrin.

— Nous ? demanda-t-il en faisant un geste entre eux.

Elle fit un rapide signe de tête affirmatif et continua :

— Il y a cette sorcière des mers. C'est l'être le plus puissant de l'océan. J'étais si désespérée. Désespérée de commencer une nouvelle vie, désespérée de trouver l'amour avec le seul homme qui, j'étais sûre, m'aimait en retour.

Jake posa une main sur sa joue à ces mots, et elle pencha son visage dans sa paume, un remerciement silencieux de son amour.

— Elle m'a fait signer ce contrat. Je ne l'ai pas vraiment lu en entier avant de le signer.

Ses yeux étaient écarquillés quand elle releva la tête.

— Qu'est-ce que tu as dû lui donner ?

— Rien. Elle m'a jeté un sort pour transformer ma queue en jambes.

Elle se redressa et bomba le torse, prête à avouer le reste.

— Les petites lignes disaient juste que je devais faire en sorte que le prince tombe amoureux de moi. Il serait le seul avec qui je pourrais être. Sinon, le contrat était nul et non avenu et je devais retourner directement à la mer. Une fois là-bas, je serais retransformée en sirène et réduite en esclavage par la sorcière des mers pour le reste de l'éternité.

— Alors que s'est-il passé ?

Il buvait ses paroles et le cœur de Coral se brisa à l'idée qu'elle était sur le point de lui révéler son rôle dans cette histoire.

— Eh bien, le prince Derrick a décidé qu'il était amoureux de quelqu'un d'autre. J'ai fait de mon mieux pour le reconquérir, mais je pense qu'elle était peut-être son seul et unique grand amour.

Elle sentit les larmes chaudes couler sur ses joues, une douleur qui ne s'était pas estompée avec le temps. Une vie sacrifiée et des années de clandestinité, son cœur brisé commençait à peine à se réparer.

— Mais tu es là, murmura-t-il. Tu es toujours là. Le contrat devait être faux.

— Tu ne comprends pas. Je viens tout juste de rompre le contrat, dit-elle.

Ses sourcils se froncèrent alors qu'il essayait de traiter cette information.

— Mais tu es ici depuis des années.

— Le contrat disait que le prince était le seul avec qui je pourrais être. Dans le sens, euh, sexuel du terme.

Elle s'arrêta et le regarda.

Jake plissa les yeux en la regardant et elle se leva du lit, prête à affronter sa colère.

— Ça n'est jamais allé aussi loin avec lui. Et, en y repensant, je me serais ennuyée à mourir. Il était plutôt plan-plan. Le genre super plan-plan.

Elle commença à faire les cent pas.

— J'aurais peut-être pu gérer le genre plan-plan avec des vermicelles arc-en-ciel, au moins il y aurait eu un peu de couleur, tu vois ?

Jake se leva et stoppa son monologue décousu et son va-et-vient en se plaçant devant elle.

— Coral, qu'est-ce que tu es en train de dire ?

Il posa ses mains sur ses épaules.

— On a rompu le contrat quand on a fait l'amour ? C'est ce que tu me dis ?

— S'il te plaît, ne sois pas en colère.

Sa voix se brisa. Sa première chance d'être heureuse, et elle avait tout fichu en l'air.

— Ne pas être en colère ? Ne pas être en colère ? Je suis furieux.

Il retira ses mains de ses épaules et traversa la pièce à grands pas.

Elle étouffa un sanglot.

— Je suis tellement désolée. J'aurais dû te le dire. Tu m'as juste prise au dépourvu. Je me suis laissée emporter et j'ai oublié.

Elle s'effondra sur le lit, ses épaules secouées par les sanglots.

L'instant d'après, elle était contre un torse dur, Jake la berçait contre lui, et elle le regarda, surprise.

— Je ne voulais pas dire que j'étais en colère contre toi. Je suis en colère contre cette horrible vieille sorcière qui pense qu'elle peut diriger ta vie.

Son ton était beaucoup plus doux. Il écarta les cheveux de son visage et embrassa ses lèvres.

— Dis-moi où la trouver. Ce contrat ne peut pas être juridiquement contraignant. Je vais appeler un avocat—

— Jake, ce n'est pas ce genre de contrat, l'interrompit-elle. C'est comme de la magie ou quelque chose comme ça. De la magie noire ? Les avocats n'ont rien à voir là-dedans. Elle va me chercher maintenant que je ne suis plus vierge. Mais j'y ai bien réfléchi, et il faut juste que je parte. Je vais essayer de la trouver avant qu'elle ne nous trouve. Comme ça, tu seras en sécurité.

Jake la repoussa sur le lit, la faisant pousser un petit cri.

— Absolument pas. Elle n'a qu'à venir et s'expliquer avec moi. Tu ne lui appartiens pas.

— Tu ne peux pas te battre contre elle, plaida Coral. Elle te tuera. Elle est trop puissante. Laisse-moi juste faire ça.

— Et la laisser te tuer ? Pas question, bébé.

On frappa à la porte, et Jake se dirigea vers celle-ci pendant que Coral enfilait rapidement un t-shirt et un legging. Redd passa la tête dans l'embrasure de la porte.

— Je dérange ? demanda-t-elle avec un sourire diabolique en remuant les sourcils d'un air entendu.

Jake secoua la tête et lança à Redd un regard amusé tandis que Coral se précipitait pour nier que quoi que ce soit était en train de se passer.

— Peu importe. Coral, Faye veut voir les aquariums. On peut se joindre à toi quand tu nourris les poissons ?

Coral plissa le nez. Elle n'avait pas besoin de nourrir les poissons. Elle faillit le dire, mais elle surprit les grands gestes de Redd alors que Jake lui tournait le dos.

— Oui ! Les poissons ! J'avais presque oublié.

Elle s'approcha pour enfiler des chaussures.

— Je reviens dans un moment, Jake. Je dois nourrir les poissons.

Elle surprit le regard sceptique sur son visage alors qu'elle se précipitait hors de la chambre avec Redd, mais elle referma la porte derrière elle avant qu'il ait eu la chance de protester.

Faye se tenait devant le plus grand aquarium quand Coral entra dans l'atrium avec Redd. Elle agitait les mains devant, et les poissons dansaient. En se rapprochant, Coral réalisa que Faye créait d'une manière ou d'une autre des bulles et jouait avec les poissons.

Redd et elle restèrent en retrait et regardèrent avec admiration pendant quelques secondes avant que Faye ne remarque qu'elle avait un public. Alors elle baissa rapidement les mains, les bulles disparurent et les poissons regardèrent à travers la vitre, confus.

— C'était un super tour ! s'exclama Redd.

— Ouais, comment tu as fait ça ? demanda Coral.

Le visage de Faye vira au rose foncé et elle haussa les épaules.

La mèche dans les cheveux de Redd devint d'un rouge plus intense alors qu'elle s'approchait d'elle et plissait les yeux.

— Tu es une sorte de sorcière ?

Avant que Faye ne puisse répondre, Coral intervint.

— Lâche-la, Redd.

Elle se tourna vers Faye.

— C'était plutôt cool, cependant. Elle se met juste rapidement sur la défensive. Ignore-la. C'est ce que je fais.

Redd tira la langue à Coral, et Faye se détendit visiblement suite à cette rupture de tension.

— Quel est ton plan pour cette petite réunion ?

Coral adressa sa question à Redd.

— Tu sais que je n'ai pas à nourrir les poissons. Ils ont des distributeurs automatiques.

— Redd vient de me mettre au courant pour ton contrat et le problème qui en découle, répondit Faye. J'ai pensé que je pourrais peut-être aider.

Le cœur de Coral se souleva. Elle connaissait à peine cette femme et elle voulait l'aider ?

— Je pense qu'on peut se faire cette vieille peau, dit Redd en faisant tournoyer son épée en l'air.

Coral et Faye reculèrent toutes deux d'un pas pour s'éloigner de Redd.

— Redd ! Pas dans la maison ! gronda Coral.

Redd fit la grimace mais rengaina son épée.

— Très bien. Passons aux choses sérieuses. Quand est-ce que tu penses que cette sorcière folle va arriver pour réclamer ton âme ?

— Euh, je ne sais pas. Je ne suis même pas sûre qu'elle le sache avec certitude. Je veux dire, tu penses qu'elle a, genre, un GPS sur ma virginité ? demanda Coral.

Faye rit à cette idée.

— Ok, eh bien, il nous faut un plan.

Redd faisait les cent pas.

— Jake ne veut pas que je me batte contre elle, et il insiste pour y aller seul. Et M. Wolfe va piquer une crise si tu y vas sans lui demander d'abord.

Coral se retourna et regarda Faye.

— Et toi ? Qu'est-ce que Cade aurait à dire à ce sujet ?

— Je ne suis pas vraiment sûre. Je ne sais même pas ce qu'on est en train de faire.

Faye regarda les deux femmes d'un air interrogateur.

— On va botter le cul d'une sorcière des mers ! dit Redd en sautant en l'air.

— Elle est toujours comme ça ? demanda Faye à Coral.

— Non, juste quand elle se prépare pour la bataille. Ou quand elle se détend après une bataille. Ou les jours qui finissent par « i », plaisanta Coral.

Redd lui donna un coup de poing dans le bras, et elle s'excusa en riant.

— Je veux aider. Je suis juste un peu inquiète, leur dit Faye. Je viens tout juste de découvrir mes pouvoirs.

— Genre, ces dernières années ? demanda Redd.

Faye secoua la tête.

— Ces derniers mois ? demanda Coral.

Elle secoua de nouveau la tête.

— Alors quand ? insista Redd.

— Aujourd'hui, répondit Faye timidement.

— Nom de bleu ! On est un peu moins préparées que ce que je pensais, s'écria Redd.

Le silence s'abattit sur la pièce alors qu'elles essayaient toutes de trouver un plan.

— On est trois contre une, dit Coral. On a juste besoin de la distraire.

Elle se tourna vers Faye.

— Tu peux créer une sorte de diversion, quelque chose de flashy ?

Faye tendit les mains, paumes vers le ciel. Deux orbes apparurent au-dessus de ses mains, et ils dansèrent comme des lucioles.

— Tu viens d'apprendre ça aujourd'hui ? demanda Redd. Tu apprends vite.

Faye haussa modestement les épaules face au compliment et éteignit son spectacle de lumière.

Coral lui sourit.

— Je pense qu'on peut y arriver.

Elle fit un geste vers la porte.

— Tu viens avec moi pour convaincre Jake de nous laisser y aller ? Il ne m'écoutera pas.

Les filles marchèrent rapidement jusqu'à la chambre de Coral, gloussant et demandant à Faye de montrer ses talents en chemin.

Quand Coral ouvrit la porte de sa chambre, une brise glaciale les frappa. La fenêtre était ouverte. Elle se précipita pour regarder dans l'obscurité alors qu'un sentiment de terreur l'assaillait. Faye et Redd la rejoignirent.

— Par là.

Redd pointa du doigt vers les bois.

— Tu vois les traces ? Quelqu'un était pressé, et il traîne quelque chose derrière lui.

— Jake ! hurla Coral, cette pensée lui glaçant le sang.

Elle courut loin de la fenêtre, vérifia la salle de bain et le couloir.

— Elle a emmené Jake !

Ses genoux heurtèrent le sol, la pièce basculant sous ses yeux. Puis tout ce qu'elle vit, ce fut le visage calme de Faye.

— Regarde-moi, insista-t-elle d'une voix apaisante.

Coral obéit, essayant de garder les yeux fixés sur ceux de Faye.

— Il va s'en sortir, mais tu dois te calmer.

Faye plaça ses mains sur les tempes de Coral tout en continuant à parler d'une voix douce.

Une vague de tranquillité envahit Coral, et elle put respirer de nouveau à un rythme normal.

— Qu'est-ce que tu as fait ? demanda Redd.

— Juste quelque chose pour la calmer, répondit Faye. On a besoin qu'elle ait les idées claires.

Redd apporta sa veste à Coral, puis se pencha et sortit un couteau de sa botte.

— Tiens, mets ça dans ta poche.

L'excitation de Redd rayonnait d'elle.

— On doit aller sauver ton homme.

Coral trottinait aux côtés de Faye alors qu'elles se concentraient pour suivre les traces de Redd dans la neige fraîchement tombée. Faye les guidait avec ses lumières dansantes, mais Redd avait couru devant car elle était beaucoup plus rapide qu'elles et experte en pistage. Le blizzard s'était enfin arrêté, mais le froid mordant n'avait pas disparu. Elle ralentit alors que Faye lui indiquait la clairière droit devant.

La première chose qu'elles entendirent en arrivant dans la clairière, c'est Redd qui hurlait à pleins poumons.

— Allez, vieille sorcière des mers dégoûtante ! Tu n'es pas venue pour lui ! beugla Redd. Qu'est-ce que tu vas faire de lui de toute façon ? Tu es trop vieille pour savoir quoi faire d'un homme.

C'est cette dernière phrase qui fit piquer un sprint à Coral. Elle ne pouvait plus le nier. La sorcière des mers avait Jake, et son estomac se noua. Faye courait à ses côtés et glissa sa main dans celle de Coral, lui donnant une pression de soutien. La poitrine de Coral se serra à ce geste.

Redd les aperçut et leva une main pour les arrêter, tout en agrippant son épée dans l'autre. Coral et Faye s'arrêtèrent à l'orée de la clairière. Coral leva les yeux et vit Jake en train de flotter dans une bulle, planant à environ trois mètres du sol. Il avait l'air inconscient. Elle eut le souffle coupé et sentit ses genoux se dérober à nouveau.

— Elle l'a juste étourdi, la rassura Faye. Il n'est pas mort. Ne perds pas espoir.

Elles levèrent toutes les deux les yeux vers l'imposante sorcière des mers. Elle mesurait environ six mètres de haut. Elle était enveloppée dans sa cape noire tourbillonnante, un vent qui tournoyait autour d'elle, soulevant la neige et la glace alors qu'elle levait les mains en l'air en psalmodiant quelque chose dans une autre langue.

— Tu ne m'as pas dit que c'était une femme aussi imposante, chuchota Faye dans sa direction.

— Normalement, elle ne l'est pas, dit Coral. Elle a dû se faire quelque chose.

Elle essayait de comprendre, d'évaluer la situation : Redd se tenait devant la sorcière qui ne cessait de grandir, armée de sa seule épée, et Jake était suspendu dans une bulle. Faye et elle avaient besoin d'un plan, et vite.

Puis, du coin de l'œil, elle vit quelque chose dans les mains de Faye. La fée courut de quelques pas et lança quelque chose en direction de la sorcière.

Coral vit une boule de neige géante frapper la sorcière en plein entre les deux yeux.

— Prends ça, espèce de grosse méchante !

Redd éclata d'un rire dément et tapa dans la main de Faye.

Elle combattait une sorcière avec des folles. Jake avait raison. Elle allait mourir.

Redd lui fit signe.

— Viens, Coral, on a besoin de ton aide !

Elle fit un pas en avant, hésitante. La sorcière titubait et rugissait à cause de la boule de neige. Mais la lumière de la lune scintilla soudain sur quelque chose autour de son cou. Une idée frappa Coral.

— L'amulette ! cria-t-elle en montrant le talisman qui pendait au cou de la sorcière des mers.

Elle se tourna vers Redd.

— Sa faiblesse ! C'est de là que vient son pouvoir.

Coral vit la détermination dans les yeux de Redd alors qu'elle lui faisait un signe affirmatif de la tête.

— Maintenant, on a une cible ! lui sourit Redd en retour.

— Si je la rapetisse, tu pourras atteindre son collier ? demanda Faye.

Les cheveux de Redd brillèrent au clair de lune tandis qu'elle hochait la tête.

— Oui. Mets cette sorcière au régime keto ! Fais-lui perdre quelques tailles !

Coral et Redd se reculèrent pendant que Faye se plaçait juste en face de la sorcière des mers. Elle ferma les yeux et pointa sa baguette vers la vieille peau. Le vent s'intensifia et un coup de tonnerre retentit au loin. Les cheveux blonds de Faye se soulevèrent de ses épaules tandis que l'air tourbillonnait autour d'elle.

Coral fut aveuglée par un éclair de lumière vive, et une forte détonation retentit au moment où Redd et elle se jetaient sur le sol dur et froid. En levant les yeux, elle vit que la sorcière n'avait pas rapetissé, mais qu'elle était maintenant un crabe géant. Elle se déplaçait d'un côté à l'autre devant elles en faisant claquer ses pinces.

Redd aida Coral à se relever au moment où Faye s'approchait d'elles.

— Ce n'est pas ce que je voulais faire, désolée. Je pense que mes circuits sont encore un peu mélangés.

Un vent hurlant passa en rafale près d'elles, leur projetant de la glace et de la neige dans les yeux, les aveuglant temporairement. Tandis qu'elles tournaient le dos au vent, attendant qu'il se calme, Coral toucha le couteau dans sa poche.

— Bon, que le spectacle commence ! s'exclama Redd dès que le vent se calma.

Faye et Redd s'avancèrent vers le crabe-sorcière des mers, mais les pieds de Coral restaient cloués au sol. Elle leva de nouveau les yeux, espérant se tromper. *Où était Jake ?* Il ne flottait plus dans une bulle au-dessus d'elles. La panique l'envahit.

—Jake ! hurla-t-elle. Où est-il ?

Faye se figea, sa baguette levée en l'air. Elle regarda droit vers l'endroit où se trouvait la bulle qui contenait Jake quelques instants auparavant.

Redd leva son épée.

— Je l'ai trouvé.

Sa voix était déterminée alors qu'elle faisait face au crabe géant.

Le regard de Coral se porta là où Redd avait fixé son attention. *Jake !* La sorcière l'avait piégé dans l'une de ses pinces, et son corps pendait mollement.

— Prenez-moi à sa place ! cria-t-elle à la sorcière.

— Coral, non, chuchota Faye à côté d'elle. Elle vous tuera tous les deux.

La défaite et l'impuissance que Coral vit sur le visage de son amie la mirent en rage. Elle bondit en avant, tira le couteau de sa poche et visa l'une des pattes géantes du crabe. La dague heurta la carapace dure dans un bruit sourd et inutile, et Coral tomba à la renverse sous l'impact.

Le crabe-sorcière des mers poussa un cri de colère. Depuis le sol gelé où elle était allongée, Coral vit Jake se débattre dans son étreinte. Son teint devenait cendré alors qu'il luttait contre la pince qui le retenait.

En voyant toute couleur quitter son visage et son combat perdre en intensité, Coral sut qu'elle le regardait mourir. Elle se releva et se plia en deux aussitôt debout. Elle posa ses mains sur ses genoux, la poitrine haletante et l'esprit en ébullition. Ils allaient tous mourir, et tout était de sa faute. Elle sentit les larmes chaudes couler sur ses joues juste au moment où Redd poussa un cri à côté d'elle.

— Relâche-le !

Redd chargea, son épée levée, prête au combat.

— Fige-toi, vermine des mers ! cria Faye derrière elles.

Instantanément, le va-et-vient du crabe s'arrêta, comme s'il était gelé sur place.

Coral et Redd se regardèrent avec étonnement, puis tournèrent les yeux vers Faye, qui haussa les épaules.

— Je l'ai figée.

Elle garda sa baguette pointée vers le crabe-sorcière des mers, puis ajouta d'un ton surpris :

— Ça a marché

Elles entendirent un craquement sonore et levèrent les yeux pour voir Jake tomber dans le vide. Il atterrit avec un bruit sourd à leurs pieds.

Redd et Coral prirent chacune un côté de Jake pour essayer de le faire glisser hors de la clairière. Faye attrapa ses pieds et toutes les trois, elles l'éloignèrent du crabe-sorcière des mers.

— Argh, marmonna Jake en tournant la tête d'un côté à l'autre. Coral ?

Elle tomba à genoux à côté de lui alors que Redd et Faye se retournaient pour combattre le crabe qui approchait.

— Je suis là.

Son cœur s'emplit de soulagement tandis qu'elle écartait les cheveux de ses yeux. Sa blessure du combat contre le loup guérissait bien, et elle était heureuse de voir qu'il n'avait aucune blessure de sa capture. La couleur revint sur son visage alors qu'il prenait de profondes inspirations.

— Pourquoi j'ai de la neige dans mon pantalon ? demanda-t-il d'un air maussade.

— Désolée, on a essayé de te porter, mais on a dû te traîner.

Il s'assit et observa la scène de Faye et Redd en train de les défendre contre un crabe géant.

— Qu'est-ce qui se passe ?

— Elle t'a enlevé, mais on est venues à ta rescousse.

Elle sourit alors qu'un éclair frappait à côté d'eux, suivi des excuses de Faye. Ils entendirent Redd pousser un cri de guerre et dire quelque chose à propos de cuisiner des pattes de crabe pour le dîner.

— Vous êtes comme une bande de chatons hyperactifs. Retournez au chalet et laissez-moi m'en occuper, ordonna-t-il en se relevant péniblement.

Elle l'aida à se mettre debout, puis croisa les bras sur sa poitrine et lui lança son regard le plus assassin.

— Je ne vais nulle part, Jake Hill. Tu peux aider si tu veux, mais on gère la situation.

Juste à ce moment-là, Faye leur cria :

— Un peu d'aide ici !

Ils se retournèrent pour trouver Redd sur les épaules de Faye, en train de brandir sauvagement son épée vers le crabe-sorcière des mers furieux.

Jake fit descendre Redd des épaules de Faye.

— J'ai une meilleure idée.

Il tira Redd avec lui vers un arbre voisin et l'aida à monter.

Redd grimpa aux branches en un temps record, se hissant au niveau des yeux de la sorcière.

— Faites-la approcher !

Coral et Faye commencèrent à agiter les mains pour essayer d'attirer le regard de la sorcière vers elles, puis elles coururent en direction de Redd et Jake.

Le crabe-sorcière des mers vacilla et se dépêcha de traverser la neige et la glace. À son approche, Redd se glissa plus bas sur une branche.

— Attention ! cria Jake, juste au moment où la branche craqua et où Redd commença à retomber vers la terre.

Coral poussa un cri d'horreur et se jeta contre Jake en se couvrant les yeux, terrifiée à l'idée de voir son amie s'écraser au sol. Mais quand elle n'entendit rien, elle retira ses mains de ses yeux et leva le regard. Redd lévitait dans les airs. Coral regarda à côté d'elle et elle vit Faye avec sa baguette pointée vers le ciel. Sa peau avait pris une lueur, et on aurait presque dit que de la lumière émanait d'elle.

— Tu me tiens ? demanda Redd en regardant Faye en contrebas.

Faye hocha légèrement la tête, concentrée.

— Comment est-ce qu'elle fait ça ? demanda Jake à Coral, qui haussa les épaules en guise de réponse, trop absorbée par la démonstration de magie pour formuler une réponse.

Apparemment satisfaite de la réponse de Faye, Redd se pencha en avant et accrocha son épée sous le collier que le crabe-sorcière des mers portait toujours. Elle donna un coup de poignet, et l'amulette s'écrasa au sol. Coral se précipita pour la ramasser avant que la sorcière n'abatte ses pinces claquantes.

Jake se positionna sous Redd et tendit les bras.

— Tu peux la lâcher maintenant.

Faye poussa un soupir de soulagement et baissa sa baguette tandis que Redd poussait un cri de joie en descendant rapidement pour tomber en sécurité dans les bras de Jake avec un grand sourire.

Coral essaya de piétiner l'amulette, mais elle ne se cassait pas sous son pied. Elle lui donna un coup de pied et poussa un cri de frustration.

— Recule-toi, dit Jake en arrivant derrière elle.

Elle fit un pas en arrière et Jake abattit son épée sur le talisman, le brisant en des centaines de morceaux.

Le crabe-sorcière des mers poussa un cri étranglé alors que des points de lumière commençaient à jaillir de son intérieur. Jake poussa Coral sur le sol enneigé et la couvrit de son corps. Le sol trembla sous ce qui ressemblait à une explosion, et Coral lutta pour reprendre son souffle alors que le poids de Jake se posait sur elle.

Soudain, tout devint silencieux et Coral n'était plus consciente que de la respiration laborieuse de Jake dans son oreille. Il se releva lentement et l'aida à se remettre sur pied. En se relevant, elle crut apercevoir un grand loup argenté se retirer à travers les arbres, mais elle ne pouvait pas être sûre de ce qu'elle avait vu.

Elle regarda vers l'endroit où se trouvait le crabe-sorcière des mers pour ne trouver qu'un grand cercle de neige fondue, l'herbe verte et humide là où la sorcière se tenait auparavant.

Faye et Redd tourbillonnaient et dansaient dans le cercle.

Jake prit Coral dans ses bras.

— Tu ne vas pas rejoindre tes amies dans leur danse de la victoire ?

Il la relâcha et Coral rit et courut pour se joindre à elles.

JAKE S'AGENOUILLA PRÈS du feu et ajouta une autre bûche avant de refermer le pare-étincelles. Il jeta un coup d'œil en arrière vers Coral, assise sur le canapé. Elle retira ses chaussures et ses chaussettes mouillées, qui tombèrent sur le sol avec un bruit sourd.

Il s'approcha et la mit sur pied.

— On ne t'a pas déjà réprimandée pour être sortie sans être habillée convenablement pour le temps qu'il fait ? la taquina-t-il.

Son visage rougit et il supposa qu'elle se rappelait leur première rencontre, quand Bertram l'avait menacée de lui donner une fessée pour être sortie dans le froid en sweat-shirt.

— J'étais un peu pressée. Mon petit ami empoté s'est fait enlever.

Elle bomba le torse vers lui et ne réussit pas à retenir son rire.

— Empoté, hein ?

Il la souleva et elle poussa un cri. Il la jeta sur le lit et accrocha ses doigts à la ceinture de son pantalon. Il le lui enleva ainsi que sa culotte d'un seul mouvement, et il lui sourit.

— Qui est empoté maintenant ?

Elle gloussa en réponse et essaya de se lever du lit, mais Jake la repoussa.

— Débarrassons-nous de ces vêtements mouillés, dit-il.

Il lui retira son t-shirt par la tête, puis détacha son soutien-gorge avant de se défaire de ses propres vêtements et de s'allonger à côté d'elle.

— Merci de m'avoir sauvée, Jake, chuchota-t-elle.

Il lui lança un regard.

— Vous, les filles, vous avez géré la situation. Mais je suis content d'avoir été là pour aider. Je suppose que c'est moi qui devrais te remercier de m'avoir sauvé.

— Ouais, heureusement que j'étais là !

Elle lui fit un sourire en coin.

— Tu devrais me garder dans les parages au cas où tu aurais à nouveau des ennuis. Tu pourrais avoir besoin d'être encore sauvé.

Il lui rendit son sourire et la fit rouler sur le ventre.

— C'est toi qui ne peux pas t'empêcher d'avoir des ennuis.

Il abattit sa main dans une claque sonore sur sa fesse nue.

— Mais ça ne me dérange pas trop.

Coral gloussa et remua son derrière vers lui. Il répondit en la couvrant d'une avalanche de claques. Elle continua à rire de ses tapes enjouées, jusqu'à ce qu'il abatte sa main avec plus d'intensité. Il lui donna une fessée deux fois de plus avant qu'elle ne le regarde par-dessus son épaule. Il sourit à son air confus.

— Je n'arrive juste pas à garder mes mains loin de ton cul sexy.

Elle gloussa et roula sur le dos, se tortillant pour se libérer de son emprise.

— Il y a plein d'autres parties de moi qui ne seraient pas contre avoir tes mains sur elles, dit-elle.

Il se mit à genoux et attrapa ses chevilles. Il releva ses jambes et lui donna une fessée avec sa main alors qu'elle poussait un cri de surprise. Il tapa sur une fesse, puis sur l'autre, jusqu'à ce qu'elle le supplie d'arrêter. Puis il relâcha ses chevilles, laissa ses jambes retomber sur le lit, et captura ses lèvres dans un baiser profond.

— C'est moi qui décide quand la fessée est finie, pas juste parce que tu es excitée, dit-il, enchaînant avec un sourire, dans l'espoir qu'elle avait saisi le ton taquin de sa voix.

— Oui, monsieur, dit-elle d'un ton sensuel en écartant les jambes pour lui, quoi que vous disiez.

Elle l'attira plus près d'elle et il se positionna en face d'elle.

Jake plaça son corps sur le sien, mais ensuite il commença à s'écarter.

— J'ai oublié de prendre un préservatif, dit-il.

Elle le ramena vers elle.

— Ce n'est pas grave. Je prends la pilule.

Il se réinstalla entre ses jambes et passa ses mains sur son corps.

— On pourrait peut-être parler du fait que tu l'arrêtes après le mariage, lui dit-il.

Ses yeux s'écarquillèrent de surprise.

— Le mariage de qui ?

— Notre mariage.

Il enroula ses mains autour de ses hanches en s'enfonçant en elle.

— Je serais un idiot de te laisser filer.

Elle poussa un gémissement de plaisir, puis passa ses ongles sur sa poitrine nue.

— Je serais une idiote de partir.

— Je t'aime, ma petite nymphe des eaux.

— Je t'aime aussi.

Il mit fin à toute autre conversation en s'enfonçant plus profondément en elle, balançant ses hanches d'avant en arrière à un rythme régulier. Sa main trouva son bouton et il la caressa jusqu'à ce que son corps tremble sous lui. Puis il trouva sa propre jouissance alors qu'elle criait son nom.

Se plaçant à côté d'elle, Jake blottit Coral contre sa poitrine et la prit en cuillère par-derrière, tous deux trop épuisés par cette journée et cette nuit mouvementées pour faire autre chose que dormir.

CHAPITRE VINGT-DEUX

CADE

Cade se réveilla, les fesses rondes de Faye au creux de ses mains et son sexe raide sous sa cuisse. Son corps fin était allongé sur le sien, sa tête nichée contre son épaule. Il inspira son parfum.

Mienne.

Il avait du mal à y croire.

La veille au soir, quand il avait appris qu'elle était partie combattre la sorcière des mers, il s'était transformé en loup sur-le-champ, déchirant ses vêtements et se précipitant pour la « secourir ». Mais sa petite fée s'était débrouillée comme une championne, baguette en l'air, sa magie illuminant tout son corps au point de le faire luire. Il avait adoré voir son enthousiasme et sa confiance grandissante en ses capacités.

Et même si c'était insensé, il ressentait une fierté féroce en sachant qu'il avait été celui qui avait éveillé ses pouvoirs. Il avait été son premier, celui qu'elle avait choisi malgré sa peur de tout perdre. Il serra ses fesses magnifiques et elle roula son bassin sur le sien, en relevant la tête.

Il grogna, son sexe endolori. Un sourire malicieux et

entendu illumina son visage, puis elle poussa sur ses bras pour se redresser et ondula des fesses juste au-dessus de son sexe. Il s'émerveilla de son assurance. La jeune femme qui n'avait jamais fait l'amour avant hier semblait désormais très sûre d'elle. Comme si elle lisait dans ses pensées, elle se pencha en avant, les paupières mi-closes, et elle enroula ses mains fines autour de ses biceps, comme pour l'immobiliser.

Il eut un grand sourire.

— Tu essaies de me dominer ?

— Mm-hm. Ça te plaît ?

Il la souleva d'un coup de hanches.

— Montre-moi ce que tu sais faire, petite fée.

— Je vais te montrer.

Sa voix était mielleuse. Elle le surprit en soulevant son bassin et en s'asseyant directement sur son sexe sans préambule, réussissant à le faire glisser en elle sans les mains.

— Oh, misère ! grogna-t-il.

— Ouais.

Elle se balança, son intimité chaude frottant contre son sexe.

— Tu aimes ça ?

— Oui ! haleta-t-il.

Il voulait l'attraper et prendre les commandes, lui secouer les hanches d'avant en arrière pendant qu'il poussait en elle, mais il appréciait trop son numéro de chatte lascive pour l'interrompre.

Elle continua à se balancer, bombant la poitrine et rejetant ses longues ondulations en arrière. Il ferma les yeux et retint sa respiration, essayant de savourer les sensations sans en exiger davantage. Faye changea de rythme et entama un glissement d'avant en arrière. Cela devait stimuler son clitoris, car elle enfonça ses ongles dans ses bras et accéléra son mouvement jusqu'à une cadence frénétique, une expression de panique pré-orgasmique sur le visage. Il attrapa ses hanches pour l'aider, l'encourageant jusqu'à ce qu'elle lève les deux bras en l'air et que le lit décolle du sol tandis qu'elle tremblait autour de lui.

Elle s'effondra sur sa poitrine.

— Et toi…

— Pas encore, dit-il.

— Oh, eh bien.

Elle releva la tête, l'air confuse.

— Euh…

Il eut un grand sourire.

— Ne t'inquiète pas. Je me servirai quand je le voudrai. Ou tu as oublié ?

Elle se blottit contre lui.

— Oublié quoi ?

Sa voix était un ronronnement satisfait.

— Oublié que tu m'appartiens ?

Elle secoua la tête pour dégager ses cheveux de son visage et le scruta.

— Alors, comment ça marche, exactement ? On est… genre, mariés ? Ou je suis ta petite amie maintenant ? Ou quoi ?

Il fit rouler leurs corps pour se retrouver sur elle, l'immobilisant sous lui.

— Tu es mon tout. Ma compagne, mon amante, ma petite amie, ma femme, mon esclave…

Elle lui mordit le bras à ce dernier mot.

— Alors, j'emménage avec toi ?

Il eut un grand sourire.

— Ouais, tu emménages. Et comme tu me dois trois mille dollars, je me dis que tu peux passer trois mille jours et nuits comme mon esclave. Après ça, c'est négociable.

— Trois mille jours ! protesta-t-elle, se tortillant sous lui comme si elle pouvait se dégager par la force. Jamais de la vie ! Peut-être trois mille heures. *Peut-être.*

— Allez, je sais que ça t'a plu autant qu'à moi.

Elle cessa de se débattre et le regarda.

— Mais quand tu seras en tournée ? Qu'est-ce qu'on fera ?

Il n'était pas sûr de ce qu'elle voulait entendre.

— Tu viendras avec moi ?

Elle se détendit sur l'oreiller, ses cheveux étalés autour de son visage.

— Tu diras à toutes tes groupies que tu es marié ?

— Je me ferai tatouer ton nom comme une alliance sur l'annulaire.

Elle gloussa.

— Comme ça, tu ne pourras jamais l'enlever ?

Il lui embrassa le nez.

— Exactement. Maintenant, écarte les jambes et ouvre-toi pour ton maître.

Elle obéit, même s'il crut déceler une pointe de peur dans son expression.

— Tu as mal ? demanda-t-il en baissant la tête pour passer sa langue sur son téton.

— Un peu.

— Dommage.

Il la pénétra, espérant qu'elle savait qu'il ne le pensait pas.

— Parce que quand tu es mon esclave, tu te fais baiser jusqu'à ce que tu ne puisses plus marcher droit.

Ses mots eurent l'effet désiré : elle cambra le dos pour accueillir sa poussée, son sexe devenant plus humide tandis que sa tête basculait en arrière. Il glissa une main sous ses fesses, serrant sa partie préférée d'elle tout en s'enfonçant et se retirant. Ne voulant pas vraiment lui faire de mal, il se permit de jouir rapidement et poussa un cri de victoire avant d'enfouir son visage dans ses cheveux.

Ils prirent une douche et s'habillèrent, puis descendirent rejoindre Bertram et son entourage pour le buffet du petit déjeuner.

— Voici Jillian.

Son cousin présenta sa compagne à leur arrivée.

— Jillian, voici mon cousin Cade et sa compagne, Faye.

La jeune femme serra la main de Faye puis le dévisagea.

— C'était toi, l'autre loup argenté, n'est-ce pas ?

Il eut un grand sourire et toucha l'anneau qu'il avait à l'oreille.

— Qu'est-ce qui m'a trahi ?

Elle rougit.

— Je vois la ressemblance familiale. Alors, vous êtes dans une meute ou quelque chose comme ça ?

— Non, dit-il. Je suis un loup solitaire.

— Hé ! intervint Faye en lui donnant un coup de coude.

— Bon, j'étais un loup solitaire. Maintenant, je suis dans une meute de deux.

Il lui vola un baiser rapide.

— Il est trop alpha pour être dans ma meute, et je n'aime pas malmener la famille juste pour prouver quelque chose.

Bertram eut un grand sourire.

Ils prirent leurs assiettes et se servirent au buffet délicieux. Aucun petit déjeuner continental à trois sous n'était servi dans un établissement Wolfe. Non, des montagnes de bacon et de saucisses fumants reposaient sur des plats chauffants, ainsi que des œufs brouillés, des pommes de terre en dés au romarin et un stand à gaufres à faire soi-même. Faye remplit son assiette autant que lui, et il sourit en voyant son appétit, se demandant comment elle mangerait quand il la mettrait enceinte de louveteaux.

Jake et la séduisante rousse, Coral, entrèrent dans la salle à manger, semblant eux aussi inséparables. Il supposa que le Spa NK était vraiment une sorte d'île fantastique. Redd descendit les escaliers en trottinant derrière eux, faisant claquer son chewing-gum.

Faye serra ses deux nouvelles amies dans ses bras, et tout

le groupe s'assit à une longue table pour manger. La pièce se remplit de conversations bruyantes, tout le monde souriait, le sentiment de joie et d'affection semblant s'être emparé de tout le groupe.

Mais Pino s'approcha alors, l'air agité et tenant à la main une délicate pantoufle de femme.

— *Perdonami, signore Wolfe, ma Cindy non è da nessuna parte.*

— Ouh là, doucement. Qu'est-ce que tu racontes ?

Bertram arrêta le portier affolé. La table était devenue complètement silencieuse, tout le monde se penchant pour entendre quel était le problème.

— *Oh, mi dispiace. È solo che...*

Il secoua la tête comme si cela pouvait l'aider à trouver les bons mots.

— Cindy a disparu ! Tout ce que j'ai trouvé, c'est sa chaussure dans la neige dehors !

En un éclair, le groupe se leva d'un bond, chacun d'eux un guerrier à sa manière, prêt à aider.

— Cindy ! haleta Faye. Je savais que quelque chose n'allait pas chez elle. Et je suis sa fée marraine ! s'exclama-t-elle, comme si l'idée venait de lui traverser l'esprit.

— Je vais chercher mon épée et je vous rejoins devant, dit Jake en aidant Coral à se lever.

— Je suis juste derrière toi, dit Redd, qui fila à l'étage, probablement pour enfiler sa tenue de combat en Lycra rouge.

— Je viens aussi ! dit Jillian, regardant Bertram comme si elle le mettait au défi de lui dire non.

— D'accord, mais seulement si tu restes près de Faye, Redd et Coral, dit Bertram.

L'improbable bande sortit de la salle à manger, chacun l'air féroce et déterminé à sa manière, se serrant les coudes pour aider l'un des leurs. Le cœur de Cade se souleva en sentant leur solidarité. Autant il avait aimé être un loup solitaire, autant son espèce aimait appartenir à une meute, œuvrer pour une cause commune.

— Tu as entendu Bertram, n'est-ce pas ? demanda-t-il à Faye alors qu'il se faufilait dans un couloir pour se déshabiller. Les filles restent ensemble ?

— Ouais. Girl power. J'ai compris, dit-elle en sortant sa baguette qu'elle agita dans les airs.

— Je sais bien, dit-il en lui donnant un baiser rapide. Allons trouver ta filleule.

MERCI BEAUCOUP POUR VOTRE LECTURE. Pourriez-vous prendre un instant pour laisser un avis ?

Avez-vous aimé, pas aimé, adoré ? Nous serions ravis d'avoir votre avis. Merci !

Saviez-vous que vous pouvez acheter directement auprès de Renee Rose ? Profitez de livres dédicacés, d'éditions spéciales et de coffrets à prix fortement réduits. Utilisez ce code promo pour bénéficier de 10 % de réduction supplémentaire sur votre commande : READER10 ou rendez-vous ici :

https://shop.reneeroseromance.com/discount/READER10

LIVRE GRATUIT DE RENEE ROSE

Abonnez-vous à la newsletter de Renee

Abonnez-vous à la newsletter de Renee pour recevoir livre gratuit, des scènes bonus gratuites et pour être averti·e de ses nouvelles parutions !

https://BookHip.com/QQAPBW

LIVRE GRATUIT DE KATHERINE DEANE

Abonnez-vous à la newsletter de Katherine

Abonnez-vous à la newsletter de Katherine pour recevoir livre gratuit, des scènes bonus gratuites et pour être averti·e de ses nouvelles parutions !

https://BookHip.com/TVJMKKK

OUVRAGES DE RENEE ROSE PARUS EN FRANÇAIS

www.reneeroseromance.com/francaise/

La Bratva de Chicago
Prélude
Le Directeur
Le Stratège
Possédée
L'Homme de Main
Le Soldat
Le Hacker
Le Bookmaker
Le Nettoyeur
Le Coureur
Le Gardien

Les Nuits de Vegas
Roi de carreau
Atout cœur
Valet de pique
As de cœur

Joker Mortel
Dame de trèfle
Cartes sur Table
Bonne pioche

Alpha des montagnes
Le héros
Rebel
Le guerrier

Série Chicago Sin
Nid de Péché
Ancré dans le Péché

Série Made Men
Ne m'Aguiche Pas
Ne me Tente Pas
Ne m'Oblige Pas

Dompte-Moi
Son Maître Royal
Oui, Docteur
Son Maître Russe
Son Maître Marine
Soumise à leur Punition
Son Maître Pompier
Son Maître Cuistot

Les Rois des Yachts
Vengeance

Régence
L'Affaire Westerfield
Le Scandale Reddington

L'Incident Darlington

Alpha Bad Boys
La Tentation de l'Alpha
Le Danger de l'Alpha
Le Trophée de l'Alpha
Le Défi de l'Alpha
L'Obsession de l'Alpha
L'Amour dans l'ascenseur (Histoire bonus de La Tentation de l'Alpha)
Le Désir de l'Alpha
La Guerre de l'Alpha
La Mission de l'Alpha
Le Fleau de l'Alpha
Le Secret de l'Alpha
La Proie de l'Alpha
Le Sang de l'Alpha
Le Soleil de l'Alpha
La Lune de l'Alpha
La Serment de l'Alpha
La Vengeance de l'Alpha
Le Feu de l'Alpha
Le Secours de l'Alpha
L'Ordre de l'Alpha

Les Loups-Garous de Wall Street
Grand Méchant Patron: Minuit
Grand Méchant Patron: Folie Lunaire
Grand Méchant Patron: Marquée
Grand Méchant Patron : Accouplés
Grand Méchant Tyran

Les Ours Bad Boys
La Revendication de l'Alpha

Lycée Wolf Ridge
Brute Alpha
Chevalier Alpha
Alpha par Alliance
Le Roi Alpha
L'Alpha interdit

Le Ranch des Loups
Brut
Fauve
Féral
Sauvage
Féroce
Impitoyable
Bestial
Implacable

Deux Marques
Indomptée (libre)
Tentée
Désirée
Séduite

Les Dominateurs Alpha
La Faim de l'Alpha
La Punition de l'Alpha
La Promesse de l'Alpha
La Protection de l'Alpha

Maîtres Zandiens
Son Esclave Humaine
Sa Prisonnière Humaine
Le Dressage de Son Humaine
Sa Rebelle Humaine

Sa Vassale Humaine
Son Compagnon et Maître
Animal de Compagnie Zandien
Sa Possession Humaine

Les Épouses Zandiennes
La Nuit des Zandiens
Achetée par les Zandiens
Dominée par les Zandiens
Les Lumières de Zandia
Détenue par le Zandian
Revendiquée par le Zandian
Enlevée par le Zandian
Sauvée par le Zandian

Écrivez votre réussite
Écrivez votre réussite
Réussir sans peine

OUVRAGES DE KATHERINE DEANE PARUS EN FRANÇAIS

Contemporain

Entraînement et Désir

Daddy Sous Couverture

Provoquer les flammes

Romance sportive

La Ligne d'Arrivée de Daddy

La Rédemption de Wren

La revendication du coach

Une Danse sous Commandement

À vos marques, prêts... Aimez !

Vacances

Mon Daddy Noël

Le Daddy de Noël d'Ivy

À PROPOS DE RENEE ROSE

RENEE ROSE, AUTEURE DE BEST-SELLERS D'APRÈS USA TODAY, adore les héros alpha dominants qui ne mâchent pas leurs mots ! Elle a vendu plus d'un million d'exemplaires de romans d'amour torrides, plus ou moins coquins (surtout plus). Ses livres ont figuré dans les catégories « Happily Ever After » et « Popsugar » de USA Today. Nommée *Meilleur nouvel auteur érotique* par Eroticon USA en 2013, elle a aussi remporté le prix d'*Auteur favori de science-fiction et d'anthologie* de Spunky and Sassy, et celui de *Meilleur roman historique* de The Romance Reviews. Elle a fait partie de la liste des meilleures ventes de USA Today sept fois avec plusieurs anthologies.

Abonnez-vous à la newsletter de Renee pour recevoir des scènes bonus gratuites et pour être averti·e de ses nouvelles parutions!
https://www.subscribepage.com/reneerosefr

À PROPOS DE KATHERINE DEANE

Katherine Deane, auteure de best-sellers du USA Today, écrit des histoires torrides et sincères, pleines de passion, d'humour et d'une touche coquine. Romantique dans l'âme (et ne résistant jamais à une fin heureuse), elle adore mélanger la sensualité et les sentiments dans tout ce qu'elle écrit — en particulier dans ses genres de prédilection : la romance érotique, le paranormal et la romance sportive. Quand elle n'est pas en train d'imaginer sa prochaine scène torride, vous la trouverez probablement à la salle de sport ou blottie devant un anime avec ses enfants.

À PROPOS DE CASEY MCKAY

Pour tromper l'ennui de son travail abrutissant, Casey McKay écrit des romans érotiques le soir. Elle écrit des livres qu'elle aimerait lire, et sans surprise, ce sont tous des romans d'amour avec une bonne dose de fessée. Elle aime les belles histoires d'amour, avec une pointe d'humour, une fin heureuse et, bien sûr, quelques fessées.

Suivez son blog sur www.caseymckay.com (en anglais)

www.ingramcontent.com/pod-product-compliance
Lightning Source LLC
Chambersburg PA
CBHW071448110726
47908CB00003B/554